HTML+CSS
网页设计与布局实用教程

叶根梅
水　淼　主编

安徽师范大学出版社
·芜湖·

责任编辑：吴毛顺　　　　　　责任校对：李　玲
装帧设计：桑国磊　丁奕奕　　责任印制：郭行洲

图书在版编目（CIP）数据

HTML + CSS 网页设计与布局实用教程/叶根梅，水淼主编 . —芜湖：安徽师范大学出版社，2014. 8
ISBN 978 - 7 - 5676 - 1283 - 9

Ⅰ. ①H…　Ⅱ. ①叶…　②水…　Ⅲ. ①超文本标记语言—程序设计—教材　②网页制作工具—教材
Ⅳ. ①TP312　②TP393. 092

中国版本图书馆 CIP 数据核字（2014）第 132934 号

HTML + CSS 网页设计与布局实用教程
叶根梅　水　淼　主编

出版发行：安徽师范大学出版社
芜湖市九华南路 189 号安徽师范大学花津校区　　邮政编码：241002
网　　址：http：//www. ahnupress. com/
发 行 部：0553 - 3883578　5910327　5910310（传真）　E - mail：asdcbsfxb@ 126. com
印　　刷：安徽芜湖新华印务有限责任公司
版　　次：2014 年 8 月第 1 版
印　　次：2014 年 8 月第 1 次印刷
规　　格：787 × 1092　1/16
印　　张：15. 5
字　　数：340 千
书　　号：ISBN 978 - 7 - 5676 - 1283 - 9
定　　价：31. 00 元

前　言

随着计算机和网络的普及，上网已经成为人们日常生活的重要组成部分。网络中信息大多以网页作为载体呈现，因此，网页制作就成为信息时代必备的技能之一。

本书循序渐进地讲述了网页基本概念、HTML 页面制作、CSS 样式控制等知识。全书分为 10 章，第 1 章介绍网页设计基础知识；第 2 章讲解 HTML 基础，主要阐述 HTML 原理以及常用的 HTML 标记；第 3 章详细阐述 CSS 的基本语法、选择器和在 HTML 中使用 CSS 的方法；第 4 章讲解使用 CSS 如何设置网页中的文本样式；第 5 章介绍用 CSS 设置丰富的图片效果的方法；第 6 章讲解如何使用 CSS 设置网页背景；第 7 章介绍运用 CSS 美化表格和表单的方法；第 8 章讲解运用 CSS 设置链接与导航菜单；第 9 章详细介绍 DIV + CSS 布局基础；第 10 章通过综合实例阐述 DIV + CSS 的应用。

本书内容紧扣 Web 主流技术，详细讲解利用 HTML 和 CSS 设计、制作符合 Web 标准的网页的方法；编排风格上，摒弃了枯燥的知识点罗列，而以实例形式阐述各主要知识点，方便读者边学习边实践；内容选择上，以“必须”“够用”“学以致用”为原则，强调知识点之间的内在联系，使内容组织更加紧凑、合理。

本书由叶根梅、水淼担任主编，参加编写的还有杜丹、虞娟、吴志霞、吴慧林、曹本霞等。

本书适合作为高等院校、高职高专和培训机构相关专业的教材使用，也可供网页设计与制作人员参考。

由于专业知识更新迅速，加上编者水平有限，本书难免有不足之处，恳请广大读者批评指正，使之不断完善。

编　者

2014. 6

目　录

第1章　网页设计基础知识

本章主要讲解网页的分类、互联网中一些基本概念、网页制作的常用工具和网站制作的基本流程。

1.1　认识网页

在介绍网页的基础知识前，我们先介绍网页的分类。

1.1.1　网页分类

网页通常分为静态网页和动态网页，本书主要介绍静态网页的制作。

1. 静态网页

静态网页是采用传统的HTML（Hyper Text Markup Language）来编写的网页，其文件格式一般为.htm、.html等。静态网页并不是指网页中的元素是静止不动的，而是指浏览器与服务器终端不发生交互。这类网页主要以传播信息为主，一般不接受或有限接受用户反馈的信息。

2. 动态网页

动态网页是指网页文件里包含了程序代码，通过后台数据库与Web服务器的信息交互，由后台数据库提供实时数据更新和数据查询服务的网页。这类网页往往可以实现复杂的功能。

1.1.2　常见网站类型

1. 企业网站

企业网站主要围绕企业、产品及服务信息进行网络宣传，通过网站树立企业的网络形象。每个企业根据自身需要，发布基本信息和业务信息。随着信息时代的到来，企业网站作为企业的名片越来越被重视，成为企业宣传和提供服务的窗口，如http://www.huawei.com.cn/。

2. 个人网站

个人网站是因特网上一块固定的页面向全世界发布消息的地方，由域名、程序和空间构成，通常包括主页和其他具有超链接的页面。个人网站是指个人或团体因某种兴趣、拥有某种专业技术、提供某种服务而制作的具有独立域名的空间内容的集合，如http://liuxiang.sports.cn/bbs/。

3. 门户网站

门户网站一般是一些综合性的网站，它将大量信息整合、分类，为上网者打开方便之门，绝大多数网民可以通过门户类网站来寻找自己感兴趣的信息资源，巨大的访问量给这类网站带来了无限的商机，如新浪、搜狐等。此外，这些网站一般具有强大的功能，如搜索、论坛、微博、电子邮箱、站内短信等。门户网站的外观一般简洁大方，信息量巨大，如 http://www.sina.com.cn/。

4. 机构网站

所谓机构网站通常指政府机关、非盈利性机构或相关社团组织建立的网站。网站的内容多以机构或社团的形象和服务内容为主，网站的设计通常风格统一、功能明确，受众面也比较明确，内容上较为专一，如 http://www.bfsu.edu.cn/。

5. 购物网站

随着网络的普及和人们生活水平的提高，网上购物已经成为了一种时尚。丰富多彩的网上资源，价格实惠的商品，服务到家、货到付款、送货上门的购物方式，已经成为人们休闲、购物两不误的首选方式，如 http://www.taobao.com/。

1.1.3 HTML、CSS、JavaScript

提到网页制作，不得不提的是 HTML、CSS 和 JavaScript 这 3 种语言，下面介绍这 3 种语言及其相互之间的关系。

网页主要由 3 部分组成：结构（Structure）、样式（Presentation）和行为（Behavior）。"结构"决定了网页"是什么"，"样式"决定了网页看起来是"什么样子"，而"行为"决定了网页"做什么"。结构、样式和行为正对应着 3 种常用的网页制作技术，即 HTML、CSS 和 JavaScript。HTML 决定网页的结构和内容，CSS 设定网页中元素的表现样式，JavaScript 用来控制网页的行为，如图 1-1 所示，本书将着重介绍前两者。

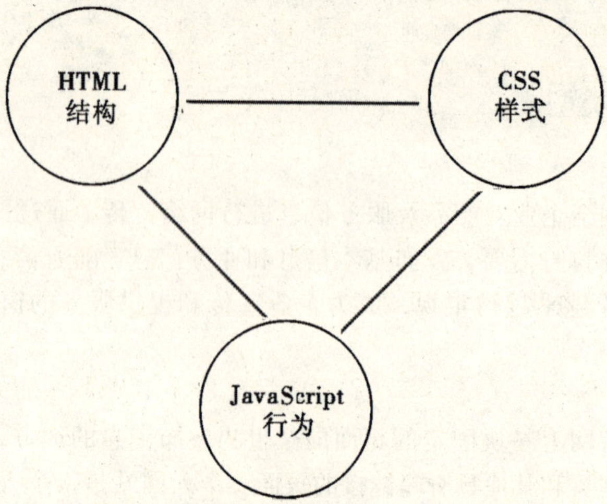

图 1-1 HTML、CSS、JavaScript 关系图

1.2 网页中的基本概念

1. WWW

万维网（亦作“Web”“WWW”“W3”，英文全称为“World Wide Web”），是一个由许多互相链接的超文本组成的系统，通过互联网访问。在这个系统中，每个有用的事物称为一种“资源”，并且由一个全局“统一资源标识符”（URI）标识。这些资源通过超文本传输协议（Hypertext Transfer Protocol）传送给用户，而后者通过点击链接来获得资源。

2. URL

URL 是 Uniform Resource Location 的缩写，译为“统一资源定位符”。通俗地说，URL 是 Internet 上用来描述信息资源的字符串，主要用在各种 WWW 客户程序和服务器程序上，特别是著名的 Mosaic。采用 URL 可以用一种统一的格式来描述各种信息资源，包括文件、服务器的地址和目录等。

URL 的格式由 3 部分组成：

第一部分是协议（或称为服务方式），常用协议包括 HTTP、FTP、File 等；

第二部分是存有该资源的主机 IP 地址（有时也包括端口号）；

第三部分是主机资源的具体地址，如目录和文件名等。

第一部分和第二部分之间用“：//”符号隔开，第二部分和第三部分用“/”符号隔开。第一部分和第二部分是不可缺少的，第三部分有时可以省略。

文件的 URL：用 URL 表示文件时，服务器方式用 file 表示，后面要有主机 IP 地址、文件的存取路径（即目录）和文件名等信息。有时可以省略目录和文件名，但“/”符号不能省略。如 file://ftp. linkwan. com/pub/files/foobar. txt，代表存放主机 ftp. linkwan. com 上的 pub/files/目录下的一个文件，文件名是 foobar. txt。

3. HTTP

HTTP 是 Hyper Text Transfer Protocol 的缩写，即超文本传输协议。浏览网页时在浏览器地址栏中输入的 URL 前面都是以“http://”开始的。HTTP 定义了信息如何被格式化、如何被传输，以及在各种命令下服务器和浏览器所采取的响应。

4. FTP

FTP 是 File Transfer Protocol 的缩写，即文件传输协议。它是 Internet 上使用非常广泛的一种通讯协议，是计算机网络上主机之间传送文件的一种服务协议。FTP 支持多种文件类型和文件格式，如文本文件和二进制文件。

5. IP 地址

IP 是 Internet Protocol 的缩写，即互联网协议。为了能在网络上准确地找到一台计算机，TCP/IP 协议为每个连到 Internet 上的计算机分配了一个唯一的用 32 位二进制数字表示的地址的字，就是我们常说的 IP 地址。Internet 上的每台主机（Host）都有一个唯一的 IP 地址，这是 Internet 能够运行的基础。IP 地址的长度为 32 位，分为 4 段，每段 8 位，用十进制数字表示，每段数字范围为 0 ~ 55，段与段之间用小圆点隔开。例如 202.96.140.250。

6. 域 名

域名是 IP 地址的另一种表示方式，一般是小写字母形式。

域名格式：主机名．类别名．国家代码（不允许有空格、逗号）。例：cctv.com.cn，inhe.net.cn。

类别名的含义：NET——网络支持中心；COM——商业组织；EDU——教育机构；GOV——政府机关；MIL——军事部门；ORG——其他组织。

7. 浏览器

网页浏览器是显示网页服务器或档案系统内的文件，并让用户与这些文件互动的一种软件。它用来显示在万维网内的文字、影像及其他资讯，这些文字或影像，可以是连接其他网址的超链接，用户可迅速及轻易地浏览各种资讯。网页一般是 HTML 格式。

大部分浏览器本身支持除 HTML 之外的广泛的格式，如 JPEG、PNG、GIF 等图像格式，并且能够扩展支持众多的插件（plug-ins）。另外，许多浏览器还支持其他的 URL 类型及其相应的协议，如 FTP、Gopher、HTTPS（HTTP 协议的加密版本）。

HTTP 内容类型和 URL 协议规范允许网页设计者在网页中嵌入图像、动画、视频、声音、流媒体等。

个人电脑上常见的网页浏览器包括微软的 Internet Explorer、Mozilla 的 Firefox、Apple 的 Safari 等。本书中所有的网页文件都是经过 Internet Explorer 8.0 进行测试预览的。

1.3 网页制作工具

随着互联网的普及、HTML 技术不断的发展和完善，随之产生了众多的网页制作工具。网页制作工具基本上可分为“所见即所得”的工具和“非所见即所得”的工具（即源代码制作工具）。前者优点是直观、使用方便、容易上手，但同时存在难以精确达到与浏览器完全一致的效果。后者所有的 HTML 代码都在用户的监控下产生，所以就不存在上面的问题，但它工作效率较低。下面我们介绍 2 种工具的典型代表：记事本和 Dreamweaver。

1.3.1 记事本

记事本是常用的网页编辑工具，它是一种网页的源代码制作工具，是 Windows 系统自带的文本编辑器，使用起来比较方便。使用记事本编辑简单 HTML 语言的方法：

（1）打开记事本，单击开始菜单——程序——附件——记事本。

（2）在记事本里输入 HTML 代码。

（3）单击文件——另存为——将文件名命名为 * * * *.html，并修改保存类型为“所有文件”。

这时，保存的这个记事本文件就变成了一个网页文件，双击即可用默认浏览器查看到编辑的网页的显示效果。

1.3.2 Dreamweaver

Dreamweaver 是由美国著名的软件开发商 Macromedia 公司（现在已经被 Adobe 公司并购）推出的一个“所见即所得”的可视化网站开发工具，网友一般称其为“织梦者”。下面简单演示如何利用 Dreamweaver 制作网页。

1. 启动 Dreamweaver

单击开始菜单——程序——Adobe——Dreamweaver CS5，页面显示如图 1-2 所示。

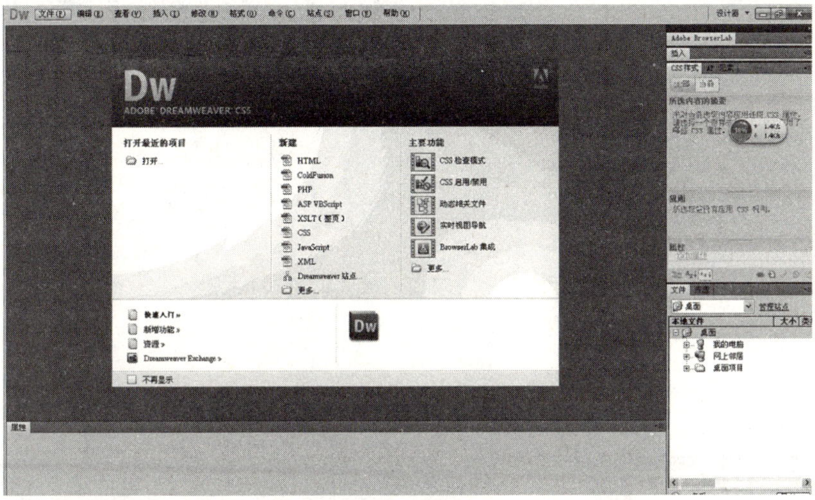

图 1-2 启动 Dreamweaver

2. 新建一个 HTML 文档

启动 Dreamweaver 后，单击页面中间窗口新建选项下的 HTML，新建一个 HTML 文件。这样就建好了一个文件，默认文件名是 untitled-1.html，但没有保存，你需要单击文件——保存。保存后页面如图 1-3 所示。

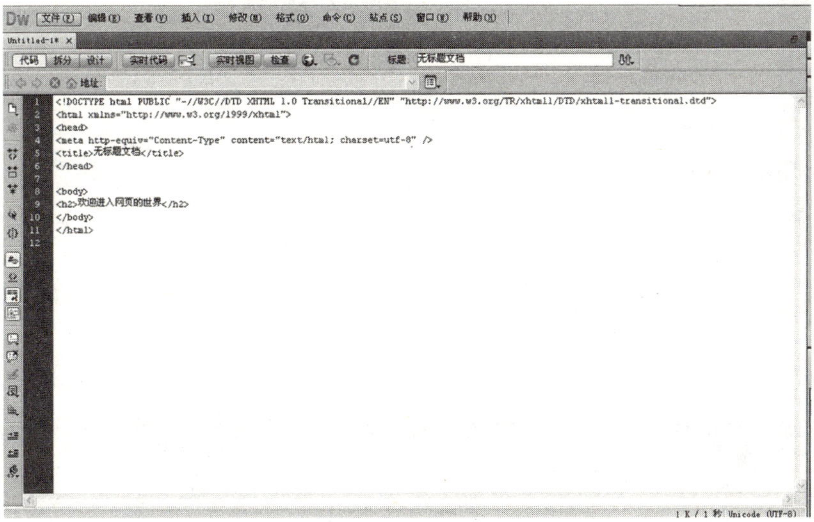

图 1-3 新建 HTML 文件

3. Dreamweaver 窗口

Dreamweaver 有代码视图、设计视图和拆分视图。代码视图是显示网页 HTML 代码；设计视图是显示该 HTML 代码在页面中大概的显示效果；拆分视图是同时显示代码和设计，方便用户看着页面修改代码，真正体现“所见即所得”。图 1－4 和图 1－5 是设计视图和拆分视图的效果。

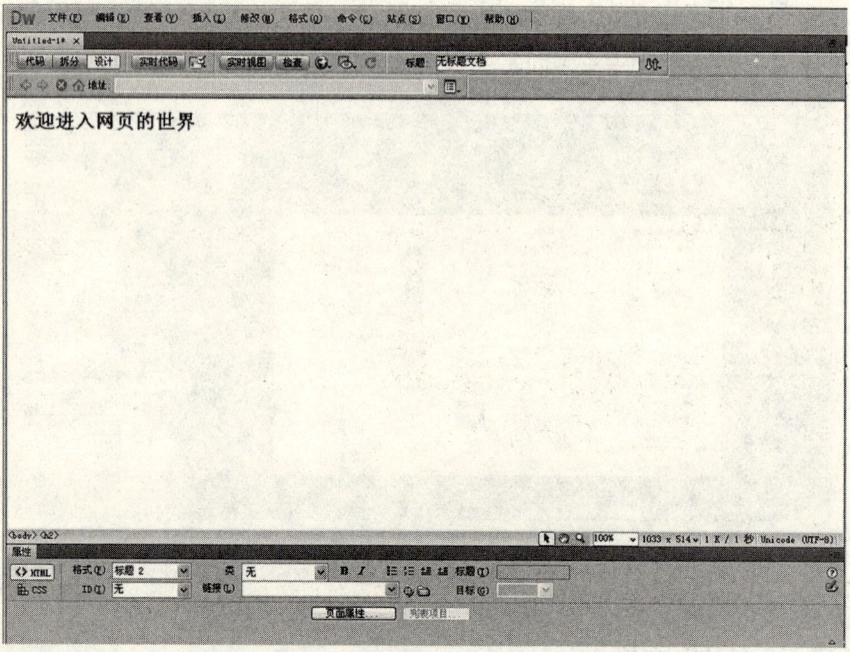

图 1－4　Dreamweaver 设计窗口

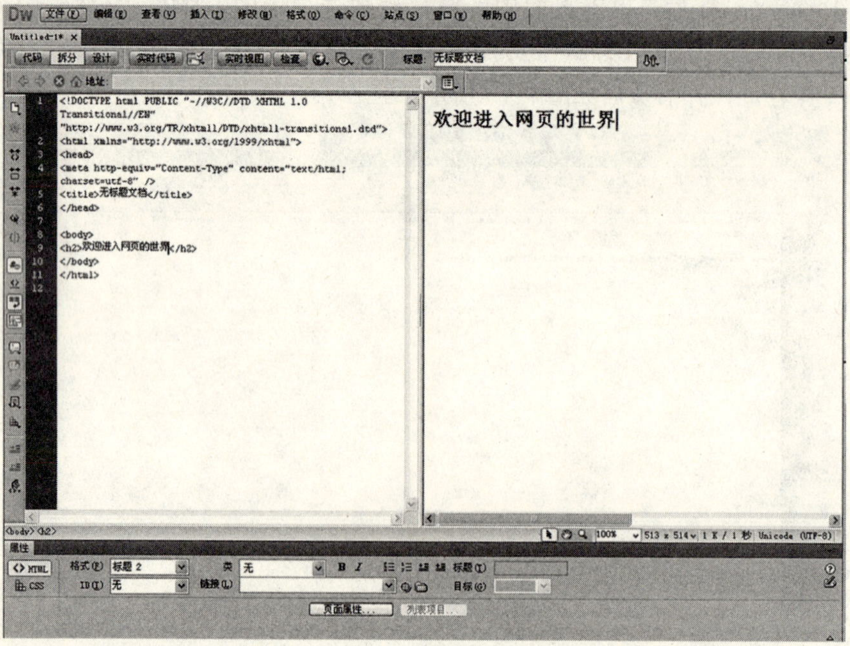

图 1－5　Dreamweaver 拆分窗口

4. 预览页面效果

网页编写完成后，必须通过浏览器测试网页的显示效果。在 Dreamweaver 中，可以单击工具栏上的“在浏览器中预览/调试”按钮（图 1－6），即可在你默认的浏览器中预览，浏览器中预览效果如图 1－7 所示。

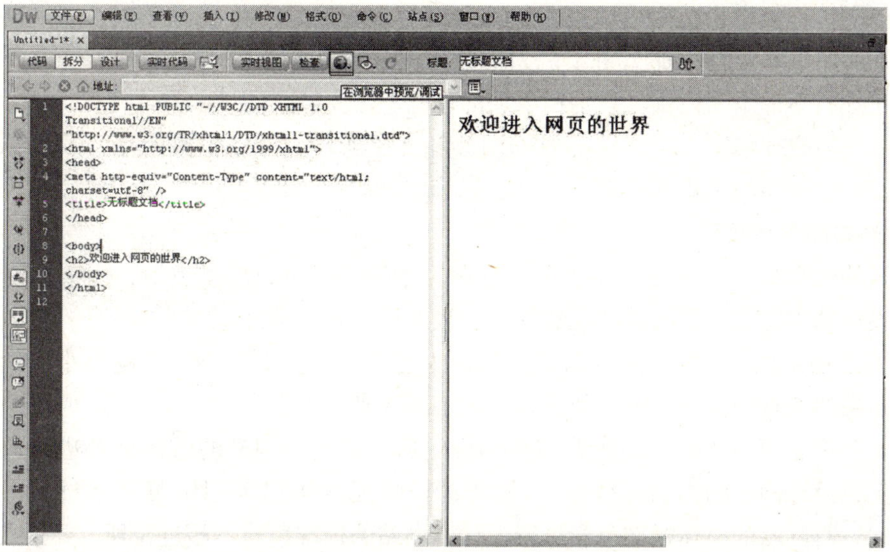

图 1－6　Dreamweaver 中单击预览工具的效果

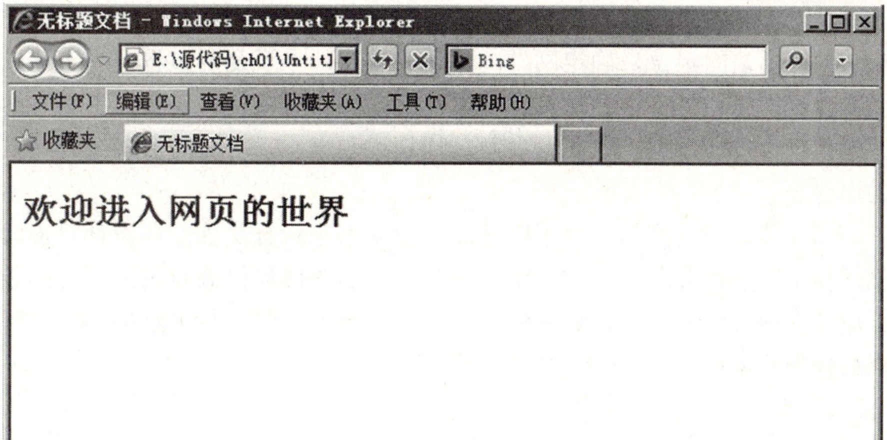

图 1－7　默认浏览器显示网页的效果

1.4　网站制作基本流程

1. 网站定位

在制作网站之前，首先给网站一个准确的定位，明确建站的目的是什么。比如制作一个企业门户网站，那么一定要和企业的决策层人士共同探讨，充分了解他们的想法。

在了解了客户的想法后，要站在客户的立场上，探讨、确定网站的定位。网站设计师应该从客户的立场出发，给客户提一些中肯的意见，并结合到策划中去，这也可以大大减少在日后与客户的沟通中发生不愉快的可能性。

2. 搜集和整理素材

在明确建站目的和网站定位以后，开始搜集相关的意见。全面搜集相关的意见和想法可以使网站的信息和功能趋于完善。需要将搜集来的信息整理成文档，如果网站作为一个正式的站点来运营，那么每个栏目的设置都应该是有规划的。当然，这并不意味着网站构建好后不许添加栏目，只是在添加的过程中需要结合网站的具体情况。

最后，需要搜集制作网站所需要的图片和文字素材。可以拍摄图片，然后再用图片处理软件进行相关的美化和处理。

3. 网站的整体规划

网站的规划是对网站功能、结构、内容、外观等方面的总体规划，而整个网站的规划与建设包括主题定位、网站的视觉形象、策划栏目内容等。

（1）主题定位。主题就是网站的题材，主题选择依据的原则：主题要小而精；题材应结合本身的特点和优势；题材勿滥；目标不要太高。

（2）网站的视觉形象。在主题与名称确定后，需要对网站的整体形象进行包装和设计。首先，设计网站的标志（Logo），标志的设计元素可以采用中英文字母、符号或图案；其次，对网站的整体标准色彩进行设计，网站的标准色彩不超过3种，要给人一种整体统一的感觉。

（3）策划栏目内容。对搜集来的信息进行整理后，要找到重点，然后根据公司业务的侧重点，结合网站的定位来确定网站的栏目。这是一个反复的过程。对于比较大的网站，还需要确定二级栏目。每个栏目下面放什么内容，需要栏目负责人书面写清楚，然后与用户讨论，达成一致意见后，编写网页规划说明书，以书面的形式记录栏目的名称和栏目的内容。

（4）设计页面。设计师根据整个网站规划说明书来设计页面。在设计页面时，设计师要根据规划说明书将每个栏目的具体位置和网站的整体风格确定下来。为了让网站有整体感，应该在网页中放一些贯穿性的元素，再结合公司的精神和整体形象，经过讨论、定稿，然后提交给用户，确定最终的设计方案。

4. 页面制作

方案设计完成后，下一步就是静态页面的制作，由网页制作人员根据设计师给出的设计方案制作静态页面。这个过程中要注意网站页面之间的逻辑，并区分静态页面和需要服务器端实现的动态页面。

5. 实现后台功能

动态页面设计好后，由程序员根据功能需要编写程序，实现动态功能。

6. 网站测试和维护

当制作和编程工作完成后，要把程序和页面进行整合。整合完成后，需要进行内部测试。测试成功后即可上传到服务器，交由客户检验。通常客户会提出一些修改意见，这时根据客户要求修改完成即可。

第 2 章　HTML 基础

本章将从网页的整体设置入手，全面开始 HTML 网页技术的学习。通过本章的学习，读者将掌握 HTML 头部信息设置、网页主体的基本设置以及常用的文字标记、图片标记、表格标记和表单标记。

2.1　HTML 简介

HTML 指的是超文本标记语言，它是用来描述网页的一种语言。

需要明确一个概念，HTML 不是一种编程语言，而是一种描述性的标记语言（markup language），用于描述超文本中内容的显示方式。如如何在页面中定义一个标题、一个段落等，这些都是利用一个个 HTML 标记完成的。

HTML 语言利用标记来描述网页。HTML 标记是由尖括号包围的关键词，如 <html>。在使用 HTML 标记时需要遵循以下规则：

（1）HTML 标记通常是成对出现的，如 <b> 和 </b>；

（2）标记对中的第一个标记是开始标记，第二个标记是结束标记；

（3）开始标记和结束标记也被称为开放标记和闭合标记。

例如：使用 <table> </table> 标记来定义一个表格。

HTML 标记分结构标记和形式标记。<table> 标记是结构标记，用于定义网页内容的结构；<b> 标记是形式标记，是使得 <b> 与 </b> 标记中的内容加粗，用于定义网页内容的形式。

总之，HTML 易学易用，用什么样的标记就能得到什么样的效果。因此，学习 HTML 就是学习如何使用各种 HTML 标记。

2.1.1　创建第一个 HTML 文件

从本质上说，网页就是一个文件。因为这个文件是利用 HTML 语言来写的，又被称作 HTML 文件，其扩展名为 .htm 或 .html。所以，可以使用任何文本编辑软件创建、编辑 HTML 文件。在 Windows 系统中，最简单的文本编辑软件就是记事本。

下面我们学习如何创建第一个 HTML 文件，创建方法很简单，具体步骤如下：

（1）选择开始——程序——附件——记事本命令；

（2）在打开的记事本窗口中写入代码。

【例 2.1】我的第一个网页

```
<html>
<head>
<title>我的第一个页面</title>
</head>
<body>
<h2>
  我是标题文字
</h2>
</body>
</html>
```

（3）编写完成后，保存文档。在另存为对话框中，应在“保存类型”下拉列表框中选择“所有文件”选项，然后再在文件名中输入以“.htm”或“.html”为后缀的名称，如“2-1.html”。这时候文本文件就变成了 HTML 文件，在 Windows 中，可以看到它的图标就是网页文件的图标了。

（4）双击该 HTML 文件，就会自动打开浏览器，并显示该文件的内容（图 2-1）。

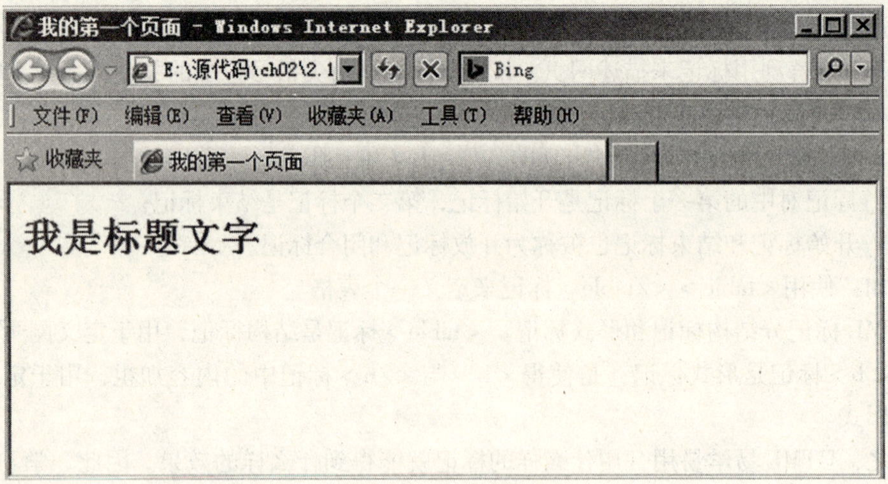

图 2-1　例 2.1 运行后显示效果

2.1.2　HTML 文件结构

在例 2.1 中，我们利用 <h2> 标记在页面中以二号标题文字显示内容“我是标题文字”，其他标记好像没有显示的效果，实际上，正是其他 4 个标记构成了最简单的、完整的 HTML 文件结构。

1. <html> 标记

<html> 标记是放在 HTML 文件的开头，只是一个形式上的标记，表示 HTML 文件的开始。

2. <head>标记

该标记也称为头标记，一般放在<html>标记里，其作用是放置关于此 HTML 文件的信息，如定义 CSS 样式、设置标题、嵌入 JavaScript 代码等。

3. <title>标记

该标记为标题标记，包含在<head>标记内，它的作用就是设置网页标题。如图 2-1，浏览器左上角显示的内容正是<title>标记间的内容。

4. <body>标记

该标记又称为主体标记，网页要显示的内容都放在这个标记内，它是 HTML 的重点所在。在本章后续介绍的各种 HTML 标记都将写在这个标记中。

注意：在编写 HTML 文档时，有 2 个问题需要注意。

(1) 默认的标记都是双标记，就是有开始和结束标记，如<title></title>。后面如遇到单标记，如
，我们需要在标记后面加一个"/"将该标记关闭。

(2) 标记间不可以交叉输入。HTML 标记间是不可以交叉的，如以下代码是不能正确显示的。

```
<html>
<head>
<title>我的第一个页面</title>
</head>
<body>
<h2>
  我是标题文字</body>
</h2>
</html>
```

2.2 网页文件的获取

HTML 本身是十分简单的，大家看到再复杂的网页，都是由图片、文字、表单等内容组成，这些内容都是利用相应的 HTML 标记来完成的。对于初学者来说，想查看那些优秀网页的内容，想看看别人是如何编写 HTML 代码的，可以通过查看网页源文件的形式实现。

2.2.1 直接查看源文件

要想看到一个精美的页面是如何组成的，可以查看源文件。具体查看步骤如下：打开浏览器，单击菜单栏中的查看——源文件即可查看源文件，如图 2-2、图 2-3 所示。

图 2-2　查看网页源文件

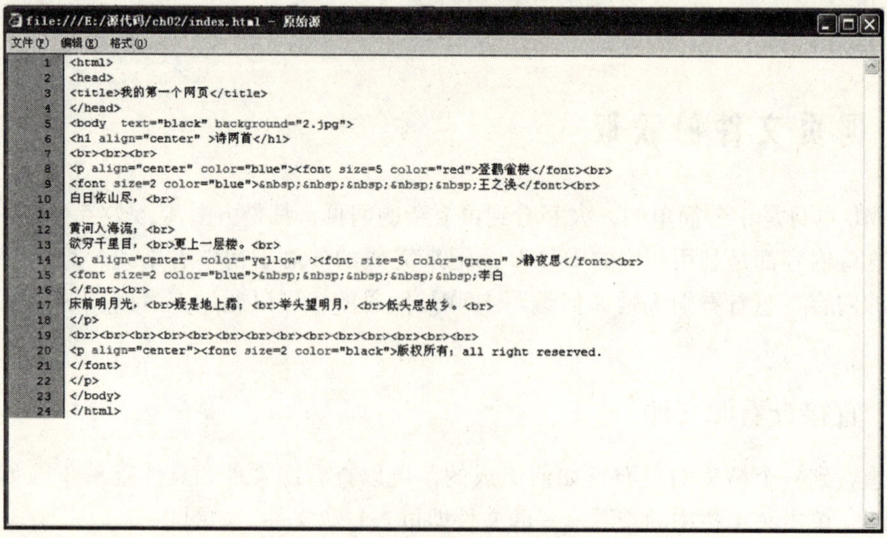


```
<html>
<head>
<title>我的第一个网页</title>
</head>
<body  text="black" background="2.jpg">
<h1 align="center" >诗两首</h1>
<br><br><br>
<p align="center" color="blue"><font size=5 color="red">登鹳雀楼</font><br>
<font size=2 color="blue">     王之涣</font><br>
白日依山尽，<br>

黄河入海流；<br>
欲穷千里目，<br>更上一层楼。<br>
<p align="center" color="yellow" ><font size=5 color="green" >静夜思</font><br>
<font size=2 color="blue">     李白
</font><br>
床前明月光，<br>疑是地上霜；<br>举头望明月，<br>低头思故乡。<br>
</p>
<br><br><br><br><br><br><br><br><br><br><br><br><br><br>
<p align="center"><font size=2 color="black">版权所有：all right reserved.
</font>
</p>
</body>
</html>
```

图 2-3　网页源文件

2.2.2　保存网页

除了查看网页的源文件之外，我们还可以将整个网页保存下来。不仅可以保存网页的文字、图片等内容，还可以保存网页的布局结构、颜色设置等样式。具体保存方式如下：用浏览器打开需要保存的网页，然后单击菜单栏上的文件——另存为，在打开的对话框中，请将保存类型设置为“网页，全部（*.htm；.html）”选项，这样就可以把网页中包含图片的所有内容保存下来。在保存文件位置的地方，系统会建立一个文件夹，存放网页的相关文件。

注意：有些设计者制作网页采用了特殊技术处理，使得浏览者不能将网页或相关文件保存下来，还有些设计者采用了“隐藏”技术，使得浏览者看不到保存下来的 HTML 文件的详细 HTML 代码。不过绝大多数的网页都是友好的，可以让浏览者享受网页中所提供的资源。网页保存和保存后的文件显示效果如图 2－4、图 2－5 所示。

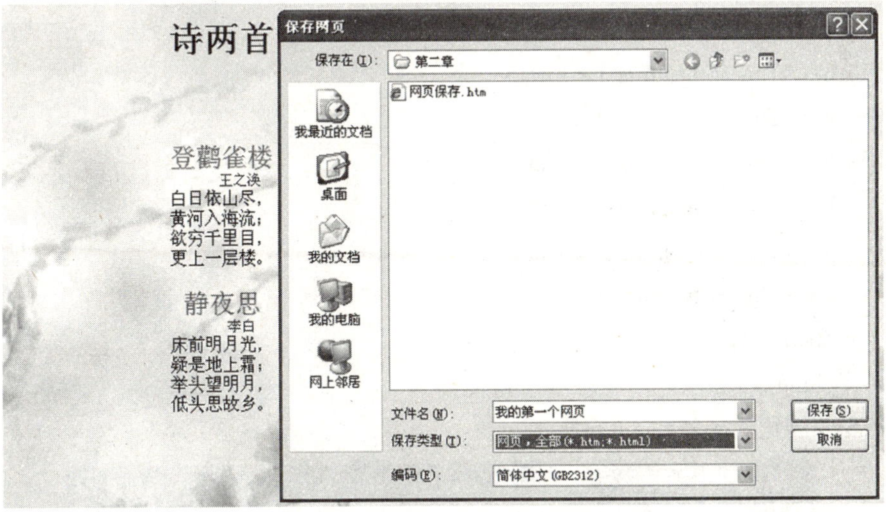

图 2－4　网页的保存

图 2－5　网页保存后的相应文件

2.3 HTML 基本标记

在前面的章节中，我们学习了 HTML 的文件结构，同时学习了 HTML 中的 <h2> 标记，可以实现文字以二号标题形式出现，下面我们来系统学习 HTML 中的基本标记。

2.3.1 标题标记

HTML 标题（Heading）是通过 <h1> ~ <h6> 等标记进行定义的。这个标记用来设置标题文字以加粗方式显示在页面中，共有 6 个层次，数字越小，字体越大，并且显示完内容会自动换行。

【例 2.2】HTML 标题标记

```
<html>
<body>
<h1>This is heading 1</h1>
<h2>This is heading 2</h2>
<h3>This is heading 3</h3>
<h4>This is heading 4</h4>
<h5>This is heading 5</h5>
<h6>This is heading 6</h6>
</body>
</html>
```

在 IE8 中浏览效果如图 2-6 所示。

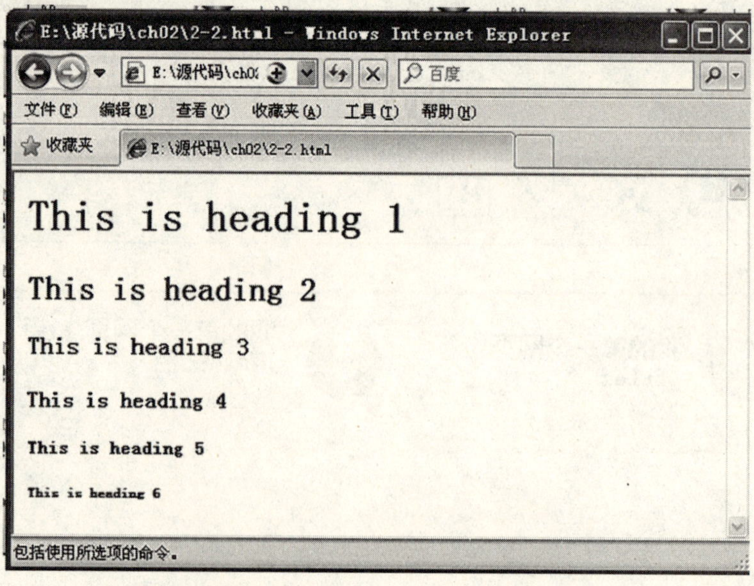

图 2-6 例 2.2 运行后显示效果

2.3.2　字体标记

HTML字体标记是<font>标记，<font>标记本身没有任何意义，但通过设置不同的属性可以控制字体的颜色（color）、字形（face）、大小（size）等。

【例2.3】HTML字体标记

```
<html>
<body>
<h1>This is heading 1</h1>
<h2>This is heading 2</h2>
<h3>
<font color="red">
This is heading 3
</font>
</h3>
<h4>This is heading 4</h4>
<h5>This is heading 5</h5>
<h6>This is heading 6</h6>
</body>
</html>
```

在IE8中浏览效果如图2-7所示。

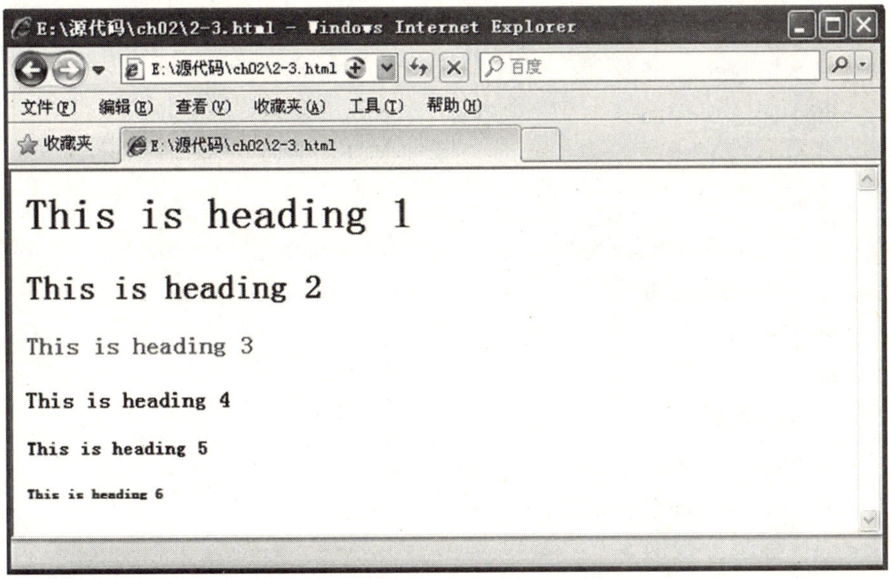

图2-7　例2.3运行后显示效果

2.3.3　标记的属性

有些标记如<font>本身没有太多的含义，但是通过定义它的属性值，如<font color

="red" >This is heading 3 </font>，可以实现相应的效果（This is heading 3 文字变成红色）。HTML 标记可以拥有属性，属性提供了有关 HTML 元素更多的信息。属性总是以属性名 = 属性值的形式出现，比如：color = "red"。属性总是在 HTML 元素的开始标记中规定。（font）标记的属性如表 2－1 所示。

表 2－1　<font>标记的属性

属性	含义
color	设置文本的颜色，如 red、green 等
face	设置字体的名称，如宋体、Times New Roman 等
size	设置字体的大小，如 20px、20pt 等

【例 2.4】字体属性

```
<html>
<body>
<h1>标题 1 </h1>
<h2> <font color = "blue"   face = "隶书" >标题 2 </font> </h2>
<h3>
  <font color = "red"   face = "楷体_GB2312" >
  标题 3
  </font>
</h3>
<h4>标题 4 </h4>
<h5>标题 5 </h5>
<h6>标题 6 </h6>
</body>
</html>
```

在 IE8 中浏览效果如图 2－8 所示。

【例 2.5】文字的对齐方式

```
<html>
<body>
<h1>标题 1 </h1>
<h2 align = "center" >标题 2 </font> </h2>
<h3 align = "right" >标题 3 </h3>
<h4>标题 4 </h4>
<h5>标题 5 </h5>
<h6>标题 6 </h6>
</body>
</html>
```

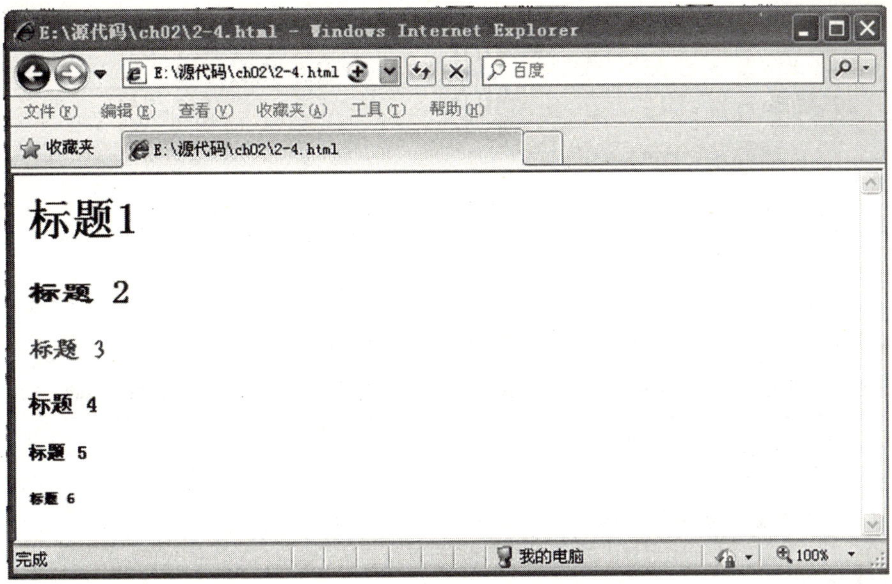

图 2－8　例 2.4 运行后显示效果

在 IE8 中浏览效果如图 2－9 所示。

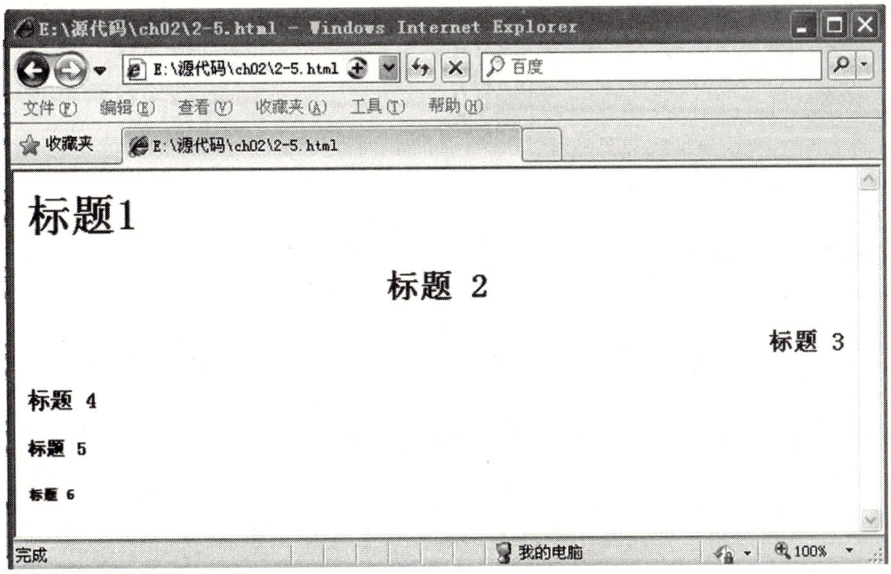

图 2－9　例 2.5 运行后显示效果

例 2.5 中，在 <h2> 和 <h3> 标记中添加了 align 属性，分别设置它的值为 center 和 right，可以实现文字的居中对齐和右对齐。如设 align 的值为 left，可以实现文字的左对齐。

【例 2.6】页面的背景颜色

```
<html>
<body bgcolor="yellow">
<h1>标题 1</h1>
```

```
<h2>标题 2</h2>
<h3>标题 3</h3>
<h4>标题 4</h4>
<h5>标题 5</h5>
<h6>标题 6</h6>
</body>
</html>
```

在 IE8 中浏览效果如图 2 - 10 所示。

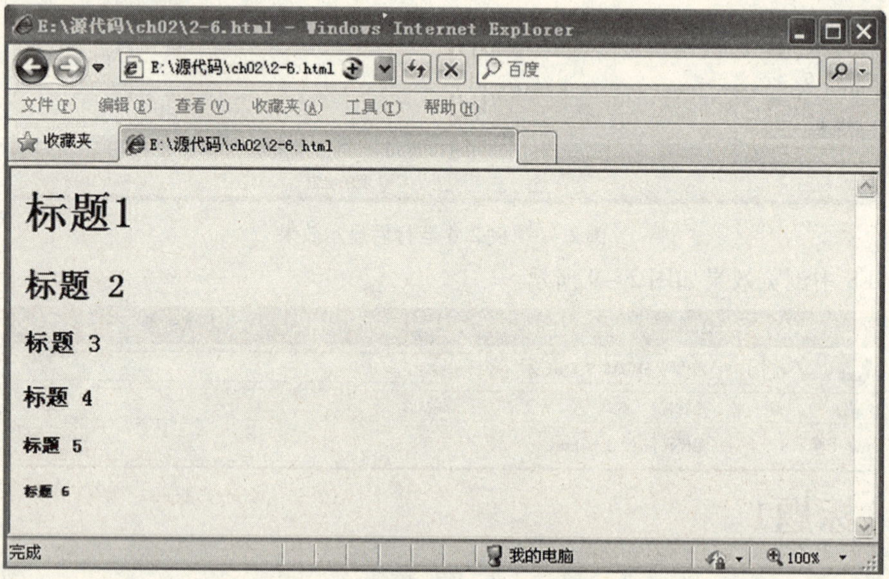

图 2 - 10　例 2.6 运行后显示效果

例 2.6 中，在 <body> 标记中我们添加了 bgcolor 属性，设置它的值为英文的颜色名（yellow），可以实现整个文档的页面背景颜色变成黄色。

<body> 标记的 background 属性是设置页面的背景图片，其描述方式如下：<body background="1.jpg">。不过要想正确显示图片，需要将图片 1.jpg 和网页文件放在同一目录下。放在不同目录下如何显示将在 HTML 图像标记中再讲。

2.3.4　换行标记和空格标记

在页面上输入内容时，经常会用到换行标记和空格标记，前面介绍的 <h1> ~ <h6> 标记可以自动换行，但有时候没有用标题标记时，可以用
 来实现换行。
 是一个单标记，在写单标记时需要在标记的右括号内加一个“/”，表示将该标记关闭。虽然不加“/”也可以实现页面换行，但是为了规范，还是应该加上。

空格标记用" "表示，这个标记表示添加一个英文状态下的空格。

【例2.7】空格和换行标记

```
<html>
<head>
<title>登鹳雀楼</title>
</head>
<body>
<p align="center">登鹳雀楼<br/>
     王之涣<br/>
白日依山尽，<br/>
黄河入海流；<br/>
欲穷千里目，<br/>
更上一层楼。<br/>
</p>
</body>
</html>
```

在本例中，用了一个新的标记<p>，这个标记是段落标记，在<p>与</p>中的内容默认不会换行。为了表达成一个诗的结构，我们采用了
标记进行换行，使用 表示空格。例2.7在IE8中浏览效果如图2-11所示。

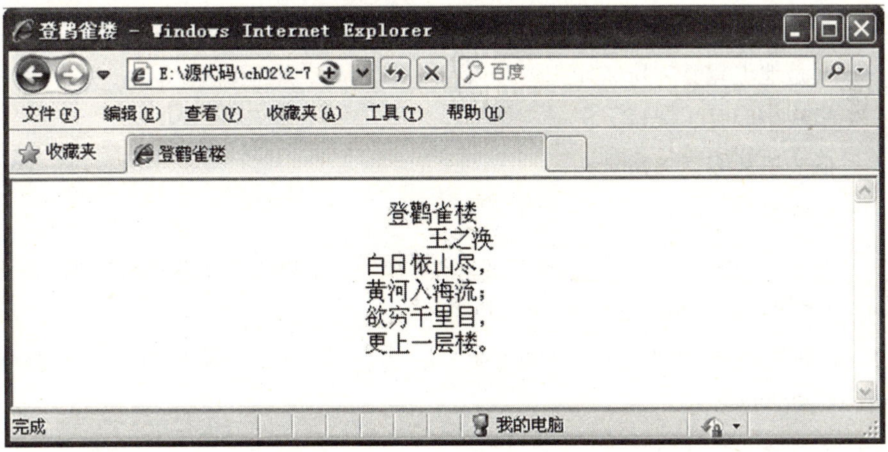

图2-11 例2.7运行后显示效果

2.3.5 综合实例——诗两首

利用前面所学的HTML语言编写一个页面，要求按照诗的格式显示诗两首。设置页面背景、诗的标题和作者部分的颜色与诗歌正文颜色不同。

【例2.8】综合实例——诗两首

```
<html>
```

```
<head>
<title>我的第一个网页</title>
</head>
<body  bgcolor="yellow">
<h1 align="center">诗两首</h1>
<br/><p align="center" color="blue"><font size=5  color="red">登鹳雀楼</font><br/>
<font size=2  color="blue">          王之涣</font><br/>
白日依山尽，<br/>
黄河入海流；<br/>
欲穷千里目，<br/>
更上一层楼。<br/>
</p>
<p align="center" color="yellow">
<font  size=5 color="green">静夜思</font><br/>
<font size=2  color="blue">          李白</font><br/>
床前明月光，<br/>
疑是地上霜；<br/>
举头望明月，<br/>
低头思故乡。<br/>
</p>
<br/><br/><br/><br/><br/><br/><br/><br/><br/><br/><br/><br/><br/><br/>
<p align="center"><font size=2 color="black">版权所有；all rights reserved. </font>
</p>
</body>
</html>
```

在 IE8 中浏览效果如图 2-12 所示。

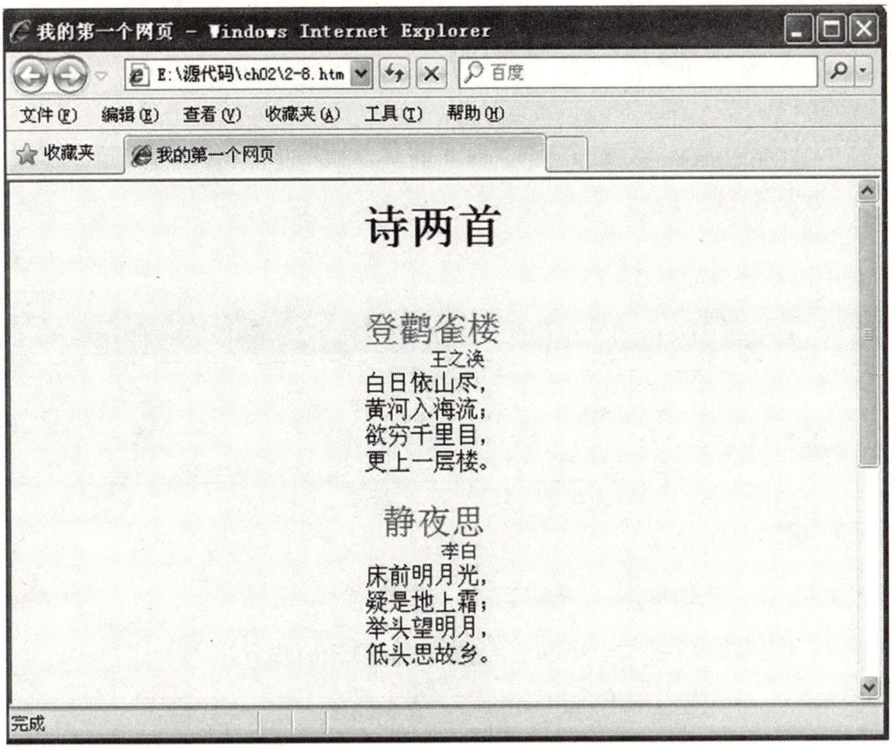

图2-12　例2.8运行后显示效果

2.4　HTML 文本与图像标记

在网页中，文字与图像是最基本的两种网页元素。文字和图像在网页中可以起到传递信息、导航和交互等作用。在网页中添加文字与图片并不困难，重要的是如何编排这些内容以及控制它们的显示方式，让文字和图像看上去编排有序、整齐美观，根据用户的需要选择不同的显示效果。

2.4.1　源文件中的文本内容与浏览器解析的内容

在网页中对文字段落排版，页面显示效果与源文件中的效果是不一样的，浏览器会自动忽略多余的空格和换行，显示效果是通过 HTML 标记和属性来完成的。

【例2.9】文本排版

```
<html>
<body>
<h1>春晓</h1>
<p>
  春眠不觉晓，
     处处闻啼鸟。
```

```
          夜来风雨声，
            花落知多少。
</p>
<p>注意，浏览器忽略了源代码中的排版（省略了多余的空格和换行）。</p>
</body>
</html>
```

在 IE8 中浏览效果如图 2 – 13 所示。

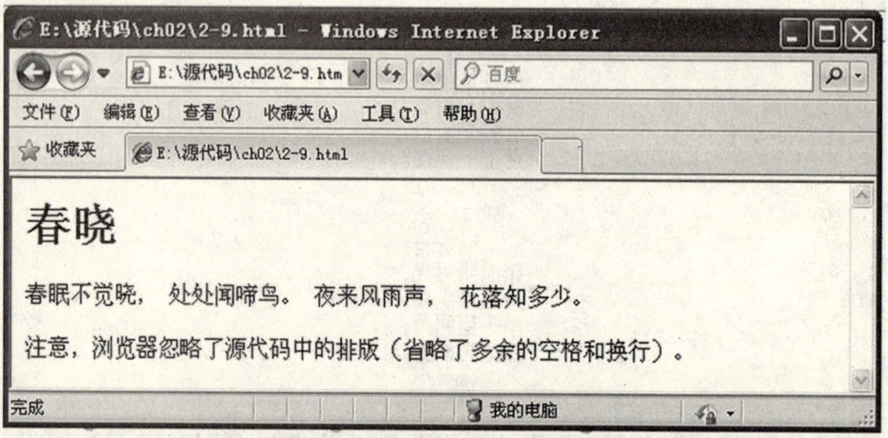

图 2 – 13　例 2.9 运行后显示效果

从图 2 – 13 的显示结果中可以看出，虽然在源文件中将《春晓》这首诗按照诗歌的形式放在 <p> 标记中编排好，但网页实际显示效果并没有按照源文件中的格式显示，这是因为浏览器在解析 HTML 语言时，会自动忽略多余的空格和换行。在 HTML 文件中，不管输入多少个空格（按空格键）都将被视为一个空格；换行（按 Enter 键）也是无效的。如果需要换行可以使用上一节介绍的
 标记，如果需要输入空格可以使用" "。为了显示诗歌的相应格式，对例 2.9 修改如下：

【例 2.10】文本排版实例 1

```
<html>
<body>
<h1>春晓</h1>
<p>
  春眠不觉晓，<br />
    处处闻啼鸟。<br />
        夜来风雨声，<br />
            花落知多少。<br />
</p>
</body>
</html>
```

在 IE8 中浏览效果如图 2 – 14 所示。

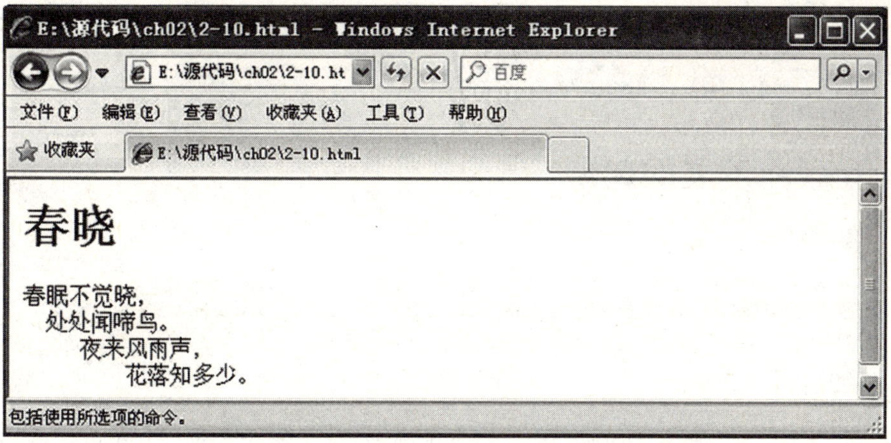

图 2－14　例 2.10 运行后显示效果

2.4.2　段落标记 <p>

在 HTML 语言中，段落标记为 <p>，是英文单词 paragraph 的首字母，用来定义网页中的一段文本，文本在一个段落中会自动换行。

【例 2.11】文本排版实例 2

```
<html>
  <head>
    <title>文本排版</title>
  </head>
  <body>
<h1 align="left">互联网发展的起源</h1>
<h2>第 1 阶段</h2>
<p>    1969 年，为了保障通信联络，美国国防部高级研究计划署（ARPA）资助建立了世界上第一个分组交换试验网 ARPANET，连接美国四个大学。ARPANET 的建成和不断发展标志着计算机网络发展的新纪元。</p>
<h2>第 2 阶段</h2>
<p>    20 世纪 70 年代末到 80 年代初，计算机网络蓬勃发展，各种各样的计算机网络应运而生，如 MILNET、USENET、BITNET、CSNET 等，在网络的规模和数量上都得到了很大的发展。一系列网络的建设，产生了不同网络之间互联的需求，并最终导致了 TCP/IP 协议的诞生。</p>
  </body>
</html>
```

在 IE8 中浏览效果如图 2－15 所示。

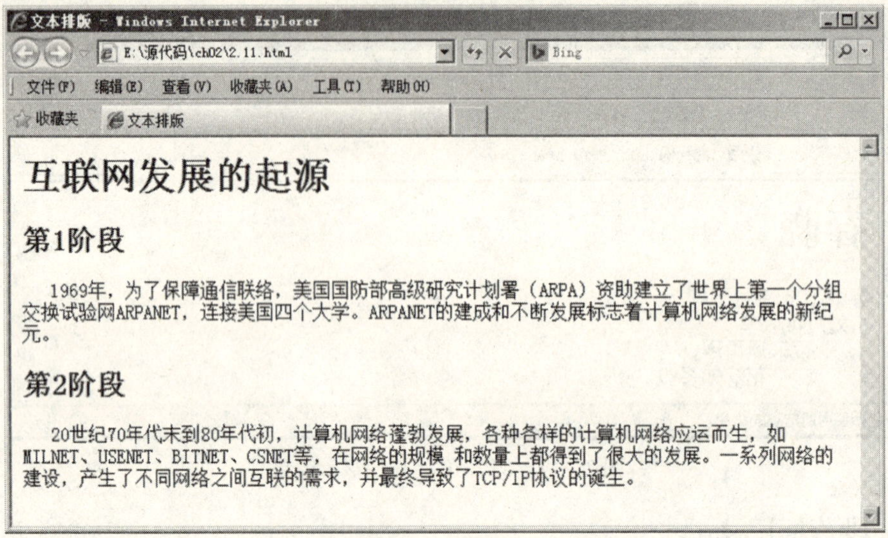

图 2 – 15　例 2.11 运行后显示效果

从浏览器显示结果可以看出，段落之间的距离和段落内部的行间距是不同的，段落间距比较大，行间距比较小。关于如何精细调整段落的间距和如何实现段落的首行缩进，将在本书后面的 CSS 中做详细介绍。

2.4.3　文字修饰标记

学习了段落标记，现在从文字的细节修饰入手，制作更为专业的网页。前面介绍了文字标记 <font>，学习了它的 3 个常用属性 color、size 和 face 分别对文字的颜色、文字的大小和文字的字体进行设置。除此之外，HTML 中还有一些其他的标记修饰文字，如加粗、倾斜、给文字加下划线等。

表 2 – 2　HTML 语言中的文字修饰标记

标记	显示结果
<b>	标记中的内容加粗显示
<i>	标记中的内容倾斜显示
<sub>	将标记中的内容以下标形式显示
<sup>	将标记中的内容以上标形式显示
<strike>	标记中的内容中间有道删除线
<u>	标记中的内容有个下划线

【例 2.12】文字修饰标记

```
<html>
  <head>
    <title>文本排版</title>
  </head>
  <body>
```

```
<h2 align = "center" >文本的修饰</h1 >
<p >默认文本　      加粗后       <b >默认文本</b > </p >
<p >默认文本　      倾斜后       <i >默认文本</i > </p >
<p >默认文本　      加删除线后       <strike >默认文本</strike > </p >
<p >默认文本　      加下划线后       <u >默认文本</u > </p >
<p >2 <sup >3 </sup > =8 </p >
<p >10 <sup >2 </sup > =100 </p >
<p >2H <sub >2 </sub > +O <sub >2 </sub > =2H <sub >2 </sub >O </p >
</body >
</html >
```

在 IE8 中浏览效果如图 2－16 所示。

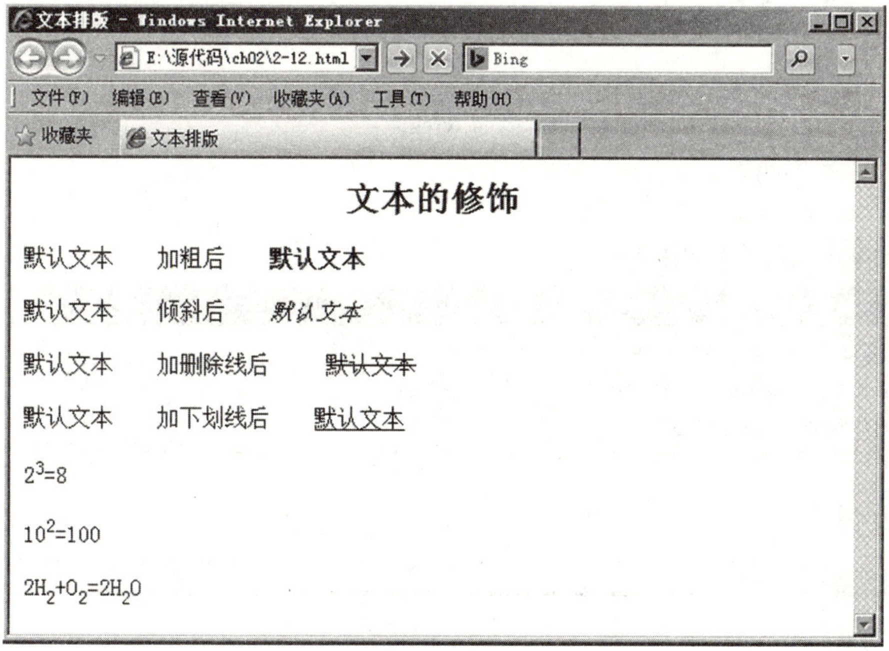

图 2－16　例 2.12 运行后显示效果

2.4.4　网页中的特殊字符

现在，网页的功能已经不再是单纯地传播一些文字信息，它还包括大量的专业技术知识，如数学、物理、化学等知识。如何在网页上显示数学公式、化学方程式以及各种各样特殊的符号，HTML 早就想到了这一点，它定义了许多特殊字符来实现这一切（图 2－17）。

HTML 源代码	显示结果	描述
<	<	小于号或显示标记
>	>	大于号或显示标记
&	&	可用于显示其他特殊符号
"	"	引号
®	®	已注册
©	©	版权
		半个空白位
		一个空白位
		不断行的空白

图 2 – 17　特殊字符

【例 2. 13】网页中的特殊字符

```
<html>
  <head>
    <title>特殊符号</title>
  </head>
  <body>
    &lt; P&gt; <br />
    版权所有 All Rights Conserved &reg;
  </body>
</html>
```

在 IE8 中浏览效果如图 2 – 18 所示。

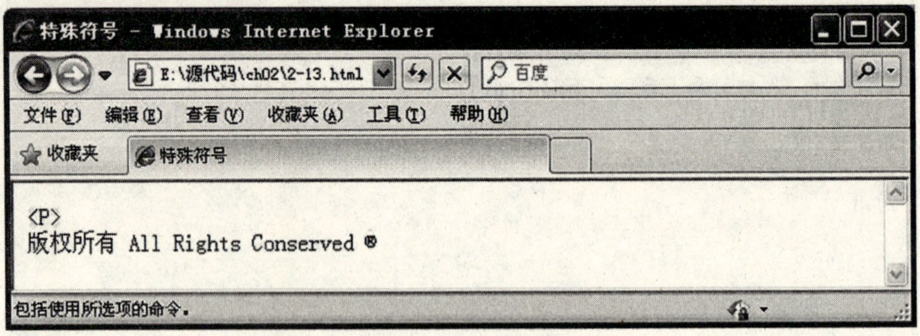

图 2 – 18　例 2. 13 运行后显示效果

2. 4. 5　列表标记

文字列表的主要作用是有序地编排一些信息资源，使其结构化和条理化，并以列表的样式显示出来，以便浏览者能更加快捷地获得相应信息。在 CSS 中，我们经常用到列表标记去实现网页的导航栏。

HTML 中，文字列表主要分为无序列表 <ul> 和有序列表 <ol>，前者每个列项的前面有一个圆点符号，后者则对每个列表项依次编号。

1. 建立无序列表（<ul>）

项目无序列表使用的标记是<ul>和</ul>，其中每个列表项使用<li>和</li>。其结构如下：

```
<ul>
  <li>第一项</li>
  <li>第二项</li>
  <li>第三项</li>
</ul>
```

2. 建立有序列表（<ol>）

项目有序列表使用的标记是<ol>和</ol>，其中每个列表项使用<li>和</li>。其结构如下：

```
<ol>
  <li>第一项</li>
  <li>第二项</li>
  <li>第三项</li>
</ol>
```

【例2.14】列表标记

```
<html>
  <head>
    <title>列表实例</title>
  </head>
  <body>
    <h2>无序列表</h2>
    <ul>
    <li>中国</li>
    <li>美国</li>
    <li>俄罗斯</li>
    </ul>
    <h2>有序列表</h2>
    <ol>
    <li>中国</li>
    <li>美国</li>
    <li>俄罗斯</li>
    </ol>
  </body>
</html>
```

在IE8中浏览效果如图2-19所示。

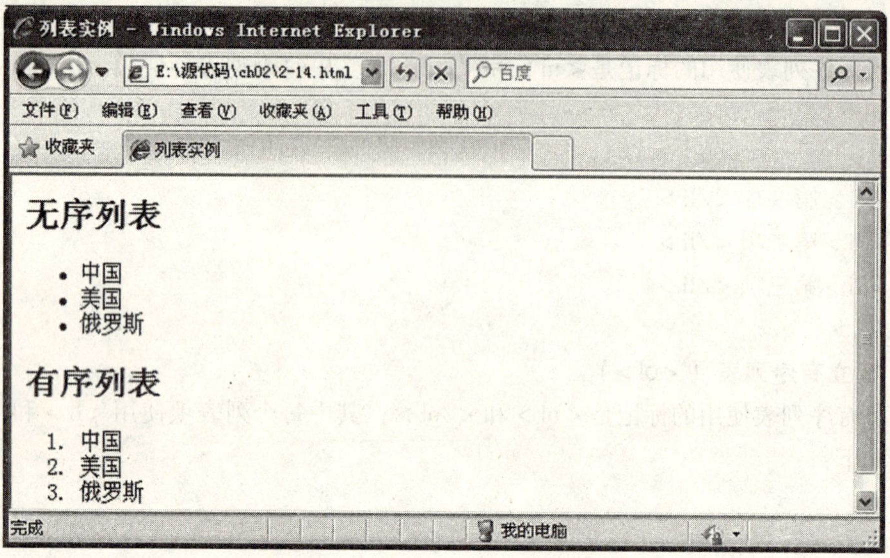

图 2－19　例 2.14 运行后显示效果

对于无序和有序列表可以设置 <ul> 和 <ol> 标记的相关属性，使得列表符号不同。具体将在 CSS 中做具体介绍。

2.4.6　图像标记

图片是网页中不可或缺的元素，图片可以为网页增色不少。这里先介绍网页中常用的两种图片格式，然后介绍如何在网页中插入图片以及图片的常用属性，最后介绍绝对路径和相对路径。

1. 网页中的图片格式

网页中经常用到的 3 种图片格式：JPG、PNG、GIF。JPG 格式为静态图像压缩标准格式，为摄影图片提供了一种有损耗压缩方案，它支持 1670 万种颜色。GIF 采用无损压缩存储，在不影响图像质量的情况下，可以生成很小的文件，但它只支持 256 色以内的图像。PNG 流式网络图形格式，是一种位图文件（bitmap file）存储格式，读成"ping"；PNG 用来存储灰度图像时，灰度图像的深度可多到 16 位，存储彩色图像时，彩色图像的深度可多到 48 位；其特点是带透明通道，文件格式较小；使用原则是尽可能地缩小图片尺寸，以保证网页的打开速度，另一个原则是保证图片的清晰度。

2. <img>标记简介

在网页制作中仅靠文字很难使网页充满生机，一个有精美图片的网页不但能够引起浏览者的兴趣，而且在很多时候要通过图片及相关颜色的配合来做出本网站的网页风格。

下面学习如何在网页中插入图片。其实很简单，只要用 <img> 标记就可以实现了。

【例 2.15】一个简单的图片网页

```
<html>
<head>
  <title>插入图片实例</title>
```

```
</head>
<body>
<h2>下面利用图片标记插入一张图片</h2>
<img src="1.jpg"/>
</body>
</html>
```

在 IE8 中浏览效果如图 2－20 所示。

图 2－20　例 2.15 运行后显示效果

<img>标记的作用就是在网页中插入图片，其中属性 src 是该标记的必要属性，用于指定导入图片的保存位置和名称。在这个例子中，将图片 1.jpg 和该网页文件 2－15.html 放在同一个文件夹下，如果不在同一文件夹下，以上代码不能正常显示图片。我们后面将学习采用其他路径的方式来指定图片文件的位置。<img>标记是一个单标记，所以在“>”前添加一个“/”，表示将该标记关闭。

（1）图片标记的常用属性。

src：src 的值为插入图片的源文件。如果图片的源文件和需要插入图片的网页文件在同一目录下，只需要将 src 的值赋值为图片的完整名称即可。不在同一目录下的知识在绝对路径和相对路径中再做介绍。

title：它的属性值可以是一个字符串，当鼠标悬停在图片上时，会以一个浮动层显示

title 的内容。

alt：它的属性值也是一个字符串，和 title 属性不同的是，alt 属性是当图片无法显示时，在显示图片的位置上显示它的属性值，是对图片的一个说明，用户即使看不到图片，也大概知道图片的内容和意义。

width：width 指的是图像的宽度，和它用法类似的一个属性是 height。这两个属性可以同时设置，也可以单独设置，如果单独设置它的宽度时，图片的高度会按照比例进行相应的调整。如果同时修改两个属性，可能导致图像变形。

【例 2.16】图片属性

```
<html>
  <head>
    <title>插入图片实例 2</title>
  </head>
  <body>
    <h2>下面的两张图片设置高度值不同的效果</h2>
    <img src="1.jpg" width="300" alt="崇圣三塔" title="云南"/>
    <img src="1.jpg" width="150" alt="崇圣三塔" title="云南"/>
  </body>
</html>
```

在 IE8 中浏览效果如图 2-21 所示。

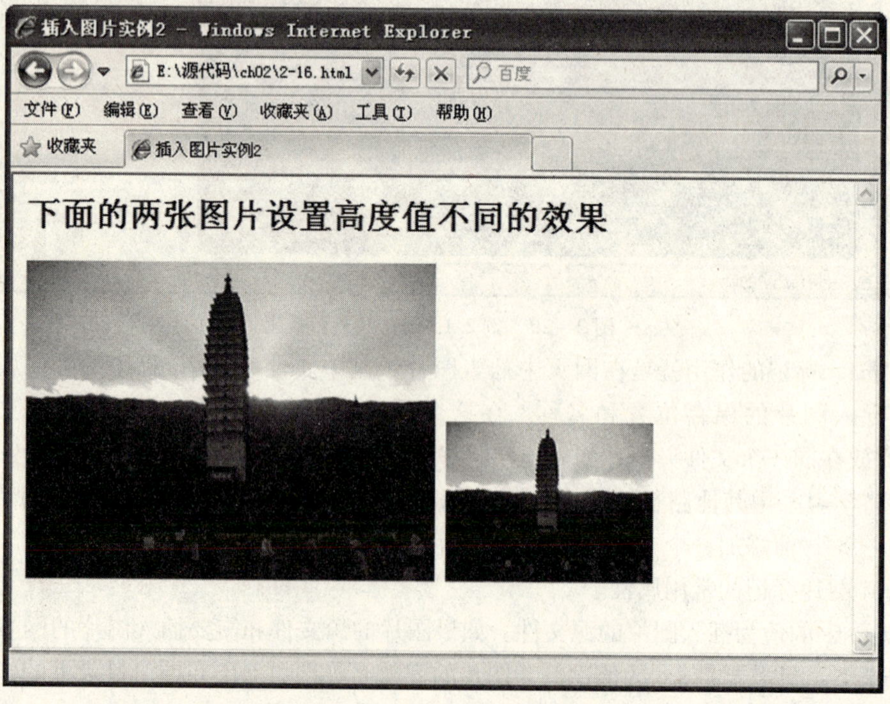

图 2-21　例 2.16 运行后显示效果

从上图中可以看出，设置了 width 为 300，高度会等比例缩放，当鼠标停留在图片上时，图像上会显示 title 的属性值“云南”，如果该图片由于一些客观原因无法显示时，会显示 alt 的属性值“崇圣三塔”。

（2）绝对路径和相对路径。

如上所述，在插入图片时图像文件必须和网页文件在同一目录下。大家可以做个试验，将刚才能够正确显示的网页的图像文件剪切到其他文件夹，不要修改网页文件，这时，再用浏览器打开这个网页，其效果如图 2－22 所示。

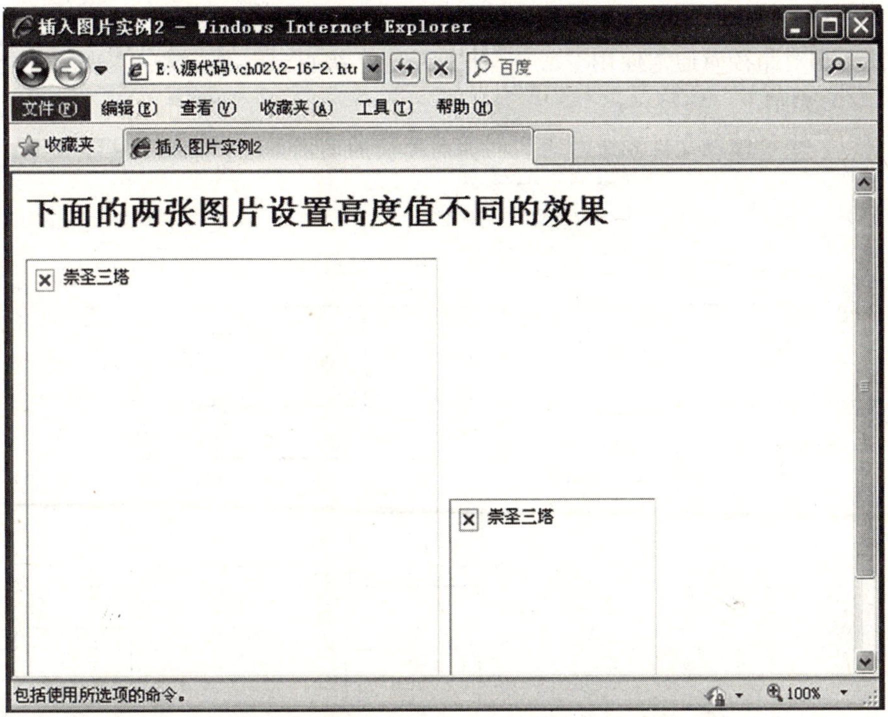

图 2－22 修改图片的位置后，浏览器不能正常显示图片

从上图中可以看出，因为浏览器不知道图片的位置已经更换了，所以它还是到原来的位置去找这个图像，导致图像不能正常显示，这就要通过设置“路径”来帮助浏览器找到相应的引用文件。

①绝对路径。在平时使用计算机时要找到需要的文件就必须知道文件的位置，而表示文件的位置的方式就是路径。例如，只要看到这个路径 C:/website/img/photo. jpg 就知道 photo. jpg 文件是在 C 盘的 website 目录下的 img 子目录中。类似这样完整地描述文件位置的路径就是绝对路径。我们不需要知道其他任何信息就可以根据绝对路径判断出文件的位置。

让我们先来分析一下为什么会发生图片不能正常显示的情况。举一个例子，现在有一个页面 index. htm，在这个页面中链接有一张图片 photo. jpg。它们的绝对路径如下：

C:/website/index. htm;

C:/website/img/photo. jpg.

如果你使用绝对路径 C:/website/img/photo. jpg，那么在自己的计算机上将一切正常，因为确实可以在指定的位置 C: /website/img/photo. jpg 找到 photo. jpg 文件。但是当你将页面上传到网站的时候就很可能会出错了，因为你的网站可能在服务器的 C 盘，可能在 D 盘，也可能在 aa 目录下或在 bb 目录下，总之没有理由会有 C: /website/img/photo. jpg 这样一个路径。那么，在 index. htm 文件中要使用什么样的路径来定位 photo. jpg 文件呢？

②相对路径。相对路径，顾名思义就是自己相对于目标的位置。在上例中 index. htm 中链接 photo. jpg 可以使用 img/photo. jpg 来定位文件，那么不论将这些文件放到哪里，只要它们的相对关系没有变，就不会出错。

在使用相对路径时通常使用“../”来表示上一级目录，“../../”表示上上级的目录，用“/”表示下一级目录。

下面以一个具体的文件系统图来说明相对路径的表示方法，如图 2 - 23 所示。

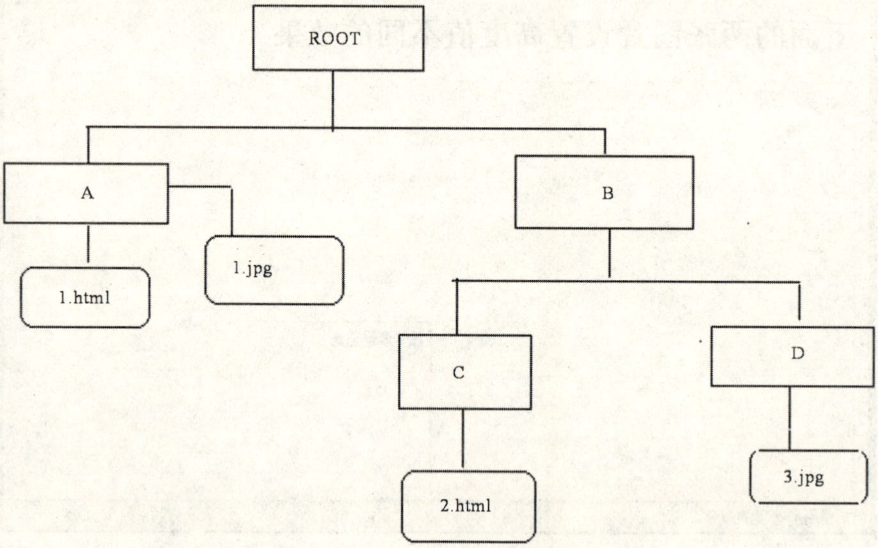

图 2 - 23　文件系统结构示意图

图 2 - 23 中的矩形表示文件夹，圆角图形表示文件，文件包括网页文件和图像文件。

假设在 1. html 中插入 1. jpg 这个图像，由于网页文件 1. html 和图像文件 1. jpg 都在 ROOT—A 文件夹中，即同一目录下，则在 1. html 文件中输入 <img src = "1. jpg" >即可。

假设在 2. html 中插入 3. jpg 这个图像，由于网页文件 2. html 和图像文件 3. jpg 一个在 C 文件夹中，一个在 D 文件夹中，要想找到 3. jpg 这个文件，先进入其上一级目录（..）即 B 文件夹，然后再进入下一级目录（/）D 文件夹，这时可以看到 3. jpg 这个文件。用相对路径的表示形式如下：在 2. html 文件中输入 <img src = "../D/3. jpg" >即可。

假设在 1. html 中插入 3. jpg 这个图像，由于网页文件 1. html 和图像文件 3. jpg 一个在 A 文件夹中，一个在 D 文件夹中，要想找到 3. jpg 这个文件，先进入其上一级目录（..）即 ROOT 文件夹，然后再进入下一级目录（/）B 文件夹，再进入下一级目录（/）D 文件夹，这时，可以看到 3. jpg 这个文件。用相对路径的表示形式如下：在 1. html 文件中输入 <img src = "../B/D/3. jpg" >即可。

说明：我们在做网站时，一般使用 Dreamweaver 建立一个站点，然后在站点里建立一个 images 文件夹，将所有需要插入到页面里的图片放在这个文件夹里，然后使用 Dreamweaver 工具插入图片，它会自动生成相对路径。

2.5　HTML 表格标记

使用表格可以清晰地显示列表的数据，本节将介绍各种与表格相关的 HTML 标记及其属性。

2.5.1　表格基本结构（<table>）

要想建立一个三行四列的表格，必须包含一组 <table> </table> 表格标记、三组 <tr> </tr> 行标记及四组 <td> </td> 单元格标记。请看完整地建立三行四列表格的实例。

【例 2.17】建立三行四列表格

```
<html>
<head>
<title>三行四列表格</title>
</head>
<body>
<table border="1">
  <tr>
    <td>第一行第一列</td>
    <td>第一行第二列</td>
    <td>第一行第三列</td>
    <td>第一行第四列</td>
  </tr>
  <tr>
    <td>第二行第一列</td>
    <td>第二行第二列</td>
    <td>第二行第三列</td>
    <td>第二行第四列</td>
  </tr>
  <tr>
    <td>第三行第一列</td>
    <td>第三行第二列</td>
    <td>第三行第三列</td>
    <td>第三行第四列</td>
  </tr>
```

```
</table>
</body>
</html>
```

在 IE8 中浏览效果如图 2 – 24 所示。

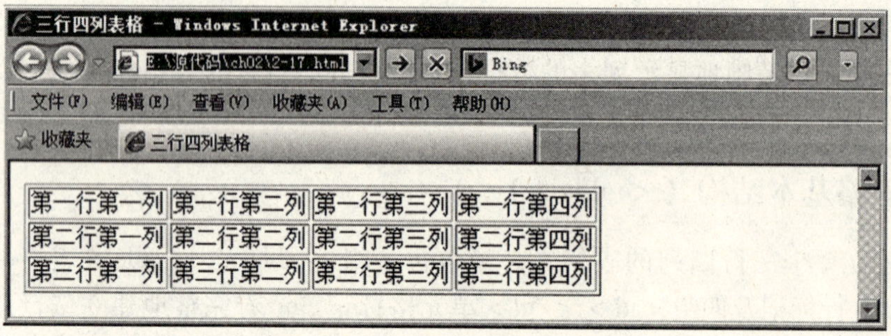

图 2 – 24　例 2.17 运行后显示效果

下面介绍组成表格的 3 个基本标记。

<table>标记：用于标识一个表格，在这个标记中，我们设置了它的 border 属性为 1，表示将表格的边框线粗细设置为 1 像素，还有其他一些属性，我们将在后面讲解。

<tr>标记：用于标识表格的一行，也就是建立一行表格，HTML 代码中有多少<tr> </tr>就有多少行。

<td>标记：用于标识表格的一列，也就是建立一个单元格，它必须放在<tr>标记中，一个<tr> </tr>中有多少个<td> </td>就有多少个单元格。

2.5.2　合并单元格

并不是所有的表格都是规规矩矩的几行几列，有时候还会用到合并单元格，如图 2 – 25 所示的课程表中，“午别”中的上午、下午都是向下合并单元格，“午休”是向右合并单元格。这两种合并方式各有不同的属性设置方法。

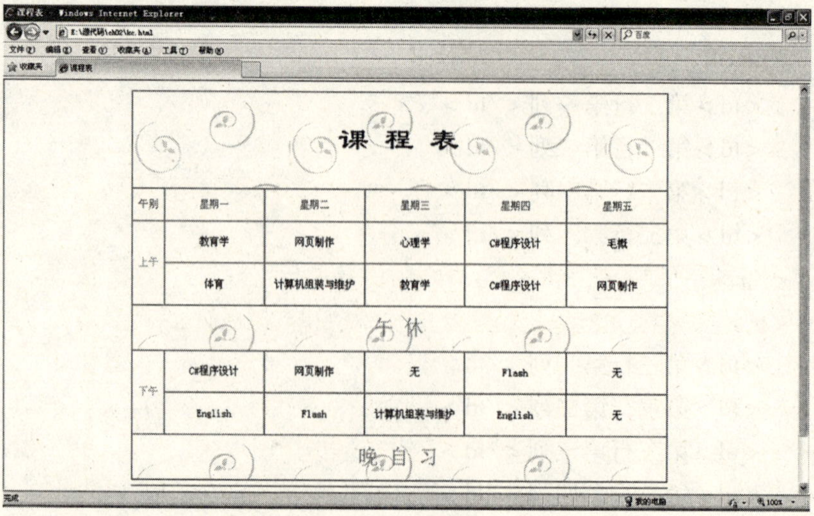

图 2 – 25　课程表

1. 用 colspan 属性实现向右合并单元格

如果我们将例 2. 17 中的第一行单元格都合并，源文件 2 – 18. html 如下：

【例 2. 18】 建立三行四列表格，并将第一行 4 列合并成一个单元格

```
<html>
<head>
<title>三行四列表格</title>
</head>
<body>
<table border="1">
   <tr>
      <td  colspan="4">第一行</td>
   </tr>
   <tr>
      <td>第二行第一列</td>
      <td>第二行第二列</td>
      <td>第二行第三列</td>
      <td>第二行第四列</td>
   </tr>
   <tr>
      <td>第三行第一列</td>
      <td>第三行第二列</td>
      <td>第三行第三列</td>
      <td>第三行第四列</td>
   </tr>
</table>
</body>
</html>
```

在 IE8 中浏览效果如图 2 – 26 所示。

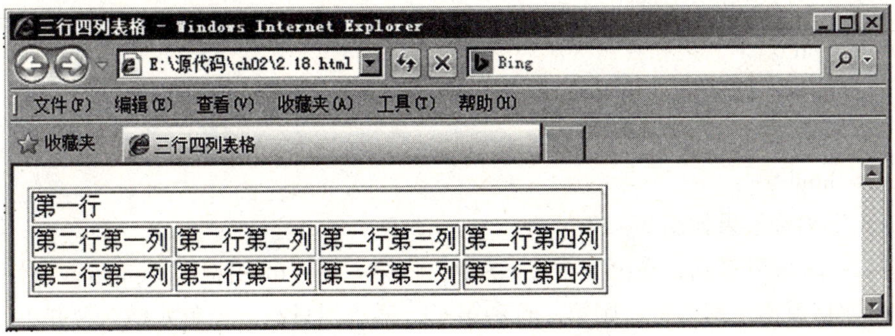

图 2 – 26　例 2. 18 运行后显示效果

可以看到，在第一个 <tr> 中，将 <td> 标记的 colspan 属性设置为 4，这个单元格就横跨 4 列，则第一行只有一个单元格。合并单元格后，相应的单元格标记就会减少，所以要将后面的 <td> </td> 标记去掉。

2. 用 rowspan 属性实现向下合并单元格

将例 2.17 中的第二行第一列和第三行第一列单元格合并，建立三行四列表格，HTML 代码如下：

【例 2.19】建立三行四列表格，并实现向下合并单元格

```
<html>
<head>
<title>三行四列表格</title>
</head>
<body>
<table border="1">
  <tr>
    <td>第一行第一列</td>
    <td>第一行第二列</td>
    <td>第一行第三列</td>
    <td>第一行第四列</td>
  </tr>
  <tr>
    <td rowspan="2">第二行第一列</td>
    <td>第二行第二列</td>
    <td>第二行第三列</td>
    <td>第二行第四列</td>
  </tr>
  <tr>
    <td>第三行第二列</td>
    <td>第三行第三列</td>
    <td>第三行第四列</td>
  </tr>
</table>
</body>
</html>
```

在 IE8 中浏览效果如图 2-27 所示。

从图 2-27 可以看到，在第二个 <tr> 中，将第一个 <td> 标记的 rowspan 属性设置为 2，这个单元格就向下跨 2 行，则第二行和第三行第一列只有一个单元格。合并单元格后，相应的单元格标记就会减少，所以要将第三行第一个 <td> </td> 标记去掉。

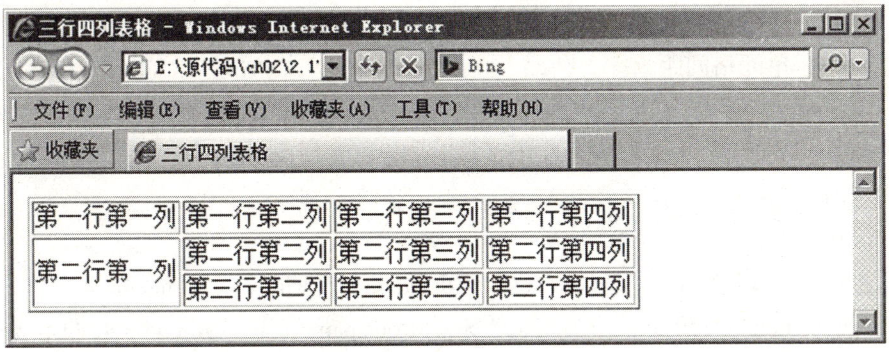

图 2-27　例 2.19 运行后显示效果

2.5.3　表格的常用属性

表格的设计者可以通过表格的相关属性设置表格的大小、背景、对齐形式、边框粗细、边框颜色、单元格边距和单元格间距这些属性。

我们来通过上面这个例子介绍表格标记的常用属性。

1. <table>常用属性

表 2-3　<table>常用属性

属性	说明
width	整个表格的宽度，属性值为像素
height	整个表格的高度，属性值为像素
cellspacing	设定表格相邻单元格边线之间的距离
cellpadding	设定表格单元格中的内容距离格线的距离
align	设置表格在页面中的对齐形式，其取值为 left、right、center，分别表示左对齐、右对齐、居中对齐
border	设定表格边框的粗细，值越小越细，如果不定义边框属性，表格将不显示边框。有时这很有用，但是大多数时候，我们希望显示边框
bordercolor	设置边框的颜色

2. 行标记<tr>属性

表 2-4　<tr>常用属性

属性	说明
align	设置行内表格对齐形式
height	设置这一行占多少高度
bgcolor	设置表格这一行的背景颜色
background	设置表格这一行的背景图片

3. 单元格标记<td>属性

<td>除了具备和<tr>一样的 align、height、width、bgcolor、background 等属性外，还有合并单元格属性 colspan 和 rowspan，前面已经介绍过了。

下面通过一个例子着重说明表格标记的 cellspacing 和 cellpadding 属性。

【例 2.20】单元格间距

```
<html>
<head> <title>课程表</title>
</head>
<body>
<table border=1 align="center" cellspacing=5 width=350 height=200>
  <tr height=50 align="center"> <td colspan=6 background=4.gif>课   程
表</td> </tr>
  <tr height=50 align="center">
    <td width=50>午别</td>
    <td width=160>星期一</td>
    <td width=160>星期二</td>
    <td width=160>星期三</td>
    <td width=160>星期四</td>
    <td width=160>星期五</td>
  </tr>
</table>
</body>
</html>
```

在 IE8 中浏览效果如图 2-28 所示。

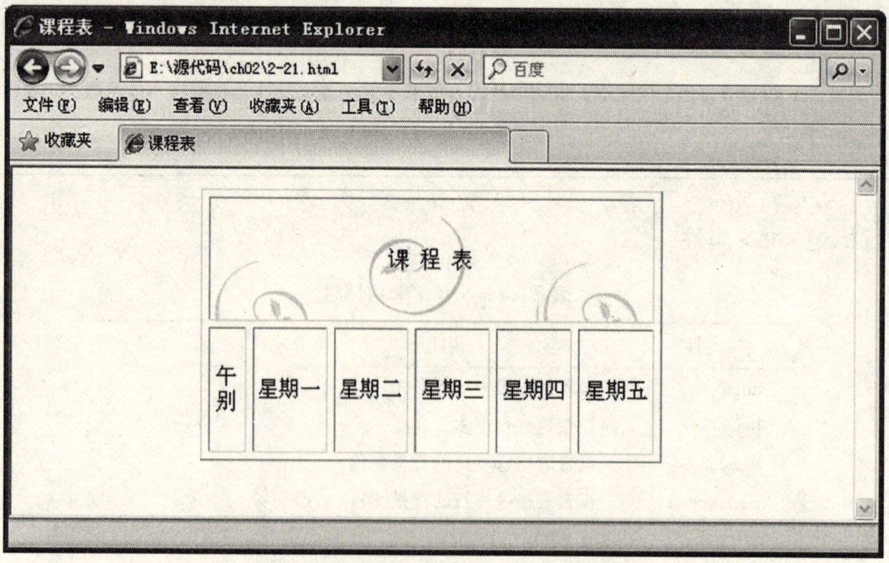

图 2-28 例 2.20 运行后显示效果

从上图中可以看出每个单元格间距较大，一般我们用 HTML 绘制表格时将单元格边距 cellspacing 设置为 0。在 IE8 中浏览效果如图 2-29 所示。

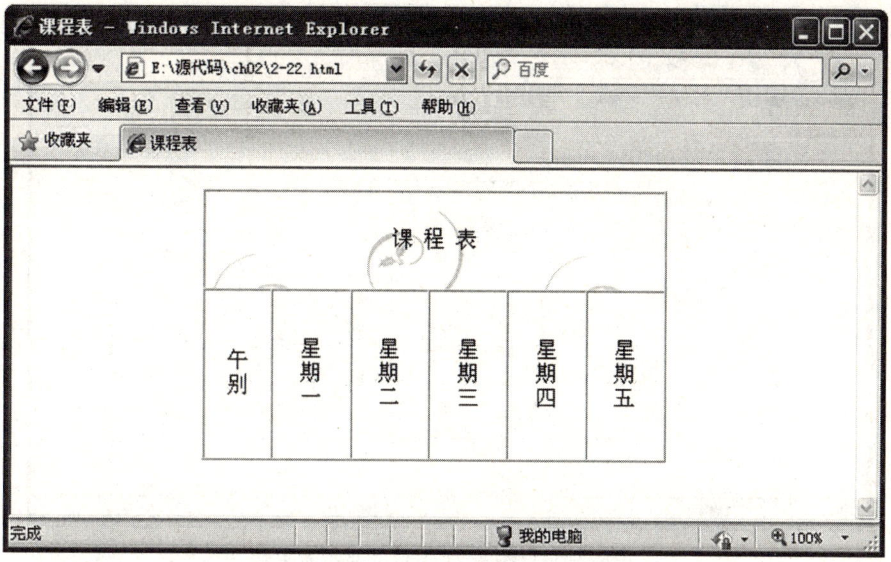

图 2－29　单元格间距设置为 0 的效果

【例 2.21】单元格边距

```
<html>
<head> <title>课程表</title>
</head>
<body>
   <table border=1 align="center"  cellpadding=5 width=350 height=200>
   <tr height=50 align="center"> <td colspan=6 background=4.gif>课   程 表</td> </tr>
   <tr height=50 align="center">
   <td width=50>午别</td>
   <td width=160>星期一</td>
   <td width=160>星期二</td>
   <td width=160>星期三</td>
   <td width=160>星期四</td>
   <td width=160>星期五</td>
   </tr>
   </table>
</body>
</html>
```

在 IE8 中浏览效果如图 2－30 所示。

从上图中可以看出每个单元格内容与单元格上下左右边距值为 5 像素，一般我们用 HTML 绘制表格时将单元格边距 cellpadding 设置为 0。在 IE8 中浏览效果如图 2－31 所示。

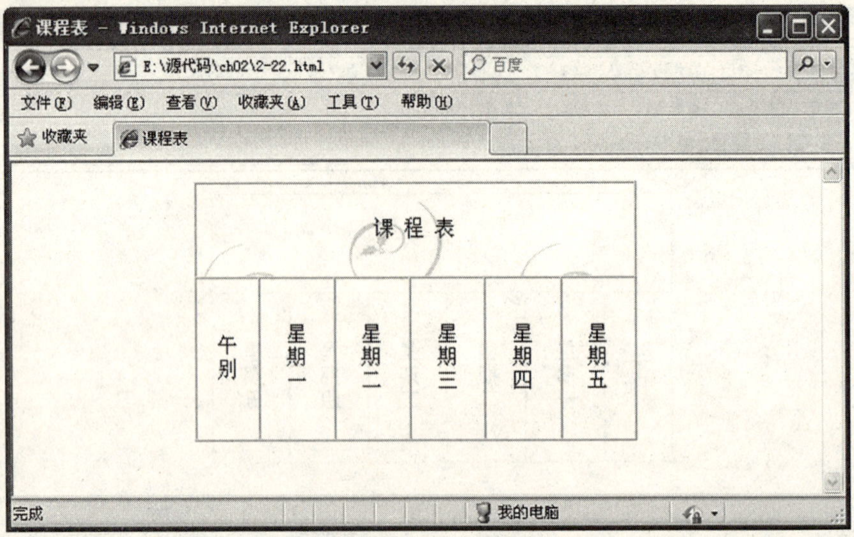

图 2 – 30　例 2. 21 运行后显示效果

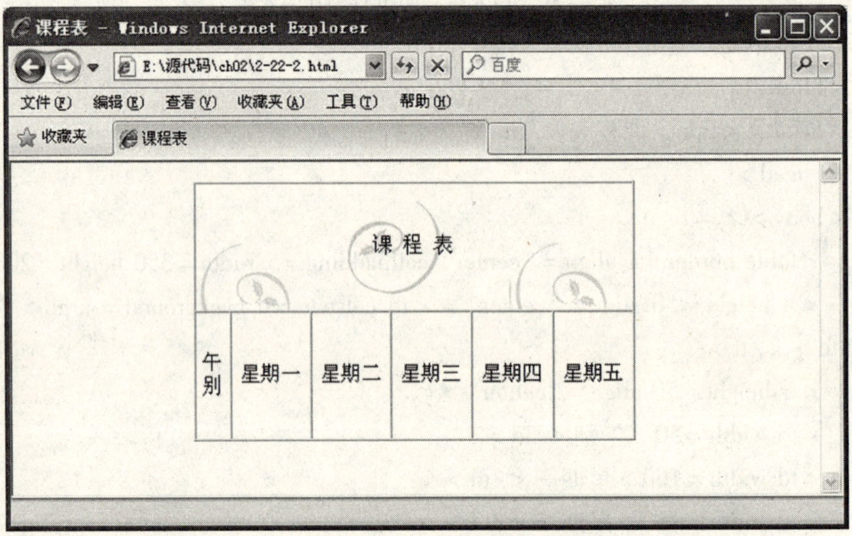

图 2 – 31　单元格边距和间距都设置为 0 的显示效果

下面以在网页中实现一个课程表为例，讲解以上属性的使用。

【例 2. 22】表格综合实例

```
<html>
<head><title>课程表</title>
</head>
<body>
<table border=1 bordercolor="red"  align="center" cellspacing=0 cellpadding=0 width=850  height=600>
  <tr height=150 align="center"><td colspan=6 background=4.gif>课  程  表</td></tr>
```

```
<tr height=50 align="center">
  <td width=50>午别</td>
  <td width=160>星期一</td>
  <td width=160>星期二</td>
  <td width=160>星期三</td>
  <td width=160>星期四</td>
  <td width=160>星期五</td>
</tr>
<tr align="center">
  <td rowspan=2>上午</td>
  <td>教育学</td>
  <td>网页制作</td>
  <td>心理学</td>
  <td>C#程序设计</td>
  <td>毛概</td>
</tr>
<tr align="center">
  <td>体育</td>
  <td>计算机组装与维护</td>
  <td>教育学</td>
  <td>C#程序设计</td>
  <td>网页制作</td>
</tr>
<tr height=70 align="center"><td colspan=6 background=4.gif>午　休
</td></tr>
<tr align="center">
  <tdrowspan=2>下午</td>
  <td>C#程序设计</td>
  <td>网页制作</td>
  <td>无</td>
  <td>Flash</td>
  <td>无</td>
</tr>
<tr align="center">
  <td>English</td>
  <td>Flash</td>
  <td>计算机组装与维护</td>
```

```
        <td>English</td>
        <td>无</td>
    </tr>
</table>
</body>
</html>
```

在 IE8 中浏览效果如图 2－32 所示。

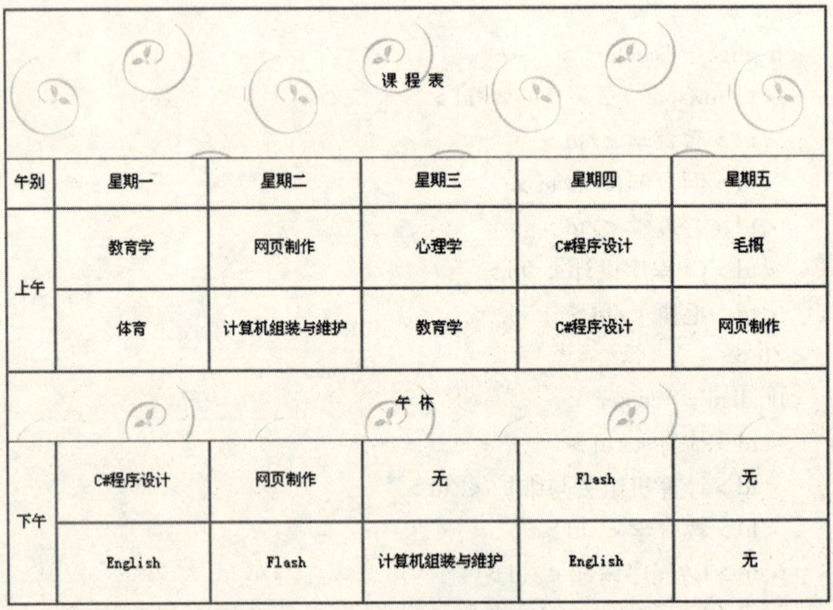

课程表					
午别	星期一	星期二	星期三	星期四	星期五
上午	教育学	网页制作	心理学	C#程序设计	毛概
	体育	计算机组装与维护	教育学	C#程序设计	网页制作
午休					
下午	C#程序设计	网页制作	无	Flash	无
	English	Flash	计算机组装与维护	English	无

图 2－32　例 2.22 运行后显示效果

2.6　HTML 表单标记

本节将主要介绍表单的制作方法。表单是交互式网站的一个很重要的应用，它可以实现网上登录、投票、网上报名、网上购物等功能。表单的出现使得网页从单向的信息传递发展到能够实现与用户交互对话。

2.6.1　表单简介

表单是由一些表单控件（如下图的文本框、下拉列表框、单选框、按钮等）组成，通常需要配合 JavaScript 或服务器端程序来使用，单独存在意义不大，如图 2－33 所示。

本书介绍的是普通的静态页面，当浏览器提出请求时，服务器不做任何处理，直接将页面发送给浏览器显示。含有表单的页面，则会根据表单的内容在服务器上进行一些处理，然后将结果返回给浏览器。因此，如果要真正制作与用户交互的网页，仅仅靠 HTML 是不够的，还必须使用服务器端程序，如 JSP、PHP、ASP. net 等语言来开发。

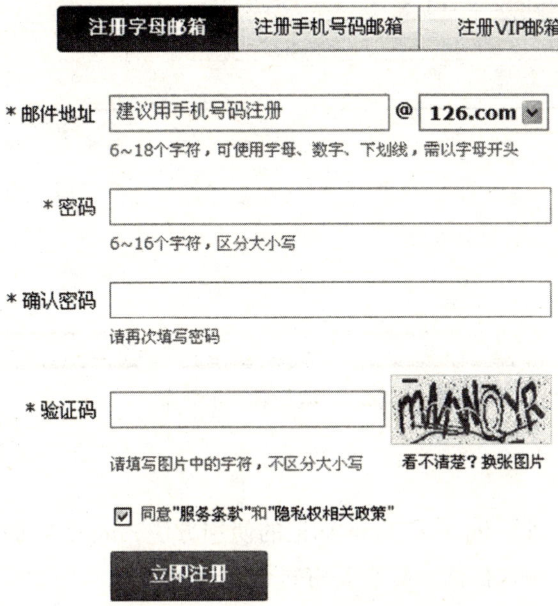

图 2－33　注册表单

本节先介绍表单控件如何用 HTML 语言描述，至于一些动态程序的开发在这里不涉及，感兴趣的读者可以参考其他相关书目。

2.6.2　表单控件

在 HTML 中，与表单相关的两个重要标记是 <form> 和 <input>，前者确定表单的范围，后者用于定义表单中各个具体表单元素。我们先来看一个最简单的表单，由一个文本框组成。

【例 2.23】form 标记

```
<html>
<head> <title>表单引例</title>
</head>
<body>
<form>
姓名：<input type="text"/>
</form>
</body>
</html>
```

在 IE8 中浏览效果如图 2－34 所示。

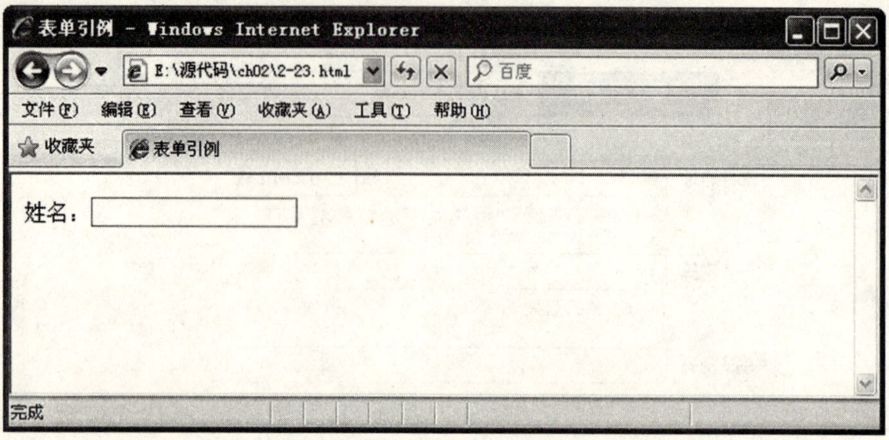

图 2 – 34　例 2. 23 运行后显示效果

2. 6. 3　文本输入框

从例 2. 23 中，我们看到了 input 和 form 标记的使用方法，input 字面上的意义是“输入”，它代表了各种不同的输入控件。只需要将每个表单的 type 属性值设置不同，就可得到不同形状的输入框。文本输入框的定义为 < input type = " text"/ >，属性如表 2 – 5 所示：

表 2 – 5　文本框的属性

属性	含义
name	设置这个表单控件的名称
size	设置这个表单控件的宽度
value	设置这个表单控件预设的内容
maxlength	设置此表单可输入的最大长度，超过最大长度输入的内容将不被这个表单接受

2. 6. 4　单选按钮

单选按钮通常是几个选项摆在一起供访问者点选，一次只能从中选一个。只需要将 input 标记的 type 属性值设置为 radio，就可得到一个单选按钮。单选按钮的定义：

< input type = " radio"/ >

单选按钮的常用属性与文本输入框类似，只有两个特殊的属性，如表 2 – 6 所示。

表 2 – 6　单选按钮的属性

属性	含义
checked	设置某个单选按钮是否被选中，当 checked 属性值为 true 时，表明这个单选按钮处于选中状态
name	需要将一组供选择的单选按钮设置为相同的名字，以保证这一组中只能有一个单选按钮被选中

【例 2. 24】单选按钮与文本框

```
<html>
```

```
<head>
<title>单选按钮</title>
</head>
<body>
  <form>
    <p>
    姓名:<input type="text" name="xm" size="8" maxlength="20"/>
    </p>
    <p>
    性别<input type="radio" name="sex"/>男
    <input type="radio" name="sex" checked="true"/>女
    </p>
  </form>
</body>
</html>
```

在 IE8 中浏览效果如图 2 - 35 所示。

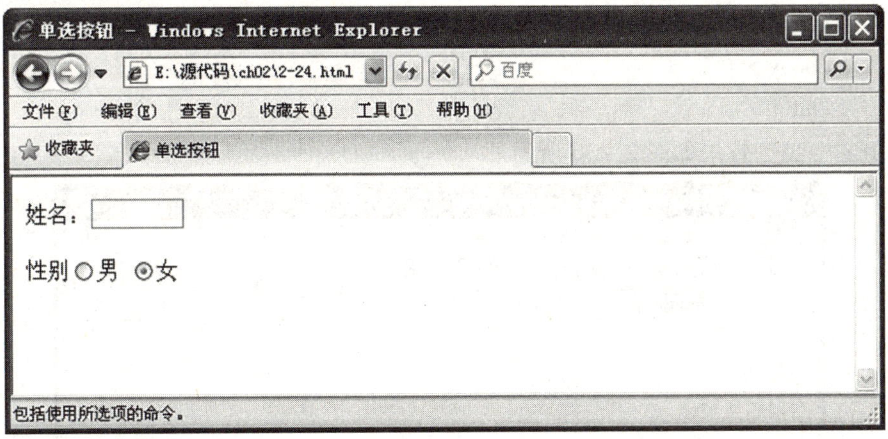

图 2 - 35　例 2.24 运行后显示效果

2.6.5　复选按钮

复选按钮通常是几个选项摆在一起供访问者点选，一次能选一个或多个。只需要将 input 标记的 type 属性值设置为 checkbox，就可得到一个复选按钮。复选按钮的定义：

```
<input type="checkbox"/>
```

复选按钮的常用属性与单选按钮类似，一组复选按钮的 name 属性一致，如想某个复选按钮处于选中状态，可以设置它的 checked 的属性值为 true。

【例 2.25】复选按钮

```
<html>
<head>
```

```
<title>复选按钮</title>
</head>
<body>
<form>
<p>
姓名:<input type="text" name="xm" size="8" maxlength="20"/>
</p>
<p>
性别<input type="radio" name="sex"/>男
<input type="radio" name="sex" checked="true"/>女
</p>
<p>
爱好<input type="checkbox" name="sex" checked="true"/>音乐
    <input type="checkbox" name="sex"/>美术
    <input type="checkbox" name="sex" checked="true"/>体育
</p>
</form>
</body>
</html>
```

在 IE8 中浏览效果如图 2－36 所示。

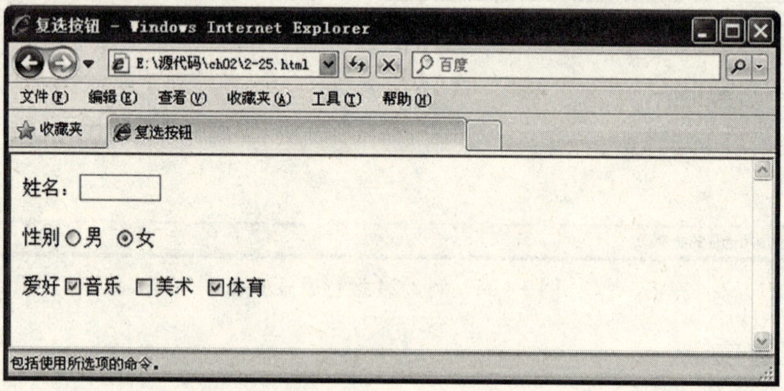

图 2－36　例 2.25 运行后显示效果

2.6.6　密码输入框

密码输入框表面上和文本输入框一样，但在密码输入框中输入内容时，会以“■”取代输入的内容，以防他人偷看。将 input 标记的 type 属性值设置为 password，就可得到一个密码输入框。密码输入框的定义:

```
<input type="password"/>
```

密码输入框的常用属性与文本输入框类似，这里就不重复介绍了。

【例 2.26】密码输入框

```
<html>
<head>
<title>密码输入框</title>
</head>
<body>
<form>
<p>
姓名：<input type="text" name="xm" size="8" maxlength="20"/>
</p>
<p>
密码：<input type="password" name="mm" size="8"/>
</p>
<p>
性别<input type="radio" name="sex"/>男
<input type="radio" name="sex" checked="true"/>女
</p>
<p>
爱好<input type="checkbox" name="sex" checked="true"/>音乐
    <input type="checkbox" name="sex"/>美术
    <input type="checkbox" name="sex" checked="true"/>体育
</p>
</form>
</body>
</html>
```

在 IE8 中浏览效果如图 2-37 所示。

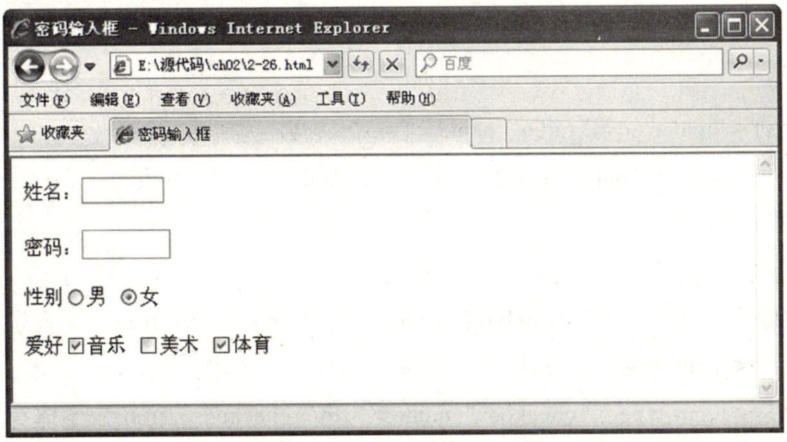

图 2-37　例 2.26 运行后显示效果

2.6.7 按　钮

通常表单填写完成后，都有一个提交和重置按钮。提交按钮的作用就是向服务器提交数据，重置按钮的作用是清除所有填写的内容，恢复初始状态。

提交按钮的定义：

```
<input type="submit"/>
```

重置按钮的定义：

```
<input type="reset"/>
```

另外，如果将 type 的属性值设置为"button"，外观就是一个普通按钮，不具备提交和重置的功能，用户可以通过 JavaScript 代码或服务器脚本语言设置按钮的功能。

普通按钮的定义：

```
<input type="button"/>
```

【例 2.27】按钮

```
<html>
<head>
<title>密码输入框</title>
</head>
<body>
<form>
<p>
姓名:<input type="text" name="xm" size="8" maxlength="20"/>
</p>
<p>
密码:<input type="password" name="mm" size="8"/>
</p>
<p>
性别<input type="radio" name="sex"/>男
<input type="radio" name="sex" checked="true"/>女
</p>
<p>
爱好<input type="checkbox" name="sex" checked="true"/>音乐
    <input type="checkbox" name="sex"/>美术
    <input type="checkbox" name="sex" checked="true"/>体育
</p>
```

```
<p>
<input type = "submit"  name = "btn1"/value = "提交" >
<input type = "reset"  name = "btn2"/value = "重置" >
</p>
</form>
</body>
</html>
```

在 IE8 中浏览效果如图 2 – 38 所示。

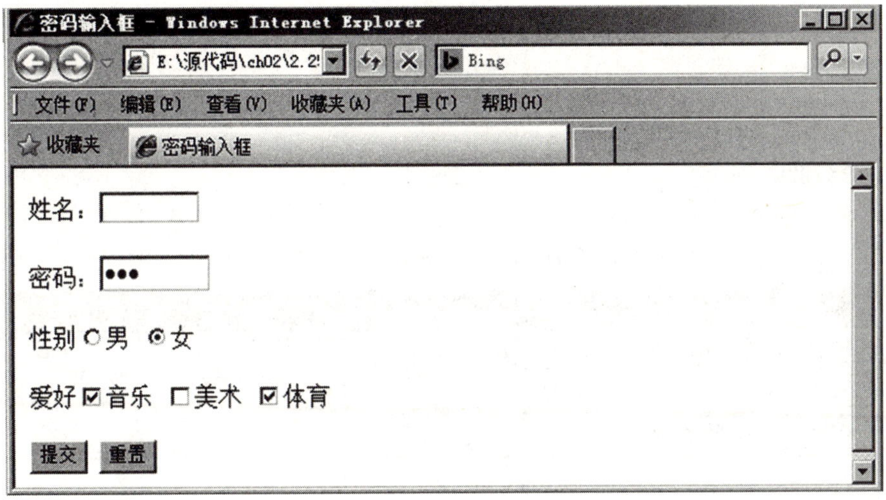

图 2 – 38　例 2.27 运行后显示效果

2.6.8　多行文本框

如果需要访问者输入较多的文字，通常使用多行文本框，这就需要使用 <textarea> 标记来实现，多行文本框的定义：

```
<textarea name = "t1" cols = "45" rows = "5" > </textarea>
```

下面通过表格了解多行文本框的常用属性：

表 2 – 7　多行文本框的属性

属性	含义
cols	用于定义这个多行文本框的宽度（字符列数）
rows	用于定义这个多行文本框的高度（字符行数）
wrap	用于定义它的换行方式： off：输入文字不会自动换行； virtual：输入文字在屏幕上会自动换行，但是如果访问者没有按回车键换行，则提交到服务器视为没有换行； physical：输入文字时自动换行，提交到服务器时，会将屏幕上的自动换行视为换行效果提交

【例 2.28】多行文本框

```
<html>
<head>
<title>多行文本框</title>
</head>
<body>
<form>
<p>
<textarea name="t1" cols="45" rows="5"></textarea>
</p>
</form>
</body>
</html>
```

在 IE8 中浏览效果如图 2-39 所示。

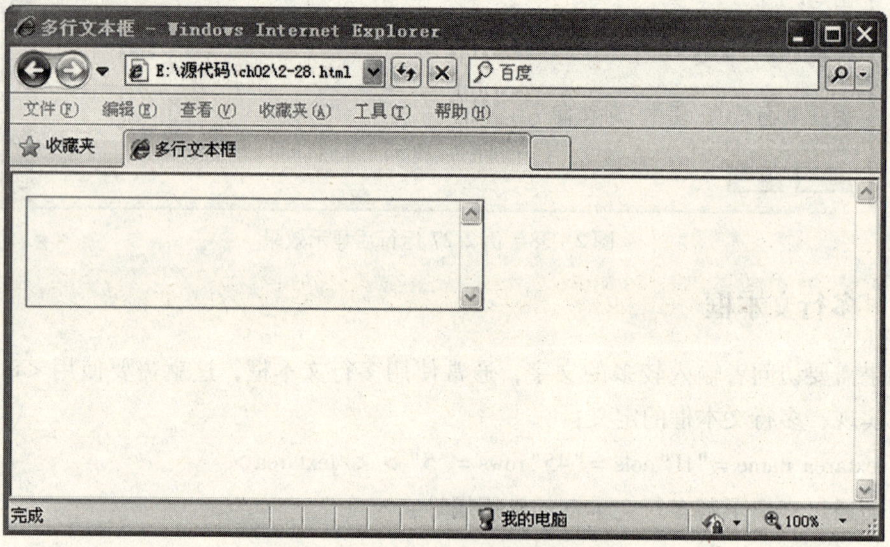

图 2-39 例 2.28 运行后显示效果

2.6.9 列表框

列表框也是常见的表单元素，定义列表框使用的是 <select> 标记。

列表框的定义：

```
<select name="select">
<option value="1">列表项 1
<option value="2">列表项 2
</select>
```

【例 2. 29】列表框

```
<html>
<head>
<title>下拉列表框</title>
</head>
<body>
<form>
<p>
所属系部
<select name="select" id="s1">
<option value="1" selected="true">软件系</option>
<option value="2">艺术系</option>
<option value="3">经管系</option>
<option value="4">数学系</option>
</select>
</p>
</form>
</body>
</html>
```

在 IE8 中浏览效果如图 2 - 40 所示。

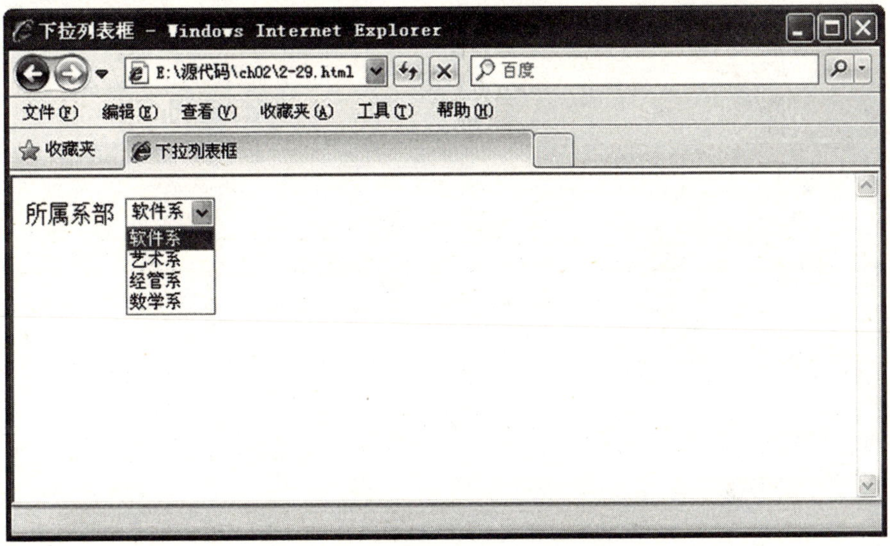

图 2 - 40　例 2. 29 运行后显示效果

如果在 select 标记中，设置 size 属性值为 3，则下拉列表框以 3 行列表显示，如果列表项超过 3，则可以通过滚动条滚动浏览。在 IE8 中浏览效果如图 2 - 41 所示。

图 2 - 41　3 行列表显示的下拉列表框

第 3 章　CSS 概述

网页的内容就是网页将要呈现的信息，主要由 HTML 标记来呈现。网页的样式就是对这些内容进行格式化，如设置文字大小、颜色、图片大小、边框等。由于两种主要的浏览器（Netscape 和 Internet Explorer）不断地将新的 HTML 标签和属性添加到 HTML 规范中，使得创建文档内容清晰，且独立于文档表现层的站点变得越来越困难。为了解决这个问题，万维网联盟（W3C）在 HTML 4.0 之外创造出专门用于表现网页样式的层叠样式表，如今几乎所有的主流浏览器均支持层叠样式表。

3.1　CSS 介绍

3.1.1　CSS 简介

CSS（Cascading Style Sheet，层叠样式表，简称为样式表）是 W3C 组织制定的用于控制网页内容显示效果的一种标记语言，包括 CSS1、CSS2 和 CSS3。由于浏览器对 CSS3 的部分属性还不能完全支持，所以现在通用的标准为 CSS2。CSS2 是 1998 年 5 月发布的，它包含了 CSS1 的内容。

CSS 的作用是通过一系列 CSS 属性控制页面中的显示效果。通过使用 CSS，可以控制页面的背景、文本、布局方式等。CSS 和 HTML 一样也是一种标记语言，代码也很简单，也需要通过浏览器解释执行，也可以用任何文本编辑器来编写，使用文本编辑器编辑的纯 CSS 文件的扩展名为“. css”。

3.1.2　HTML 的不足

在互联网发展的初期，各种网页的规范还远没有今天这样完善和普及，因此网页主要由 HTML 来完成，这样写起来更简单。一个网页的两个方面——“结构”和“表现”都由 HTML 来承担。但是随着网页越来越复杂、精致，HTML 的问题就显现出来了。由于结构和形式混杂在一起，因此网页非常混乱，难以维护、修改和升级。比如网页上多处文字用 <font> 标记定义了字体，如果日后需要修改，就不得不依次修改每处的 <font> 标记，这样对于一个大型网站，无疑非常复杂。此后人们考虑是否可以将“结构与表现”分离，这就是 CSS 的核心思想。

在 CSS 没有引入页面设计之前，如果要把一个 <h1> 段落设置成红色，并对字体进行相应设置，则需要通过 <font> 标记，代码如下：

```
<h2><font color="#0000ff" face="黑体">CSS 标题 1</font></h2>
```

看上去设置并不是很麻烦，但当页面的内容不仅仅是一段的时候，操作就变得复杂了。

【例 3.1】使用纯 HTML 的字体设置

```
<html>
<head>
  <title>演示</title>
  </head>
<body>
  <h2><font color="# FF0000" face="黑体">这是标题文本</font></h2>
  <p>这里是正文内容</p>
  <h2><font color="# FF0000" face="黑体">这是标题文本</font></h2>
  <p>这里是正文内容</p>
  <h2><font color="# FF0000" face="黑体">这是标题文本</font></h2>
  <p>这里是正文内容</p>
</body>
</html>
```

代码设计在浏览器中显示的效果如图 3－1 所示。上面的修改如果是规模很大的网站，工作量就非常大了。

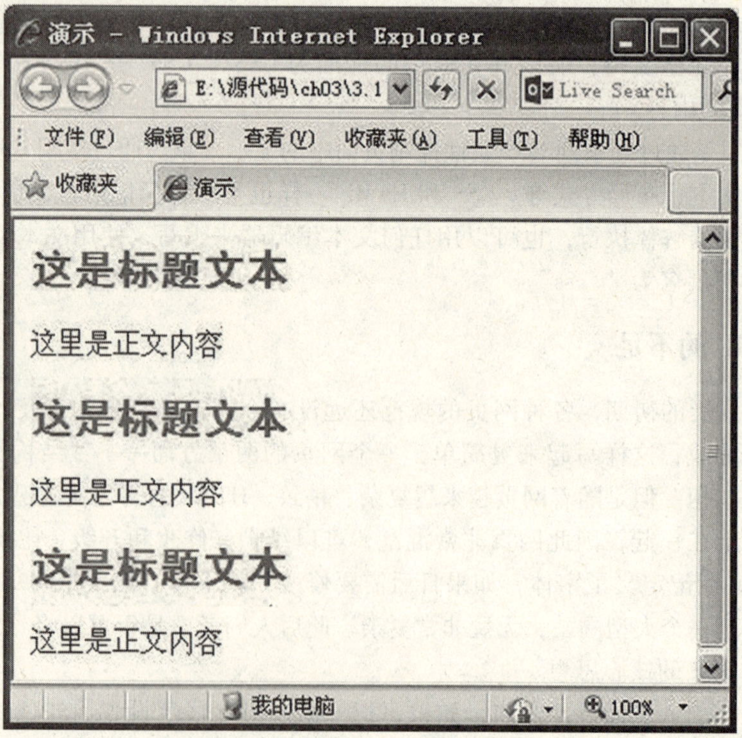

图 3－1　例 3.1 运行后显示效果

3.1.3　CSS 的引入

如果上面的例子引入 CSS 对 <h2> 进行控制，则情况完全不同。修改例 3.1 的代码如下：

```
<html>
<head>
<title>演示</title>
<style type="text/css">
  h2 {
     font-family: 黑体;
     color: blue;
     }
</style>
</head>
<body>
   <h2>这是标题文本</h2>
   <p>这里是正文内容</p>
   <h2>这是标题文本</h2>
   <p>这里是正文内容</p>
</body>
</html>
```

修改后代码将样式放在一个 <style> 标记中，使得网页的内容和样式分离，对网页的整体控制更加灵活。不仅如此，CSS 还提供了丰富的格式控制方法，使得网页设计者能够轻松地应对各种页面效果，这些都将在后面的章节中讲解。

3.1.4　CSS 的编辑

CSS 文件与 HTML 文件一样，都是纯文本文件，因此一般的文字处理软件都可以对 CSS 进行编辑。记事本和 EditPlus 等文本编辑工具对 CSS 的初学者都很有帮助。例如，可以使用“记事本”工具打开 CSS 文件，如图 3－2 所示。在实际制作过程中，推荐使用网页设计软件 Dreamweaver 来编辑 CSS 代码。因为在 Dreamweaver 代码模式下，对 CSS 代码有着非常好的语法着色和代码提示功能。例如，在使用 Dreamweaver 编辑 CSS 代码时，默认情况下，都采用粉色进行语法着色，而 HTML 标记则采用蓝色，网页正文内容采用黑色，而且每行代码前面都有行号标记，方便对代码的整体规划。其编辑效果如图 3－3 所示。

图 3 – 2　记事本中编辑 CSS 代码

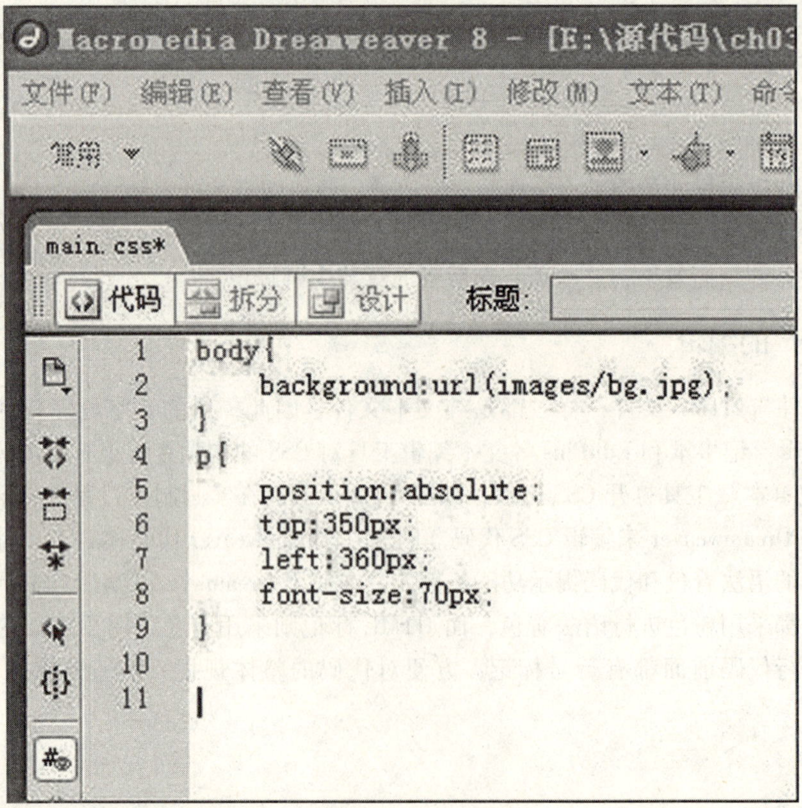

图 3 – 3　Dreamweaver 中编辑 CSS 代码

3.2　CSS的基本语法

CSS的语法包括3部分：选择器、样式属性和属性值。

CSS的作用就是设置网页的各个组成部分的表现形式。首先指定对什么“对象”进行设置，然后指定对哪个方面的“属性”进行设置，最后给出该设置的“值”。

基本语法：

选择器｛样式属性：取值；样式属性：取值；……｝

其中选择器就是上面所指的“对象”，它包括多种形式，所有的HTML标记都可以作为选择器。在利用CSS对属性进行定义的时候，属性和值要用冒号隔开。如果属性的值由多个单词组成，并且单词间有空格，必须给值加引号。如果需要对一个选择器设置多个属性，用分号将属性分开。

【例3.2】使用CSS的简单页面

```
<html>
<head>
<title>CSS语法</title>
<style type="text/css">
p {
  font-family: "Courier New";
  color: red;
  text-align: center;
}
</style>
</head>
<body>
  <p>查看该段落的格式</p>
</body>
</html>
```

在记事本中编辑上面的代码，保存后使用浏览器打开网页，查看最终效果如图3-4所示。

在本例中，使用的选择器是p。在选择器中定义了三个属性，分别为：控制字体属性font-family，值为"Courier New"设置字体样式；控制颜色属性color，值为red设置文本为红色；属性text-align控制对齐方式，值为center设置文本居中对齐。

3.3　CSS选择器

在CSS的3个组成部分中，选择器尤其重要，它将指定对哪些网页元素进行设置。

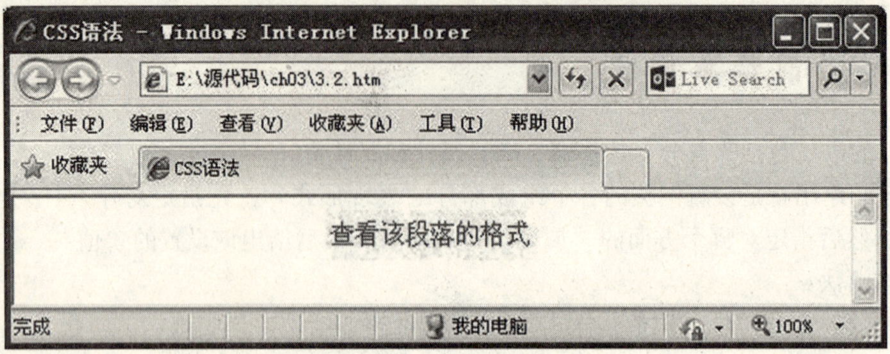

图 3-4 例 3.2 运行后显示效果

基本的选择器有标记选择器、id 选择器和类别选择器 3 种。

3.3.1 标记选择器

HTML 页面由很多不同的标记组成，每一种标记都可以作为相应的标记选择器的名称。

基本语法：

标记名 {样式属性：取值；样式属性：取值；……}

在使用标记选择器时，可以直接使用标记的名称定义，在页面所有与标记选择器相同的标记，都将使用该样式。

【例 3.3】使用标记选择器

```
<html>
<head>
<title>这是一个使用标记选择器的示例</title>
<style type="text/css">
p {
  width: 500px;
  height: 100px;
  background: #999999;
}
</style>
</head>
<body>
  <p>这是一个使用标记选择器的示例</p>
  <p>这是一个使用标记选择器的示例</p>
</body>
</html>
```

以上的代码中，在页面中定义了两个 <p> 标记，然后在标记选择器 p 中，定义了宽度属性值 500 像素，高度属性值 100 像素，背景颜色为灰色，页面的显示效果如图 3-5

所示。

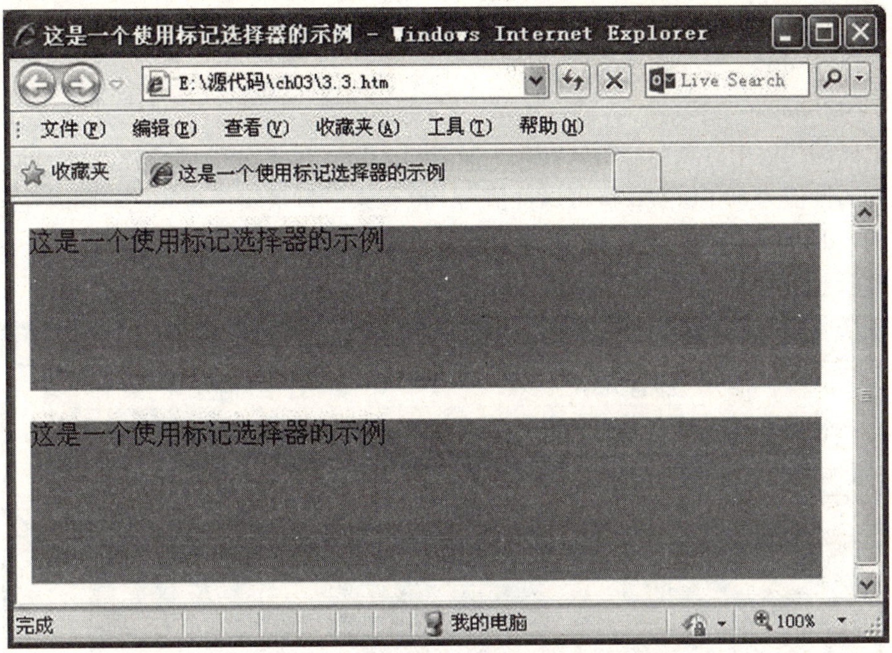

图 3－5　例 3.3 运行后显示效果

3.3.2　id 选择器

id 选择器的使用方法跟类别选择器基本相同，不同之处在于 id 选择器只能在 HTML 页面中使用一次，因此其针对性更强。id 选择器是所有选择器中优先级最高的选择器。

基本语法：

#id 选择器名称 {样式属性：取值；样式属性：取值；……}

在定义 id 选择器的时候，要使用英文的"#"加选择器的名称。在页面标记中使用相应的 id 属性值来调用 id 选择器中定义的 CSS 样式。

【例 3.4】使用 id 选择器

```
<html>
<head>
<title>这是一个使用 id 选择器的示例</title>
<style type="text/css">
#main {
  width: 500px;
  height: 100px;
  background: #999999;
}
</style>
</head>
```

```
<body>
  <div id = "main" >这是一个使用 id 选择器的示例</div>
</body>
</html>
```

在上面的代码中，页面添加 <body>标记和 <div>标记。在 id 选择器"#main"中，定义了宽度属性值为 500 像素，高度属性值为 100 像素，背景颜色为灰色。同时在 <body>标记中的 <div>标记中，定义 id 属性值与 id 选择器"#"后面的内容相同。代码运行后，页面的显示效果如图 3 -6 所示。

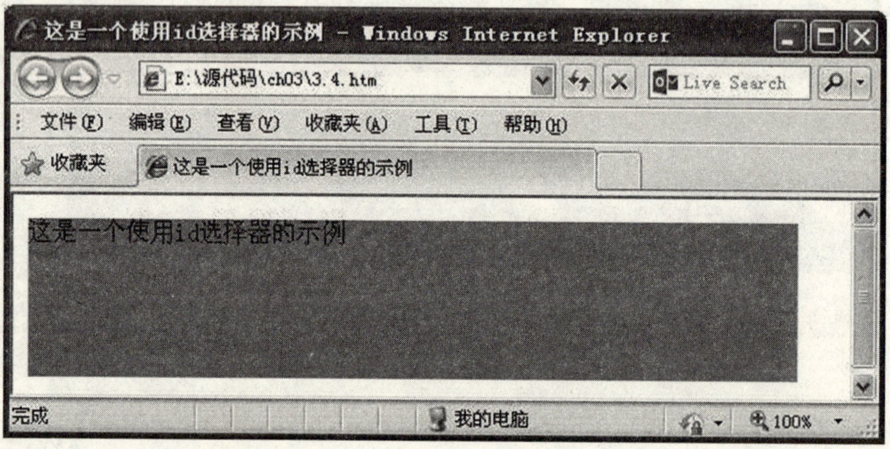

图 3 -6　例 3.4 运行后显示效果

3.3.3　类别选择器

类别选择器用来定义页面中可以重复使用的 CSS 属性，类别选择器的名称可以由用户自定义，属性、值和标记选择器一样。其优先级低于 id 选择器。

基本语法：

. 类别选择器名 {样式属性：取值；样式属性：取值；……}

在定义类别选择器的时候，要使用英文“.”加类别选择器名称。在页面标记中，使用相应的 class 属性值来调用类别选择器中定义的 CSS 样式。

【例 3.5】使用类别选择器

```
<html>
<head>
<title>这是一个使用类别选择器的示例</title>
<style type = "text/css" >
.main {
  height: 100px;
  background: #cccccc;
}
```

```
</style>
</head>
<body>
  <div class = "main" >这是一个使用类选择器的示例</div>
</body>
</html>
```

以上的代码中，添加一个 <div>标记。在类别选择器". main"中，定义了高度属性值为 100 像素，背景颜色为浅灰色。同时在 <body>标记中的 <div>标记中，定义 class 属性值与类别选择器“.”后面的内容相同。代码运行后，页面的显示效果如图 3－7 所示。

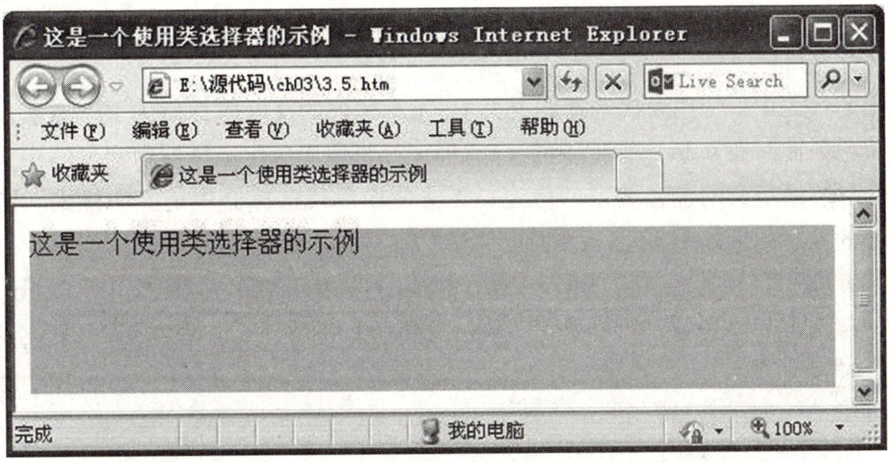

图 3－7　例 3.5 运行后显示效果

3.3.4　后代选择器

后代选择器用来精确定位某个标记，后代选择器的功能极其强大。有了它，可以使 HTML 中不可能实现的任务成为可能。

基本语法：

选择器 1　选择器 2 {样式属性：取值；样式属性：取值；……}

在后代选择器中，规则左边的选择器一端包括两个或多个用空格分隔的选择器。选择器之间的空格是一种结合符。每个空格结合符可以解释为“... 在 ... 找到”“... 作为 ... 的一部分”“... 作为 ... 的后代”，但是要求必须从右向左读选择器。在使用后代选择器的时候，选择器所在的标记之间要有嵌套关系，否则后代选择器不能够正常发挥作用。

【例 3.6】使用后代选择器

```
<html>
<head>
<title>这是一个使用后代选择器的示例</title>
<style type = "text/css" >
```

```
div p {
   height: 100px;
   background: #cccccc;
}
</style>
</head>
<body>
   <div> <p>这里是包含在 div 里的 p 标记 </p> </div>
      <p>这里是独立的 p 标记 </p>
</body>
</html>
```

以上的代码中，使用后代选择器定义了<p>标记的高度属性值为 100 像素，背景颜色为浅灰色。此时在<div>标记中的<p>标记，将使用后代选择器中定义的样式。不具有后代选择器所定义的包含关系的标记，无法使用后代选择器中定义的样式。代码运行后，页面的显示效果如图 3－8 所示。

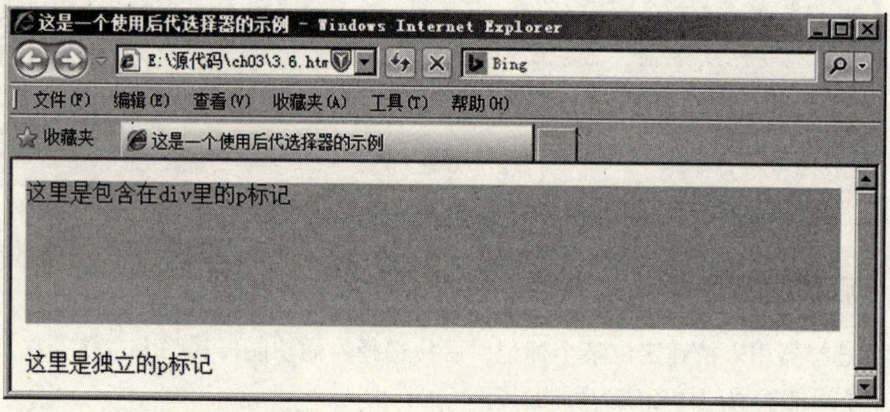

图 3－8　例 3.6 运行后显示效果

3.3.5　分组选择器

使用分组选择器的方法，可以一次性定义几个选择符中的样式。

基本语法：

选择器 1，选择器 2 {样式属性：取值；样式属性：取值；……}

在使用分组选择器的时候，每一个选择器之间使用英文的逗号分隔。

【例 3.7】使用分组选择器

```
<html>
<head>
<title>这是一个使用分组择器的示例 </title>
<style type = "text/css" >
```

```
div, p, h1 {
  width: 500px;
  height: 50px;
  background: #cccccc;
}
</style>
</head>
<body>
   <div>这里是一个独立的 div 标记</div>
     <p>这里是独立的 p 标记</p>
     <h1>这里是一个独立的 h1 的标记</h1>
</body>
</html>
```

以上的代码中，使用选择器分组的方法，统一了 <p> 标记、<div> 标记、<h1> 标记的宽度属性值为 500 像素，高度属性值为 50 像素，背景颜色为浅灰色。代码运行后，页面的显示效果如图 3－9 所示。

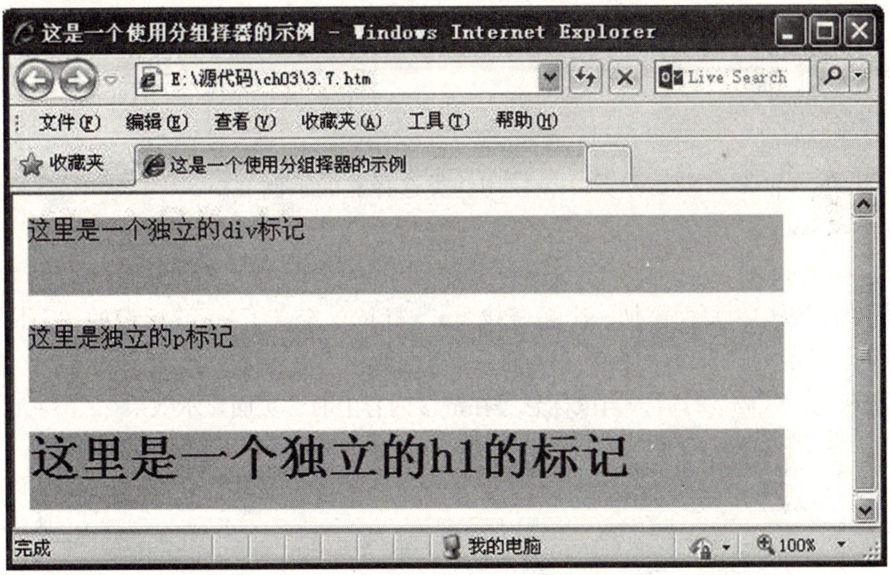

图 3－9　例 3.7 运行后显示效果

3.3.6　伪　类

伪类指的是一类特殊的选择器，通过这类选择器，可以定义鼠标触发时的某种显示效果。

基本语法：

选择器名称：伪类名称 {样式属性：取值；样式属性：取值；……}

在使用伪类的时候，都要有某个其他的选择器，这个选择器可以使用 id 选择器、类别选择器或者标记选择器，但通常会将伪类定义在链接内容中。伪类有固定的写法，其一般格式为英文的":"加伪类的名称。

应用最广泛的伪类是链接的 4 个状态：未链接状态（a: link）、已访问链接状态（a: visited）、鼠标指针悬停状态（a: hover）和被激活的链接状态（a: active）。

在 CSS 中，伪类选择器的写法和数目是固定的，不能自定义伪类。

【例 3.8】使用伪类选择器

```
<html>
<head>
<title>这是一个使用伪类择器的示例</title>
<style type="text/css">
a: hover {
    display: block;
    width: 500px;
    height: 50px;
    background: #cccccc;
}
</style>
</head>
<body>
  <a href="#">这是一个使用伪类选择器的示例</a>
</body>
</html>
```

以上的代码中，页面添加一个超链接 <a> 标记。定义了 <a> 标记的"：hover"伪类。定义了显示方式为块状属性（block），宽度值为 500 像素，高度值为 50 像素，背景颜色为浅灰色。代码运行后，当鼠标悬停在链接内容上时，页面显示效果如图 3 – 10 所示。

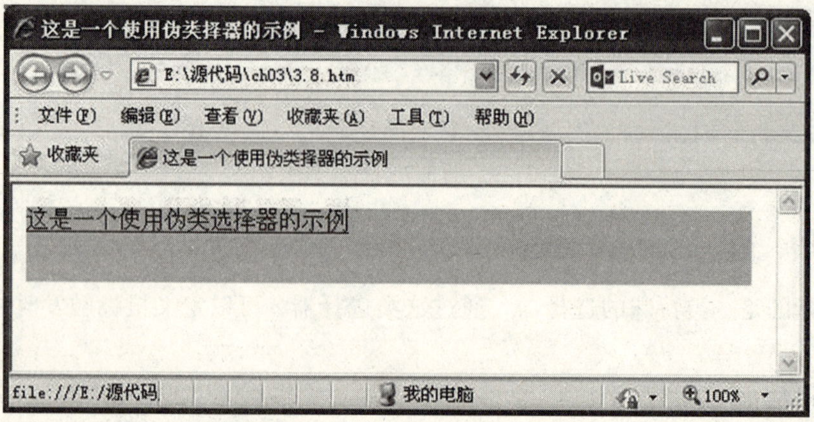

图 3 – 10　例 3.8 运行后显示效果

3.3.7　选择器的优先级

在以上讲解的各种选择器中，id 选择器的优先级最高，然后是类别选择器，最后是标记选择器。由于伪类选择器必须定义在相应的选择器之后，所以伪类选择器的优先级和伪类前面的选择器一致。

【例 3.9】选择器优先级

```
<html>
<head>
<title>选择器优先级</title>
<style type="text/css">
p {
  width: 500px;
  height: 50px;
  background: #cccccc;
}
.p {
  width: 400px;
  background: #666666;
}
#p {
  background: #999999;
}
</style>
</head>
<body>
   <p>这是简单的 p 标记</p>
   <p class="p">这是一个带 class 属性的 p 标记</p>
   <p class="p" id="p">这是一个既带 class 属性，又带 id 属性的 p 标记</p>
</body>
</html>
```

以上的代码中添加了 3 个 <p>标记，并分别定义了 3 个选择器为：标记选择器、类别选择器和 id 选择器。第一个 <p>标记使用标记选择器中定义的样式呈现；第二个 <p>标记同时具有标记选择器的样式和类别选择器的样式，根据优先级的高低，它将按照类别选择器的样式呈现；第三个 <p>标记同时具有 3 个选择器的样式，由于 id 选择器的优先级最高，所以第三个 <p>标记将按照 id 选择器的样式呈现。代码执行后的显示效果如图 3－11 所示。

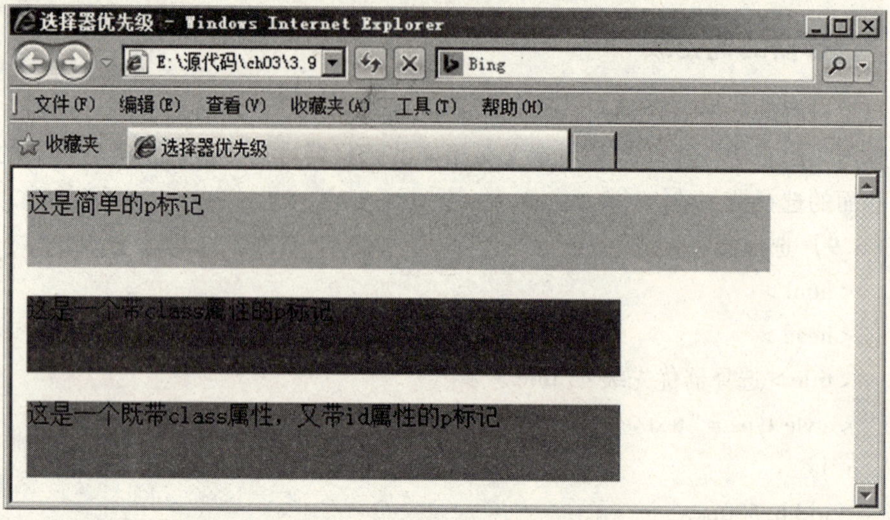

图 3 - 11　例 3.9 运行后显示效果

从上图可见，当同时定义标记选择器和类别选择器时，类别选择器中定义的属性会覆盖标记选择器中定义的相同的属性。在同时使用 id 选择器和类别选择器的时候，id 选择器中定义的属性会覆盖类别选择器中定义的相同的属性，没有覆盖的属性依然会作用在标记上。

3.4　在 HTML 中使用 CSS 的方法

在页面中使用 CSS 样式，通常有 3 种方法，即行内添加、内嵌式调用和链接外部。每种方法的添加位置和格式都有所区别，并且具有不同的优先级，其中推荐使用的方法是链接外部。

3.4.1　行内样式

在行内添加 CSS，就是将 CSS 样式添加在页面的标记中，此时样式的作用范围为标记开始和结束之间。在使用 CSS 的 3 种方法中，行内添加 CSS 样式具有最高的优先级。

【例 3.10】使用行内样式

```
<html>
<head>
<title>一个使用行内样式的示例</title>
</head>
<body>
<div style="font-size: 30px; font-family: 黑体; line-height: 100px; ">这个 div 使
用了行内样式</div>
</body>
</html>
```

以上的代码使用 style 属性将 CSS 样式添加在 <div> 标记中。定义了字体的大小为 30 像素，字体类型为黑体，行高为 100 像素。运行后显示效果如图 3 – 12 所示。

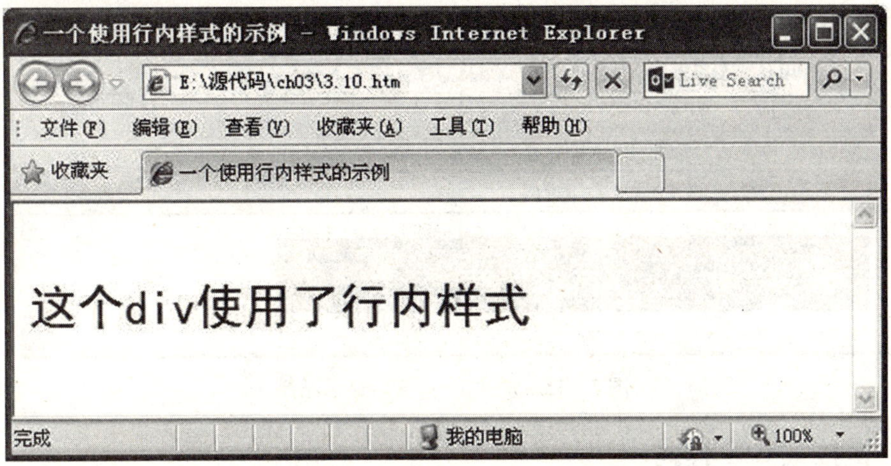

图 3 – 12　例 3.10 运行后显示结果

3.4.2　内嵌式 CSS 样式

内嵌式 CSS 样式就是在 HTML 页面中添加一个 <style> 标记，通过在 <style> 标记中添加 CSS 代码来定义 CSS 样式。在 <style> 标记中定义的 CSS 样式，必须通过页面中标记的名称或定义相应的属性才能调用。内嵌式 CSS 样式优先级低于行内添加的 CSS 样式。

【例 3.11】使用内嵌式调用 CSS 样式

```
<html>
<head>
<title>一个使用内嵌式样式的示例</title>
<style type="text/css">
div {
  font-size: 24px;
  width: 400px;
  line-height: 50px;
  color: white;
  background-color: black;
}
</style>
</head>
<body>
<div>这个 div 调用了内嵌式样式</div>
</body>
</html>
```

以上代码通过在 <head> 标记中定义 <style> 标记，完成 CSS 样式的定义。其中的 CSS 样式定义字体的大小为 24 像素，行高为 50 像素，字体的颜色为白色，背景颜色为黑色。代码运行效果如图 3 – 13 所示。

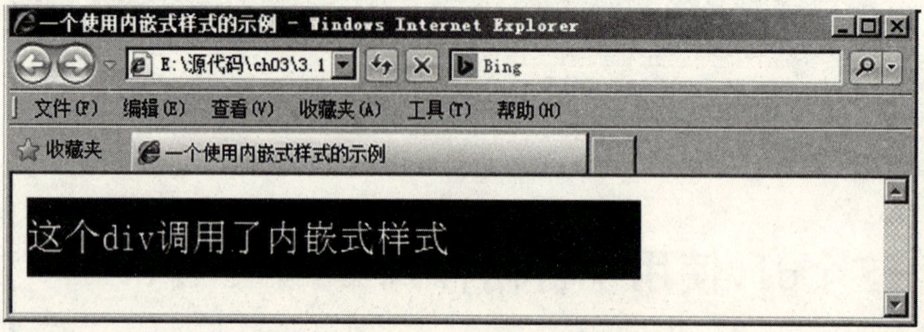

图 3 – 13　例 3.11 运行后显示结果

3.4.3　链接式 CSS 样式

链接式 CSS 样式就是将 CSS 样式定义在一个外部文件中，然后通过使用 <link> 标记在页面中调用这个外部文件。独立的 CSS 文件的扩展名为“.css”的文本文件，可以保存在磁盘的任意位置。链接外部 CSS 的优先级最低。

【例 3.12】使用链接样式

HTML 页面的代码如下：

```
<html>
<head>
<title>一个使用链接样式的示例</title>
<link href="css.css" type="text/css" rel="stylesheet"/>
</head>
<body>
<div>这个 div 调用了外部链接样式</div>
</body>
</html>
```

以上代码使用 <link> 标记链接了一个名称为“css.css”的外部样式文件。这个外部文件中定义的 CSS 代码如下所示。

```
div {
    font-size: 24px;
    width: 400px;
    line-height: 50px;
    color: white;
    background-color: black;
    border: 15px solid blue;
```

```
}
```

以上的代码中，定义字体的大小为 24 像素、行高为 50 像素、块状标记的宽度为 400 像素，字体颜色白色，背景颜色为黑色，还定义了块状标记的边框为 15 像素的蓝色实线。代码运行后的显示效果如图 3 – 14 所示。

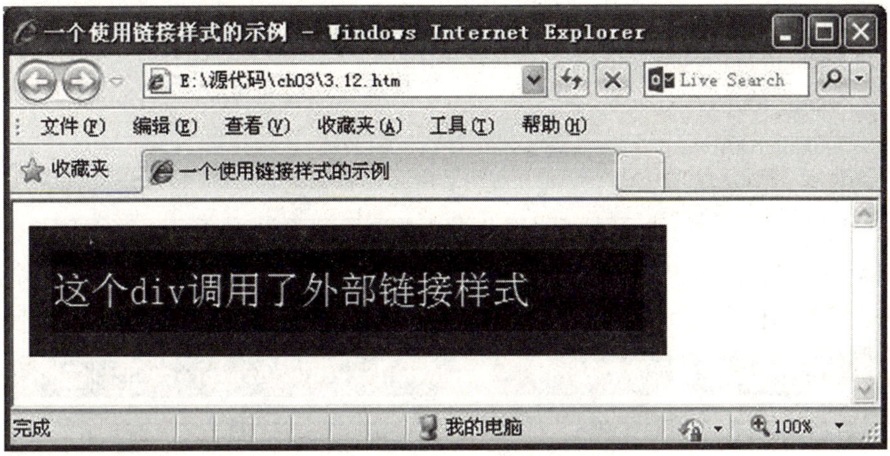

图 3 – 14　例 3. 12 运行后显示效果

3. 4. 4　应用样式的优先级

通过前面的学习可知，在页面中使用 CSS 样式的方法有 3 种，分别为在标记中直接定义、在页面头部 <style> 标记定义样式和从外部文件调用样式。3 种方法中，在标记中直接定义 CSS 的优先级最高，其次是在页面头部定义的 CSS 样式，最后是从外部文件中调用的 CSS 样式。

【例 3. 13】应用样式的优先级

HTML 页面的代码如下：

```
<html>
<head>
<title>一个关于应用样式优先级的示例</title>
<link href="my.css" type="text/css" rel="stylesheet"/>
<style type="text/css">
div {
  background: #666666;
  color: white;
}
</style>
</head>
<body>
<div style="background: #0000ff;">这是一个关于应用样式优先级的示例</div>
```

```
</body>
</html>
```

在 <link>标记中被调用的 my. css 的代码如下所示。

```
div {
    color: #333333;
    background-color: white;
    width: 400px;
    height: 100px;
}
```

以上的代码中，对于 <div>标记，使用行内样式 style 属性的方法定义它的背景颜色为蓝色。同时在头部的 <style>标记中定义背景颜色为灰色，文本颜色为白色。在外部的 CSS 文件中定义背景颜色为白色，文本颜色为深灰色。页面最终的显示效果如图 3 – 15 所示。

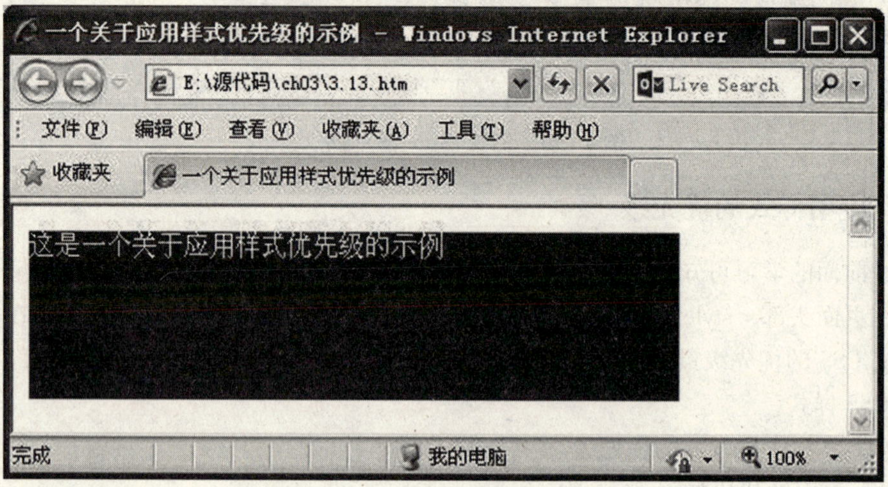

图 3 – 15　例 3. 13 运行后显示效果

从上图可见，页面最终在定义的 3 种背景颜色中使用了优先级最高的标记内部定义的颜色，文本的颜色使用了头部样式中定义的颜色，而宽度和高度则使用了外部样式中定义的大小。

3.5　综合实例——古诗排版

【例 3. 14】文本结构与样式

创建一个带 HTML 结构的文本内容页，代码如下，显示效果如图 3 – 16 所示。

```
<html>
<head>
<title>结构与样式</title>
</head>
<body>
```

```
<div id="main">
    <div id="cont">
  <p>曾经沧海难为水，</p>
  <p>除却巫山不是云。</p>
  <p>取次花丛懒回顾，</p>
  <p>半缘修道半缘君。</p>
  <p>《离思》——元稹</p>
    </div>
</div>
</body>
</html>
```

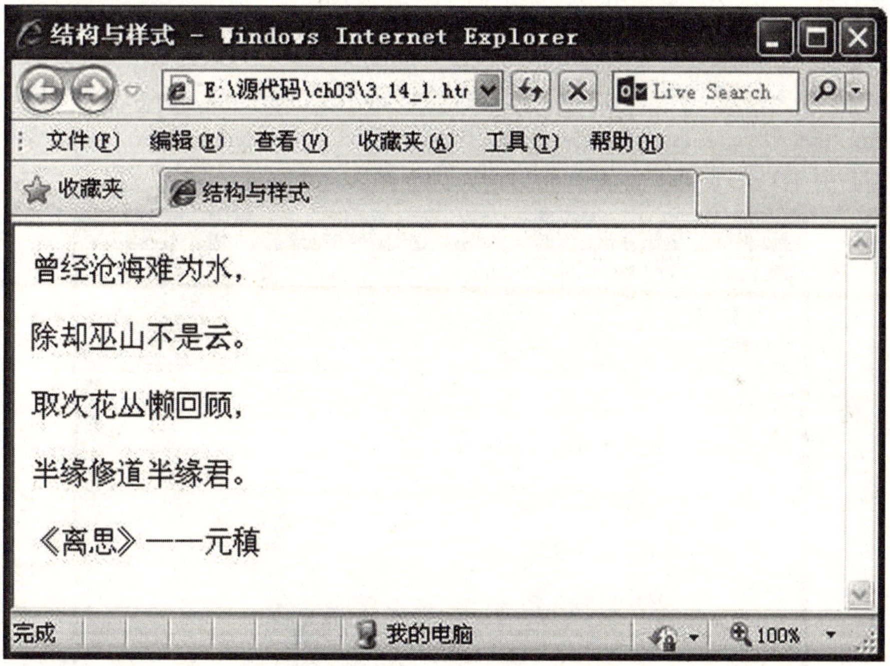

图 3－16　例 3.14 运行后显示效果

上面的代码通过使用 HTML 标记呈现了一首诗歌的内容和结构。下面创建一个 CSS 文件用来对上面的文档进行样式定义，代码如下：

```
/* CSS Document */
body {
   font-size: 15px;
   color: #0099CC;
   text-align: center;
   line-height: 20px;
}
```

```
#main {
    text-align: left;
    width: 400px;
    height: 300px;
    padding-top: 30px;
    background: #fff url (love. gif) no-repeat bottom right;
}
#cont {
    width: 280px;
    text-indent: 20px;
    margin-left: 20px;
}
```

将 HTML 文件和上面 CSS 文件放在同一目录下，在 HTML 文档中的 <head> 标记中添加一个 <link> 标记，用于把 CSS 文档链接到页面中，其 <link> 标记代码如下：

```
<link href = "style. css" rel = "stylesheet" rev = "stylesheet" type = "text/css" / >
```

重新打开 HTML 页面，查看页面呈现效果如图 3 – 17 所示。

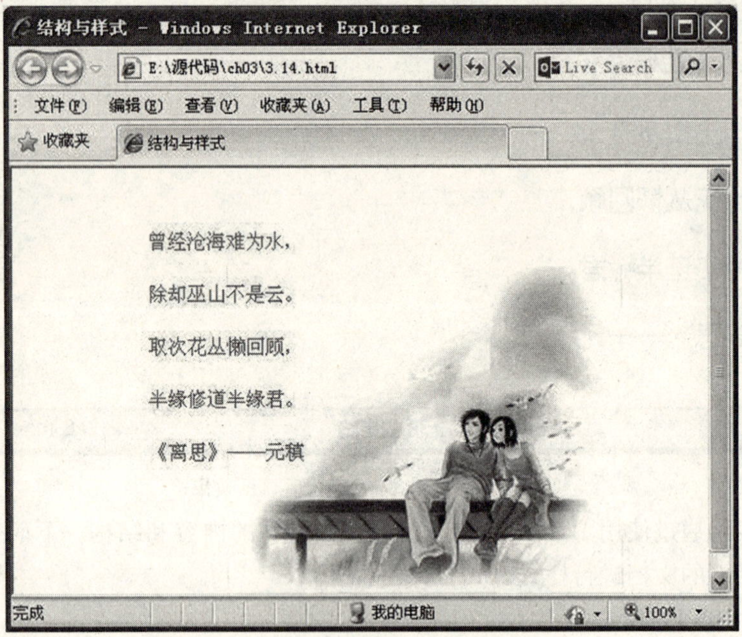

图 3 – 17 使用 CSS 来定义页面样式显示效果

通过上面两个页面的对比效果，可以很明显地看出内容和样式的区别以及内容和样式的作用。使用 CSS 制作的网页更新起来也更加方便，一个 CSS 文件可以同时控制多个网页内容样式，如需修改，也只要修改单个 CSS 文件即可。

第4章　使用CSS设置文本样式

在HTML中已经对如何在网页中使用文本做了详细的介绍，但是HTML对文本的控制相对有限，通常我们更习惯用CSS来完成网页中的文本文字制作，因为CSS的文字样式更加丰富，实用性更强。文本的样式包括文本中字体的显示效果和文本中段落的显示效果。在CSS中，文本的控制是很重要的内容，文本的显示效果将直接影响读者对页面信息的读取。

4.1　长度单位和颜色定义

4.1.1　长度单位

在CSS中，长度单位分为绝对长度单位和相对长度单位。绝对长度单位是指在各种环境中都使用相同的长度值；相对长度单位是指根据各自定义的标准和环境的不同，显示的长度会发生变化。

1. 绝对长度单位

绝对长度单位一般为常用的各种单位值，包括in（英寸）、cm（厘米）、mm（毫米）、pt（磅）、pc（pica），其中in、cm、mm等是常用的长度单位。下面对两种不常用的单位进行简单说明。

pt（磅）：印刷上用的标准单位，72磅的长度为一英寸。

pc（pica）：印刷上用的标准单位，1pc的长度是12磅。

绝对长度一般在打印文档定义的样式中比较常用，在网页设计中很少使用。

2. 相对长度单位

相对长度单位是网页中常用的长度单位，具体包括em、ex、px。

em：定义文字时font-size属性值的单位。

ex：定义文字时字母x的高度。因为不同的字体中x的高度是不同的，所以单位ex的实际大小也不同。

px（像素）：将显示器分成细小的方格，每个方格就是一个px，px的实际显示大小要受到显示器分辨率的影响。

3. 百分比值

百分比值是指通过一个指定的标准，定义需要显示的长度。根据指定的标准的不同，最终显示的长度会有所区别。

4.1.2 颜色值

在 CSS 中，定义颜色的方法有很多，其中比较常用的方法是使用颜色名称和使用十六进制颜色值两种。

1. 使用颜色名称可以定义简单的颜色效果

一些主要浏览器能够识别的颜色名称包括：red（红）、yellow（黄）、blue（蓝）、silver（银）、teal（深青）、white（白）、navy（深蓝）、olive（橄榄色）、purple（紫）、gray（灰）、green（绿）、lime（浅绿）、maroon（褐）、apua（水绿）、black（黑）、fuchsia（紫红）。

2. 使用十六进制颜色值可以设置较为复杂的颜色

基本语法：

h1 {color：#3366FF}

在使用十六进制颜色值时，一定要在颜色值之前加“#”。6 位数字中前两位代表红色，中间两位代表绿色，最后两位代表蓝色。每组色值的数字越大，代表含有的成分越多。如#000000 代表没用任何三原色，即为黑色，#ffffff 表示三原色均为最大值，即为白色。

4.2 字体属性

在 CSS 中字体的控制包括控制文本的字体、字体的大小、字体的样式、字体的颜色及字体的修饰等。

4.2.1 字体属性（font-family）

字体属性用来定义文本中使用的字体。字体属性的值为字体名称。

基本语法

font-family：字体 1，字体 2，字体 3……；

在使用字体属性时，如果字体中含有空格，或者使用的是中文字体，要在字体上使用引号。如果同时定义多个字体，则每种字体使用逗号隔开，最先定义的字体优先使用。

【例 4.1】使用字体属性

```
<html>
<head>
<title>css 属性实例</title>
<style type="text/css">
div
  {
  font-family:"圆幼","黑体";
  width:300px;
```

```
    height: 100px;
    background: #cccccc;
}
p
{
    font-family: Arial, "Arial Black" ;
    width: 400px;
    height: 100px;
    background: #999999;
}
</style>
</head>
<body>
    <div>这是使用中文字体黑体的标记</div>
<p>This font-family is Arial!  </p>
</body>
</html>
```

以上代码中，<div>标记的字体属性定义为圆幼和黑体。像这样定义好几种字体时，当浏览器不支持第一种字体时，就会显示第二种字体，并依次类推，若所定义的字体都不支持，则浏览器就显示默认字体。在该例中，由于本地环境没有安装圆幼字体，所以<div>最终使用黑体。而<p>标记定义的两种英文字体中 Arial 为常用字体，一般都会安装在电脑中，所以<p>标记显示为 Arial 字体。页面显示效果如图 4－1 所示。

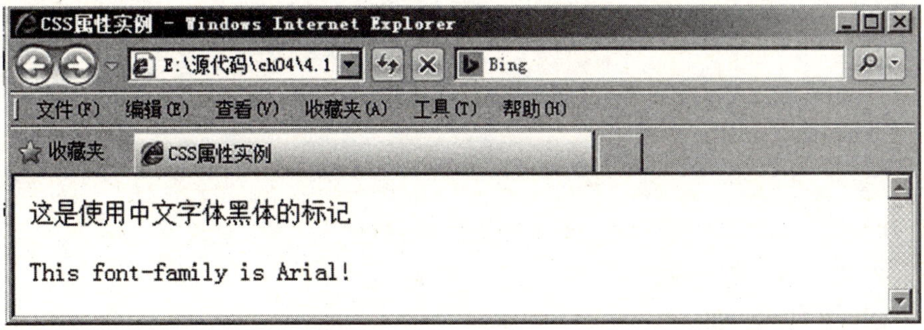

图 4－1　例 4.1 运行后显示效果

4.2.2　字号属性（font-size）

字号属性 font-size 用来控制标记中字体的显示尺寸。字号属性中，可以使用几个属性值，通常使用的是以 px 为单位的长度值。

基本语法：

font-size：绝对值 | 关键字 | 相对尺寸 | 百分比；

绝对尺寸是指尺寸大小不随显示器分辨率的变化而变化。使用绝对尺寸设置文字大小一定要加单位。绝对尺寸单位包括 in、px、cm、mm、pt、pc，最常用的还是 px。如果没有加单位，默认为 px。

相对尺寸是指尺寸大小继承该标记属性的前一个属性值单位。

绝对尺寸和相对尺寸也可以使用关键字来定义，绝对尺寸的关键字有 7 个，分别为 xx-small（极小）、x-small（较小）、small（小）、medium（标准大小）、large（大）、x-large（较大）、xx-large（极大）。相对尺寸则仅有两个关键字，分别为 larger（较大）和 smaller（较小），都是在上一级基础上放大和缩小。

百分比是指标记字号尺寸大小相对于父标记中字号的大小的比值，是以父标记中字体的大小为参考值的。

【例 4.2】使用字号大小属性

```
<html>
<head>
<title>css 属性实例</title>
<style type="text/css">
.p1
{
font-size: xx-small;
}
.p2
{
font-size: x-small;
}
.p3
{
font-size: small;
}
.p4
{
font-size: medium;
}
.p5
{
font-size: large;
}
.p6
{
```

```
    font-size: x-large;
  }
  .p7
   {
    font-size: xx-large;
  }
  div {
    font-size: 36px; }
  .p8
   {
    font-size: smaller;
  }
  .p9
   {
    font-size: larger;
  }
  </style>
  </head>
  <body>
    <p class="p1">这是关键字为 xx-small 的字号大小</p>
    <p class="p2">这是关键字为 x-small 的字号大小</p>
    <p class="p3">这是关键字为 small 的字号大小</p>
    <p class="p4">这是关键字为 medium 的字号大小</p>
    <p class="p5">这是关键字为 large 的字号大小</p>
    <p class="p6">这是关键字为 x-large 的字号大小</p>
    <p class="p7">这是关键字为 xx-large 的字号大小</p>
    <div>这是父级文本内容
    <p class="p8">这是关键字为 smaller 的字号大小</p>
    <p class="p9">这是关键字为 larger 的字号大小</p> </div>
  </body>
  </html>
```

以上代码在 9 个 <p>标记中，分别定义了不同的字号属性值。由于 larger 和 smaller 属性值与父标记中定义的字号大小有关，所以使用 <div>标记定义了父标记。以上代码显示效果如图 4-2 所示。

4.2.3　字体样式属性（font-style）

字体样式属性用来定义字体的显示样式。

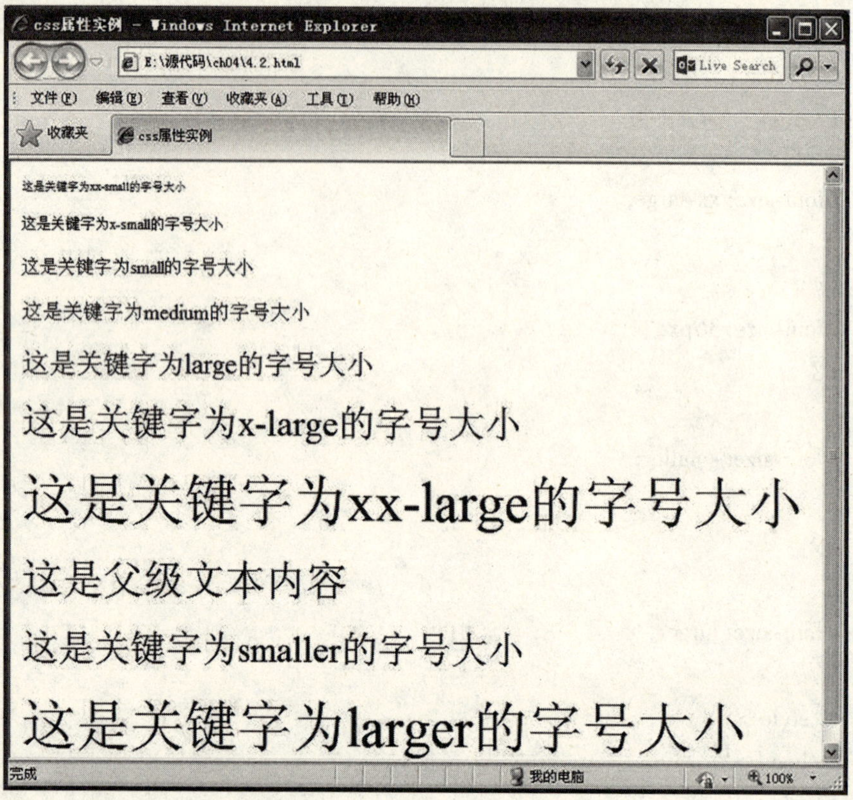

图 4－2　例 4.2 运行后显示效果

基本语法：

font-style: normal | italic | oblique;

font-style 属性值及基本含义如表 4－1 所示。

表 4－1　font-style 属性值及含义

属性	含义
normal	字体正常显示（浏览器默认的样式）
italic	字体使用斜体显示
oblique	字体使用倾斜字体显示（比斜体的倾斜角度更大）

【例 4.3】使用字体样式属性

```
<html>
<head>
<title>css 属性实例</title>
<style type="text/css">
.p1
{
font-style: italic;
```

```
  font-size: 35px;
}
.p2
 {
  font-style: normal;
  font-size: 35px;
}
.p3
 {
  font-style: oblique;
  font-size: 35px;
}
</style>
</head>
<body>
   <p class = "p1" >这是属性值为 italic 的斜体效果 </p>
   <p class = "p2" >这是属性值为 normal 的正常效果 </p>
   <p class = "p3" >这是属性值为 oblique 的歪斜效果 </p>
</body>
</html>
```

以上代码定义了 3 个 <p>标记，设置的字体样式属性值分别为斜体效果、正常效果和倾斜效果，同时定义了字体大小为 35 像素以便显示效果更加明显。以上代码运行效果如图 4－3 所示。

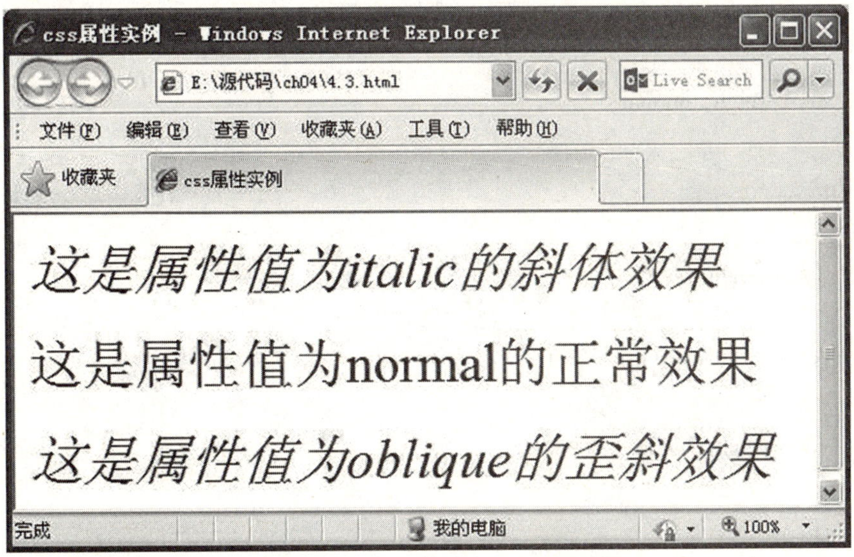

图 4－3　例 4.3 运行后显示效果

4.2.4 字体加粗属性（font-weight）

字体加粗属性是用来定义字体是否显示加粗和变细的效果。在字体加粗属性中，可以使用两类属性值，一类是名称命名的属性值，另一类是用数字命名的属性值。

基本语法：

font-weight：normal | bold | bolder | lighter | number

font-weight 属性值及基本含义如表 4 - 2 所示。

表 4 - 2 font-weight 属性值及含义

属性	含义
normal	字体正常显示（默认显示）
bold	字体为粗体（粗细约为数字 700）
bolder	加粗体，以 normal 中定义的字体大小为标准，定义字体比 normal 中字体略粗
lighter	细体，以 normal 中定义的字体大小为标准，定义字体比 normal 中字体略细
number	数字一般都是整百，由 100 至 900，分 9 个层次定义字体的粗细

【例 4.4】使用字体加粗属性

```
<html>
<head>
<title>css 属性实例</title>
<style type="text/css">
p
  {
  font-size: 18px;
}
. p1
  {
  font-weight: normal;
}
. p2
  {
  font-weight: bold;
}
. p3
  {
  font-weight: bolder;
}
. p4
  {
```

```
    font-weight: lighter;
}
.p5
 {
    font-weight: 100;
}
.p6
 {
    font-weight: 200;
}
.p7
 {
    font-weight: 300;
}
.p8
 {
    font-weight: 400;
}
.p9
 {
    font-weight: 500;
}
.p10
 {
    font-weight: 600;
}
.p11
 {
    font-weight: 700;
}
.p12
 {
    font-weight: 800;
}
.p13
 {
    font-weight: 900;
```

```
}
</style>
</head>
<body>
  <p class="p1">font-weight 属性取值为正常粗细效果</p>
  <p class="p2">font-weight 属性取值为粗体效果</p>
  <p class="p3">font-weight 属性取值为加粗体效果</p>
  <p class="p4">font-weight 属性取值为略细效果</p>
  <p class="p5">font-weight 属性取值为 100 的效果</p>
  <p class="p6">font-weight 属性取值为 200 的效果</p>
  <p class="p7">font-weight 属性取值为 300 的效果</p>
  <p class="p8">font-weight 属性取值为 400 的效果</p>
  <p class="p9">font-weight 属性取值为 500 的效果</p>
  <p class="p10">font-weight 属性取值为 600 的效果</p>
  <p class="p11">font-weight 属性取值为 700 的效果</p>
  <p class="p12">font-weight 属性取值为 800 的效果</p>
  <p class="p13">font-weight 属性取值为 900 的效果</p>
</body>
</html>
```

以上代码分别在每个 <p>标记中定义了不同的字体加粗属性值，同时定义了字体的大小为 18 像素。以上代码运行后页面的显示效果如图 4－4 所示。

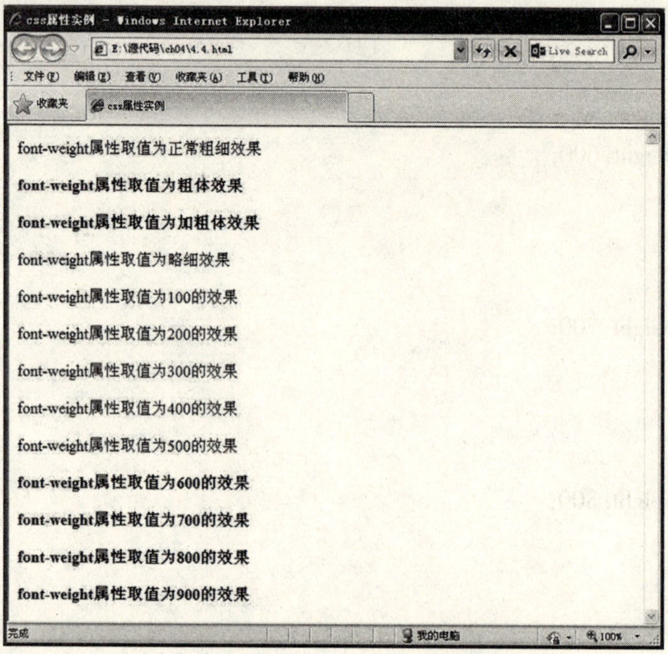

图 4－4　例 4.4 运行后显示效果

4.2.5　英文字母大小写转换属性（font-variant）

英文字母大小写转换属性用来定义英文中是否显示小型的大写字母的效果。小型大写字母是介于大写字母和小写字母之间的一种字母显示效果。在小型大写字母属性中，可以使用两个属性值，包括 normal 和 small-caps。

基本语法：

font-variant：normal | small-caps；

font-variant 属性值及基本含义如表 4 – 3 所示。

表 4 – 3　font-variant 属性值及含义

属性	含义
normal	文本显示正常效果
small-caps	文本以小型大写字母效果显示

【例 4.5】使用小型大写字母

```
<html>
<head>
<title>css 属性实例</title>
<style type="text/css">
div
 {
  font-variant: small-caps;
  font-size: 25px;
 }
p
 {
  font-size: 25px;
 }
</style>
</head>
<body>
  <div>hello！ you likecss！... 小写的英文字母变为了小型的大写字母</div>
  <p>hello！ you likecss！... 小写的英文</p>
</body>
</html>
```

以上代码在 <div> 标记中定义文本显示效果为小型大写字母；在 <p> 标记中定义文本为普通文本。代码运行后显示效果如图 4 – 5 所示。

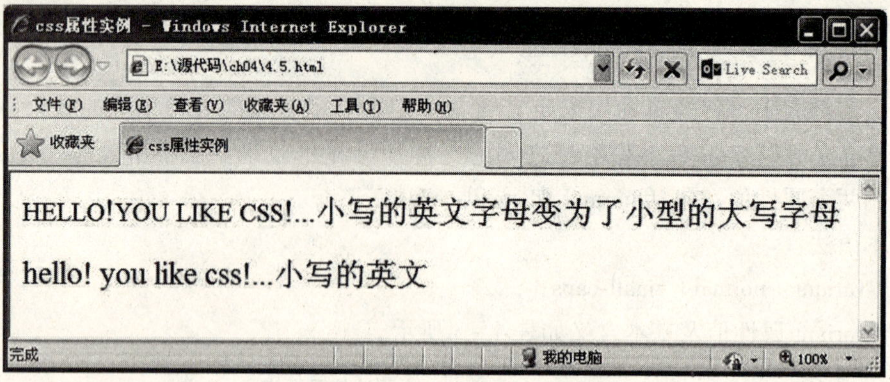

图 4－5 例 4.5 运行后显示效果

4.2.6 字体颜色属性（color）

在 CSS 中可以对字体的颜色进行设置，也可以对背景的颜色进行设置。它们分别使用 color 属性和 background-color 属性。

【例 4.6】使用字体颜色

```
<html>
<head>
<title>css 属性实例</title>
<style type="text/css">
p
 {
  font-size: 25px;
  color: #ff0000;
 }
.p1 {
  background-color: #cccccc;
 }
</style>
</head>
<body>
  <p>使用 color 属性设置字体颜色为红色</p>
  <p class=p1>使用 color 属性设置字体颜色为红色，使用 background-color 设置背景为灰色</p>
</body>
</html>
```

上面代码定义了两个 <p> 标记，使用 color 属性设置字体为红色，同时对第二个 <p> 标记用 background-color 属性设置背景为灰色。代码运行效果如图 4－6 所示。

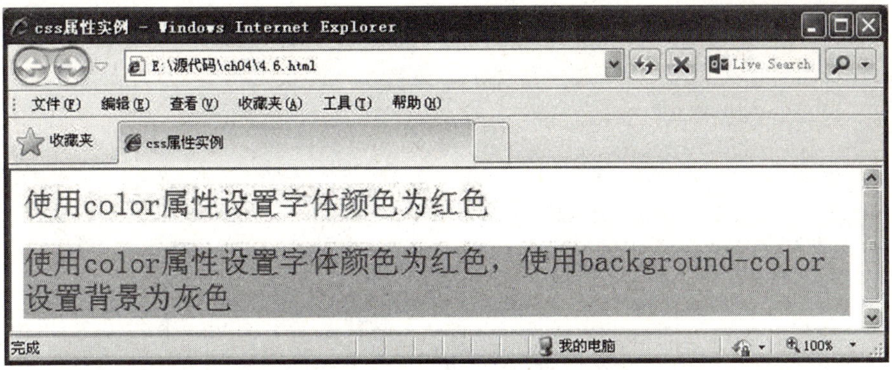

图 4 – 6　例 4.6 运行后显示效果

4.3　段落属性

在 CSS 中有关文字的控制，除了字体属性外，还有一些文本段落属性，这些属性主要帮助实现对文本和段落更加精细的控制。

CSS 的段落属性主要包括字符间距、单词间距、文字修饰、文本排列、段落缩进、行高等。

4.3.1　单词间隔属性（word-spacing）

单词间隔属性用来定义英文单词之间的间隔。在单词间隔属性中，可以使用两种属性值，包括 normal 和长度值，其中长度值包括长度数值和长度单位。

基本语法：

word-spacing: normal | length;

【例 4.7】使用单词间隔属性

```
<html>
<head>
<title>css 属性实例</title>
<style type="text/css">
.spacing1
  {
  word-spacing: 4em;
}
.spacing2
  {
  word-spacing: 30px;
}
div, p
```

```
{
  font-size: 20px;
  word-spacing: normal;
}
</style>
</head>
<body>
  <div class="spacing1">这段中文文本设置了单词间隔不起作用</div>
  <div>这段中文文本设置了单词间隔为正常显示</div>
  <p class="spacing2">How are you！ 这段英文设置了单词间隔为30px</p>
  <p class="spacing1">How are you！ 这段英文设置了单词间隔为4em</p>
</body>
</html>
```

由于中文中没有单词，所以单词间隔对中文文本是不起作用的。在上面代码中对英文文本设置了单词间隔分别为30像素和4em，代码显示效果如图4-7所示。

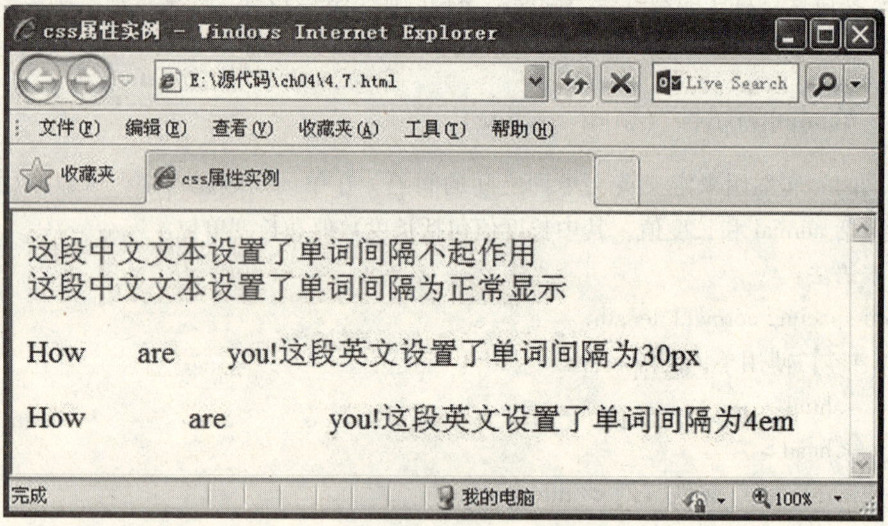

图4-7　例4.7运行后显示效果

4.3.2　字符间隔属性（letter-spacing）

字符间隔属性是用来定义字母（或中文文字）之间的间隔大小。在字符间隔属性中，可以使用两种属性值，包括normal和长度值，其中长度值包括长度数值和长度单位。其语法结构如下所示：

letter-spacing: normal | length;

【例4.8】使用字符间隔属性

```
<html>
<head>
```

```
<title>css 属性实例</title>
<style type="text/css">
.spacing1
  {
    letter-spacing: 1em;
}
.spacing2
  {
    letter-spacing: 10px;
}
div, p
  {
    font-size: 20px;
    letter-spacing: normal;
}
</style>
</head>
<body>
    <div class="spacing1">这段中文文本设置了字符间隔为 1em</div>
    <div>这段中文文本设置了字符间隔为正常显示</div>
    <p class="spacing2">How are you! 这段英文设置了字符间隔为 5px</p>
</body>
</html>
```

在上面的代码中第一个 <div> 标记的文本字符间隔为 1em，第二个 <div> 字符间隔为正常显示，第三个 <p> 标记的字符间距为 5 像素。代码运行后效果如图 4 – 8 所示。

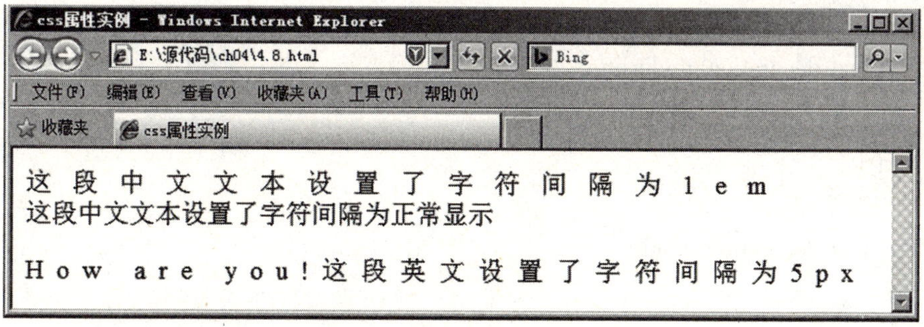

图 4 – 8　例 4.8 运行后显示效果

4.3.3　文字修饰属性（text-decoration）

文字修饰属性用来定义字体的修饰效果，例如删除线、下划线等。在字体修饰属性中可以使用 5 个属性值，包括 none、underline、blink、overline 和 line-through。

基本语法：

text-decoration: none | underline | blink | overline | linethrough;

text-decoration 属性值及基本含义如表 4 - 4 所示。

表 4 - 4　text-decoration 属性值及含义

属性	含义
none	字体无修饰
underline	字体的修饰效果为下划线
blink	字体修饰效果为闪烁（IE6.0 中不支持此效果）
overline	字体修饰效果为上划线
line-through	字体修饰效果为删除线

【例 4.9】使用字体修饰属性

```
<html>
<head>
<title>css 属性实例</title>
<style type="text/css">
.p1
  {
  text-decoration: overline;
}
.p2
  {
  text-decoration: line-through;
}
.p3
  {
  text-decoration: underline;
}
.p4
  {
  text-decoration: blink;
}
</style>
</head>
<body>
   <p class="p1">这段文字添加了上划线效果</p>
   <p class="p2">这段文字添加了删除线效果</p>
```

```
    <p class = "p3" >这段文字添加了下划线效果</p>
    <p class = "p4" >这段文字添加了闪烁效果</p>
  </body>
  </html>
```

上面的代码中定义了4个<p>标记，在每个标记中定义了不同的字体修饰属性值。以上代码运行后效果如图4－9所示。

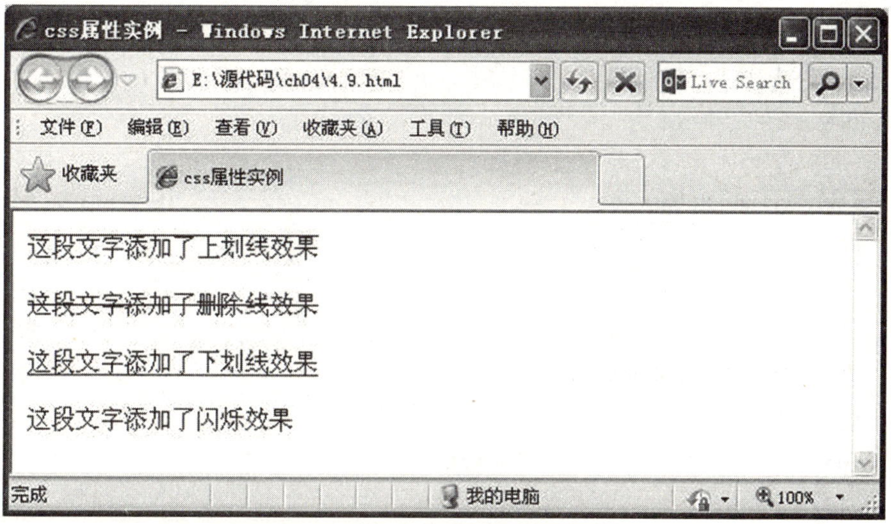

图4－9　例4.9运行后显示效果

4.3.4　垂直对齐属性（vertical-align）

垂直对齐属性用来定义标记的垂直对齐效果。在垂直对齐属性中，可以使用9个属性值。

基本语法：

vertial-align: auto | baseline | sub | supper | top | text-top | middle | bottom | text-bottom

vertial-align属性值及基本含义如表4－5所示。

表4－5　vertial-align属性值及含义

属性	含义
auto	自动对齐标记
baseline	内容与基线对齐
sub	定义标记内容与上标对齐
super	标记内容与下标对齐
top	定义标记内容与顶部对齐
text-top	标记内容与文本顶部对齐
middle	标记内容居中对齐
bottom	标记内容与底部对齐
text-bottom	标记内容与文本底部对齐

垂直对齐属性只能应用于内联标记中，在块状标记中使用垂直对齐属性将无法发挥作用。

【例 4.10】使用垂直对齐属性

```
<html>
<head>
<meta http-equiv = "Content-Type"  content = "text/html; charset = utf - 8"/ >
<title > css 属性实例 </title >
<style type = "text/css" >
. p1
 {
  vertical-align: baseline;
}
. p2
 {
  vertical-align: bottom;
}
. p3
 {
  vertical-align: middle;
}
. p4
 {
  vertical-align: sub;
}
. p5
 {
  vertical-align: super;
}
. p6
 {
  vertical-align: text-bottom;
}
. p7
 {
  vertical-align: text-top;
}
. p8
```

```
  {
    vertical-align: top;
  }
p
  {
    font-size: 18px;
    width: 400px;
    height: 45px;
    border: 2px solid #000000;
  }
</style>
</head>
<body>
    <p>这是图像内容<img class="p1" src="images/round.gif" alt="pic"/>
垂直对齐属性值为 baseline。</p>
    <p>这是图像内容<img class="p2" src="images/round.gif" alt="pic"/>
垂直对齐属性值为 bottom。</p>
    <p>这是图像内容<img class="p3" src="images/round.gif" alt="pic"/>
垂直对齐属性值为 middle。</p>
    <p>这是图像内容<img class="p4" src="images/round.gif" alt="pic"/>
垂直对齐属性值为 sub。</p>
    <p>这是图像内容<img class="p5" src="images/round.gif" alt="pic"/>
垂直对齐属性值为 super。</p>
    <p>这是图像内容<img class="p6" src="images/round.gif" alt="pic"/>
垂直对齐属性值为 text-bottom。</p>
    <p>这是图像内容<img class="p7" src="images/round.gif" alt="pic"/>
垂直对齐属性值为 text-top。</p>
    <p>这是图像内容<img class="p8" src="images/round.gif" alt="pic"/>
垂直对齐属性值为 top。</p>
</body>
</html>
```

上面代码在 8 个<img>标记中分别定义了不同的垂直对齐方式，同时定义了<p>标记的宽度、高度和边框，目的是为了更好地显示对齐效果。代码运行效果如图 4－10 所示。

从图中可以看出，在垂直对齐的各个属性中，部分属性值的显示效果相同。

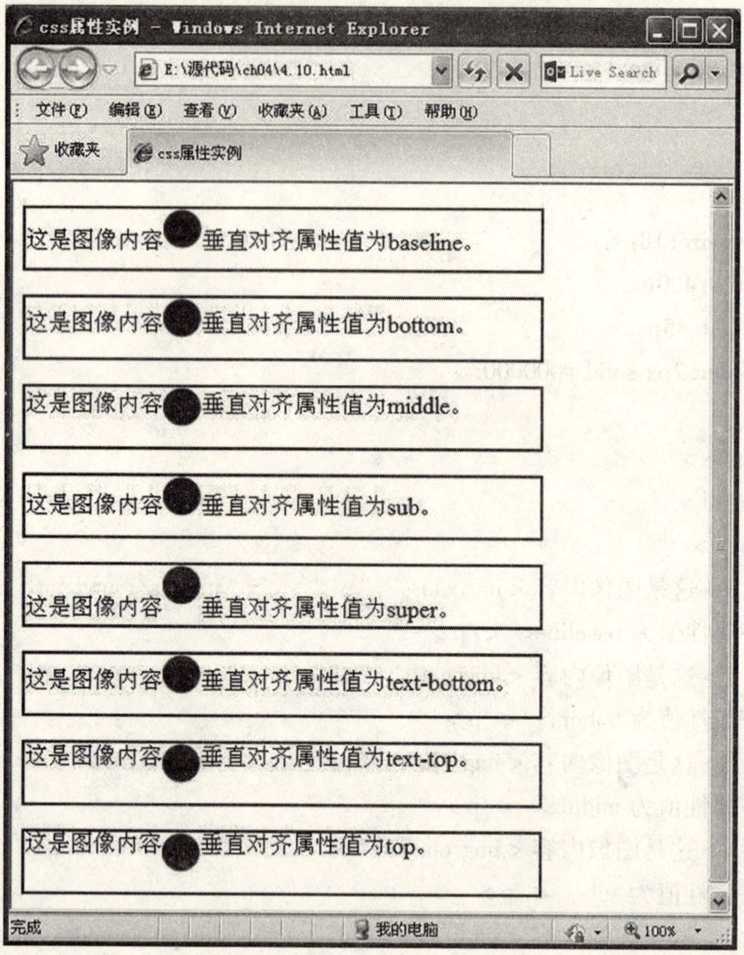

图 4－10　例 4.10 运行后显示效果

4.3.5　文本转换属性（text-transform）

文本转换属性主要用来定义英文字母大小写之间的转换效果，其属性值有 none、capitalize、uppercase 和 lowercase 4 种。

基本语法：

text-transform: none｜ capitalize｜ uppercase｜ lowercase;

text-transform 属性值及基本含义如表 4－6 所示。

表 4－6　text-transform 属性值及含义

属性	含义
none	默认显示
capitalize	每个单词中首字母大写
uppercase	定义标记内容与上标对齐
super	所有单词的字母都转换为大写字母
lowercase	所有单词的字母都转换为小写字母

由于在中文中无大小写的问题，所以转换大小写属性对中文文本不起作用。

【例 4.11】使用转换大小写属性

```
<html>
<head>
<title>css 属性实例</title>
<style type="text/css">
.p1
 {
  text-transform: capitalize;
}
.p2
 {
  text-transform: lowercase;
}
.p3
 {
  text-transform: uppercase;
}
.p4
 {
  text-transform: none;
}
p
 {
  font-size: 20px;
}
</style>
</head>
<body>
  <p class="p1">how are you! 每个单词的首字母都大写</p>
  <p class="p2">how are you! 所有单词的字母都小写</p>
  <p class="p3">how are you! 所有单词的字母都大写</p>
  <p class="p4">how are you! 默认值</p>
</body>
</html>
```

上面代码中 4 个 <p> 标记定义了不同的转换大小写属性值。以上代码运行后页面的显示效果如图 4－11 所示。

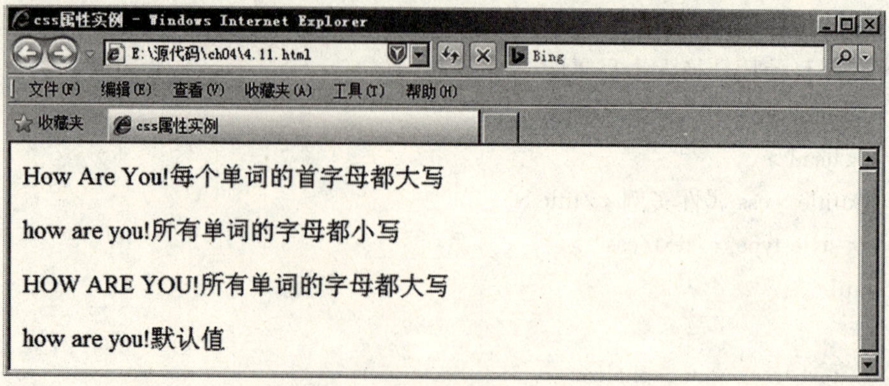

图 4－11　例 4.11 运行后显示效果

4.3.6　水平对齐属性（text-align）

水平对齐属性用来定义标记的水平对齐效果，其属性值可以取左对齐、居中对齐、右对齐和两边对齐。

基本语法：

text-align: left | right | center | justify;

text-align 属性值及基本含义如表 4－7 所示。

表 4－7　text-align 属性值及含义

属性	含义
left	标记内容左对齐
right	标记内容右对齐
center	标记内容居中对齐
justify	标记内容两边对齐

【例 4.12】使用水平对齐属性

```
<html>
<head>
<title>css 属性实例</title>
<style type = "text/css" >
. p1
{
 text-align: left;
}
. p2
{
 text-align: center;
}
```

```
.p3
  {
    text-align: right;
  }
.p4
  {
    text-align: justify;
  }
p
  {
    font-size: 20px;
    width: 400px;
    height: 40px;
    border: 2px solid #000000;
  }
</style>
</head>
<body>
  <p class="p1">这个文本左对齐</p>
  <p class="p2">这个文本居中对齐</p>
  <p class="p3">这个文本右对齐</p>
  <p class="p4">这个文本两边对齐</p>
</body>
</html>
```

以上代码在 4 个 <p> 标记中定义了不同的水平对齐属性值。代码运行后显示效果如图 4－12 所示。

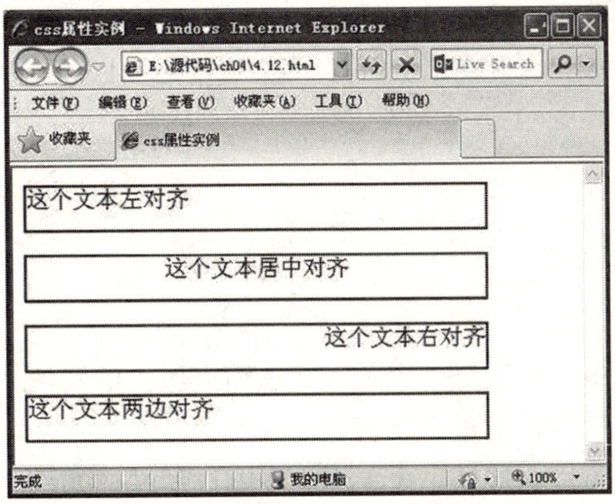

图 4－12　例 4.12 运行后显示效果

4.3.7 文本缩进属性（text-indent）

文本缩进属性用来定义文本段落中段首的缩进效果，其属性值为长度值或百分比值。

基本语法：

text-indent: length | percent;

使用文本缩进属性只对标记中的段落产生影响。对于使用
 标记产生的换行效果，并不发生作用。

【例 4.13】使用文本缩进属性

```
<html>
<head>
<title>css 属性实例</title>
<style type="text/css">
.p1
  {
    text-indent: 2em;
    font-size: 18px;
    width: 400px;
  }
.p2
  {
    text-indent: 25%;
    font-size: 18px;
    width: 400px;
  }
.p3
  {
    text-indent: 20px;
    font-size: 18px;
    width: 400px;
  }
</style>
</head>
<body>
    <p class="p1">这是一个关于文本缩进属性的实例，注意文本中段首部分的显示效果。这段文字首行缩进 2 字符。</p>
    <p class="p2">这是一个关于文本缩进属性的实例，注意文本中段首部分的显示效果。这段文字首行缩进 25%。</p>
```

```
<p class="p3">这是一个关于文本缩进属性的实例，注意文本中段首部分的显示效果。这段文字首行缩进 30px。</p>
</body>
</html>
```

以上代码定义的 3 个段落<p>标记中，分别定义段落的首行缩进 2 字符、缩进 25%和缩进 30 像素。代码运行的效果如图 4 – 13 所示。

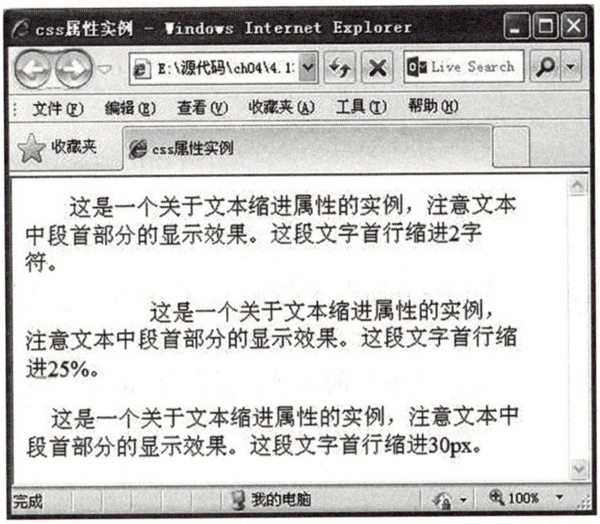

图 4 – 13　例 4. 13 运行后显示效果

4. 3. 8　文本行高属性（line-height）

行高属性用来定义文本中行高的大小，其属性值可以是 normal 和长度值。

基本语法：

line-height: normal | length | percent;

在行高属性中，使用百分比值，其最终取值以文本中字体的高度为基准。

【例 4. 14】使用行高属性

```
<html>
<head>
<title>css 属性实例</title>
<style type="text/css">
div
  {
   line-height: 30px;
   font-size: 20px;
   text-indent: 2em;
   width: 300px;
   height: 100px;
```

```
}
p
  {
   line-height: 200%;
   font-size: 20px;
   text-indent: 2em;
   width: 300px;
   height: 100px;
}
</style>
</head>
<body>
  <div>这是一个关于行高属性的实例，行高为30px，注意换行后文本的显示效果。</div>
  <p>这是一个关于行高属性的实例，行高为200%，注意换行后文本的显示效果。</p>
</body>
</html>
```

上面代码在 <div> 标记中定义行高为 30 像素，在 <p> 标记中定义行高为 200%，同时定义了文本的首行缩进。以上代码运行后显示的效果如图 4－14 所示。

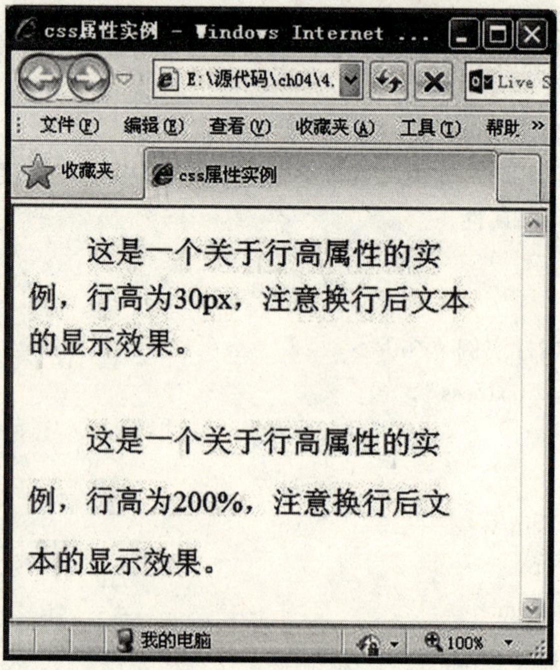

图 4－14　例 4.14 运行后显示效果

4.4　综合实例——公司联系方式

【例4.15】使用文本属性设置公司联系方式

```
<html>
<head>
  <title>综合应用文本属性</title>
    <style type="text/css">
  h2 {font-family: 黑体;
      font-size: 20px;
      text-align: center
      }
  .p1 {font-size: 16px;
      letter-spacing: 8px;
      text-decoration: underline;
      font-weight: bold;
    }
  .p2 {font-size: 16px;
      word-spacing: 10pt;
      text-indent: 40px;
      text-transform: capitalize;
    }
  .p3 {font-size: 16px;
      text-transform: uppercase;
      font-style: italic;
    }
  .p4 {font-size: 16px;
      text-decoration: line-through;
      text-align: right
    }
  </style>
</head>
<body>
  <h2>联系方式</h2>
  <hr>
  <p class=p1>公司：北京海天资讯有限公司</p>
  <p class=p2>haitian information co. , ltd</p>
```

```
    <p class = p3 > 网址：www. haitian. com. cn </p >
    <p class = p4 > 地址：北京市复兴路华信大厦 1105 号 </p >
</body >
</html >
```

上面代码通过定义 <h2>标记和 <p>标记来描述一个公司的联系方式，并使用前面所学的文本和字体属性修饰标记。代码运行后效果如图 4－15 所示。

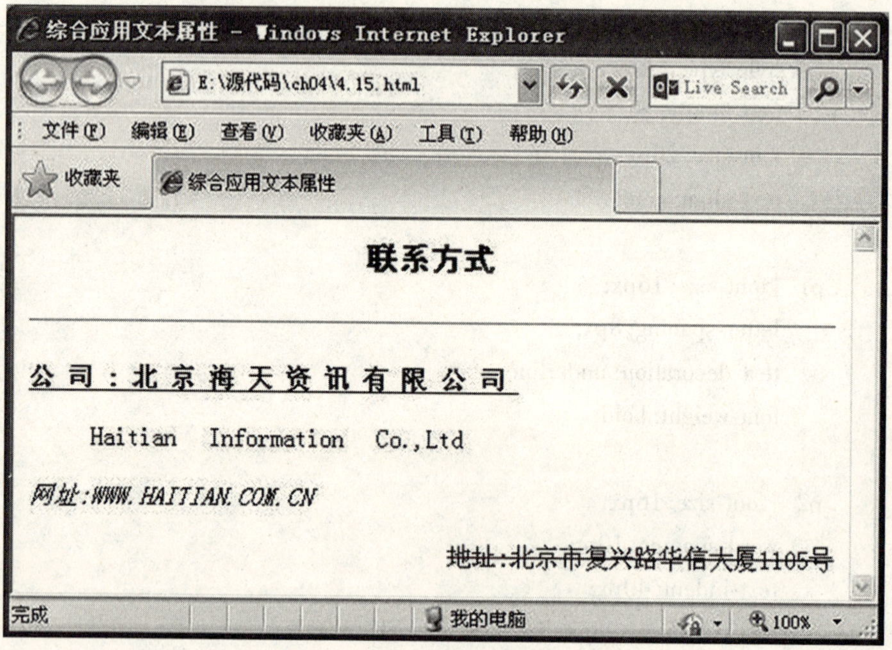

图 4－15　例 4. 15 运行后显示效果

第 5 章　用 CSS 设置图片效果

纯文本的网页过于单调，而在文本的基础上，向网页中添加一些色彩绚丽的图片，产生图文并茂的显示效果，页面就会更加生动、富有吸引力。本章主要介绍设置图片边框、图文混排和图片与文字的对齐方式，为网页中的图片增添效果，让页面更合理、更丰富。

5.1　设置图片边框

在 CSS 中可以通过边框属性为图片添加各式各样的边框，进而改善 HTML 中边框风格的单一性。

在 CSS 中，一个边框由 3 个要素组成：border-width，用来设置边框的粗细；border-color，用来设置边框的颜色；border-style，用来设置边框样式。

下面给出一个简单实例，使初学者对使用 CSS 设置边框有初步了解。

【例 5.1】初识 CSS 设置图片边框

```
<html>
<head>
<style type="text/css">
.test1 {
  border-width: 4px;
  border-color: #0033FF;
  border-style: dashed;
}
.test2 {
  border-width: 6px;
  border-color: red;
  border-style: dotted;
}
</style>
</head>
<body>
<h2>设置边框</h2>
```

```
<img src = "leader. jpg"  width = "158"  height = "153"  class = "test1"/ >
<img src = "leader. jpg"  width = "158"  height = "153"  class = "test2"/ >
</body >
</html >
```

在上面代码中，第 1 幅图片设置的是绿色、4 像素宽的虚线，第 2 幅图片设置的是红色、6 像素宽的点画线。边框由上边框、右边框、下边框、左边框 4 个部分组成。在设置边框时可以按照这样的规则分为 4 条边，分别设置它们的边框属性，也可以一次性统一设置，例 5. 1 采用的是一次性统一设置。在 IE8 中浏览效果如图 5 - 1 所示。

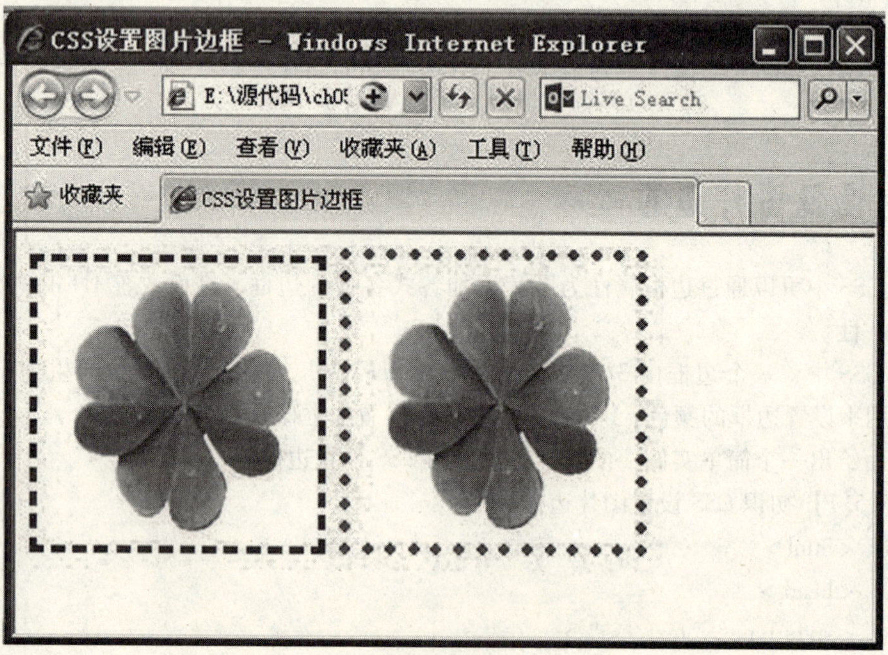

图 5 - 1　例 5. 1 运行后显示效果

5. 1. 1　边框宽度（border-width）的设置

在 CSS 中，使用 border-width 来控制边框的宽度。

基本语法：

border-width: 属性值 | length

语法说明：

（1）边框宽度属性基本语法中的属性值说明见表 5 - 1。

表 5 - 1　边框宽度属性值说明

属性值	含义
thin	细边框
medium	中等边框（默认值）
thick	粗边框

（2）length 接受长度值和长度单位，可以是 px、pt、cm 等，但不接受负值。

（3）border-width 是一个复合属性，可以同时取 1 ~4 个值。

说明如下：

取 1 个值：4 条边框均使用这 1 个值

取 2 个值：上下边框使用第一个值，左右边框使用第二个值，两个值之间用空格分开。

取 3 个值：上边框使用第一个值，左右边框使用第二个值，下边框使用第三个值，3 个值之间要用空格分开。

取 4 个值：四条边框按照上、右、下、左的顺序来调用取值。4 个值之间要用空格分开。

border-width 取值方式也适用于后面讲到的 border-color、border-style 属性。

要实现 4 个方向的边框宽度不统一，可以应用 border-width 的 4 个子属性，分别设置不同方向的边框宽度属性。表 5 -2 为 border-width 的 4 个子属性。

表 5 -2　border-width 子属性

属性	含义
border-top-width	上边框宽度
border-bottom-width	下边框宽度
border-left-width	左边框宽度
border-right-width	右边框宽度

【例 5.2】设置边框宽度

```
<html>
<head>
<style type="text/css">
h2 {
   font-family: "宋体";
   font-size: 20px;
   border-width: medium;
   border-style: dotted;
}
.test1 {
   border-width: 4px;
   border-color: #0033FF;
   border-style: dashed;
}
.test2 {
   border-top-width: 6px;
```

```
    border-right-width: 3px;
    border-left-width: 4px;
    border-bottom-width: 2px;
    border-color: red;
    border-style: dotted;
}
</style>
</head>
<body>
<center>
<h2>设置边框宽度</h2>
</center>
<img src="leader.jpg" width="158" height="153" class="test1"/>
<img src="leader.jpg" width="158" height="153" class="test2"/>
</body>
</html>
```

在上面代码中，设置标题 h2 的样式，字体为宋体，字号为 20 像素，边框宽度设置为中等边框，颜色是黑色的点线。定义样式“.test1”，将第 1 幅图片的边框设置成绿色的虚线，边框宽度都是 4 像素。定义样式“.test2”，将第 2 幅图片的边框设置为红色的点线，而上边框的宽度设置为 6 像素，下边框的宽度设置为 2 像素，右边框的宽度设置为 3 像素，左边框的宽度设置为 4 像素。在 IE8 中浏览效果如图 5－2 所示。

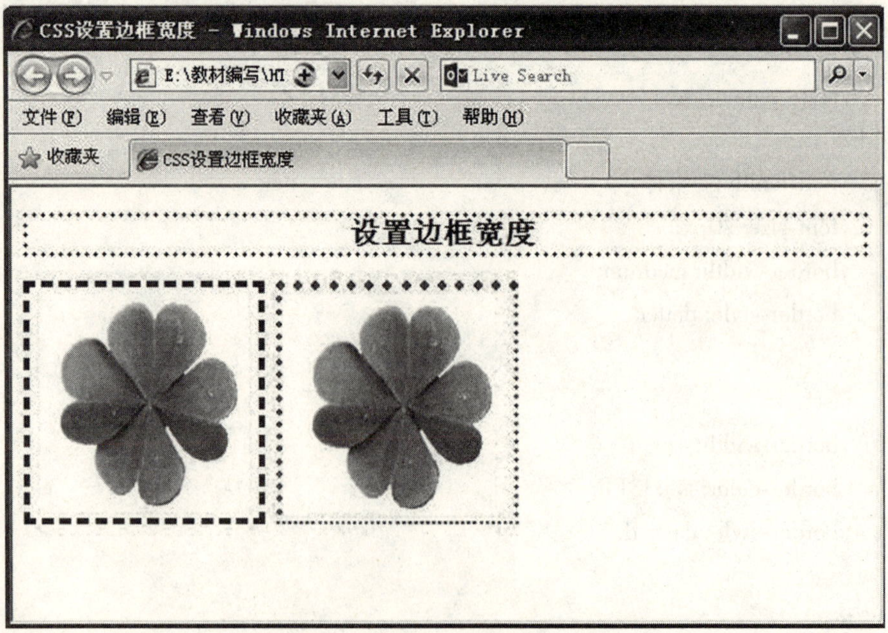

图 5－2　例 5.2 运行后显示效果

5. 1. 2　边框颜色（border-color）的设置

在 CSS 中，使用 border-color 来控制边框的颜色。设置边框的颜色，同样可以统一设置 4 条边框的颜色，或选择设置单条边框的颜色。

基本语法：

border-color: 颜色属性值 | RGB 值

border-color 也是一个复合属性，可以同时取 1 ~4 个值。

说明如下：

取 1 个值：4 条边框均使用这一个值

取 2 个值：上下边框使用第一个值，左右边框使用第二个值，2 个值之间用空格分开。

取 3 个值：上边框使用第一个值，左右边框使用第二个值，下边框使用第三个值，3 个值之间要用空格分开。

取 4 个值：4 条边框按照上、右、下、左的顺序来调用取值，4 个值之间要用空格分开。

同 border-width 一样，border-color 也存在 4 个子属性，分别可以用来设置不同方向的边框颜色，border-top-color、border-bottom-color、border-left-color、border-right-color 分别用来设置上、下、左、右边框的颜色。

【例 5. 3】设置边框颜色

```
<head>
<style type = "text/css" >
h2 {
  font-family: "宋体" ;
  font-size: 20px;
  border-width: medium;
  border-style: dotted;
  border-top-color: #ff00ff;
  border-bottom-color: #ff00ff;
}
. test1 {
  border-width: 4px;
  border-color: #0033FF;
  border-style: dashed;
}
. test2 {
  border-top-width: 6px;
  border-right-width: 3px;
```

```
    border-left-width: 4px;
    border-bottom-width: thin;
    border-color: red green blue orange;
    border-style: dotted;
  }
  </style>
  </head>
  <body>
  <center>
  <h2>设置边框颜色</h2>
  </center>
  <img src="leader.jpg" width="158" height="153" class="test1"/>
  <img src="leader.jpg" width="158" height="153" class="test2"/>
  </body>
```

在上面代码中，给标题 h2 定义样式，将字体设置为宋体，字号为 20 像素，边框宽度设置为中等边框，上、下边框的颜色为粉色点线，左、右边框的颜色是默认的黑色。定义样式“. test1”，将第 1 幅图片的边框设置成绿色，边框宽度都是 4 像素，边框的样式是虚线。定义样式“. test2”，设置第 2 幅图片，该图片边框的宽度上、右、左、下分别被设置为 6 像素、3 像素、4 像素、2 像素；图片的上边框被设置成红色，右边框被设置成绿色，下边框被设置成蓝色，左边框被设置成黄色，边框的样式都是点线。在 IE8 中浏览效果如图 5 – 3 所示。

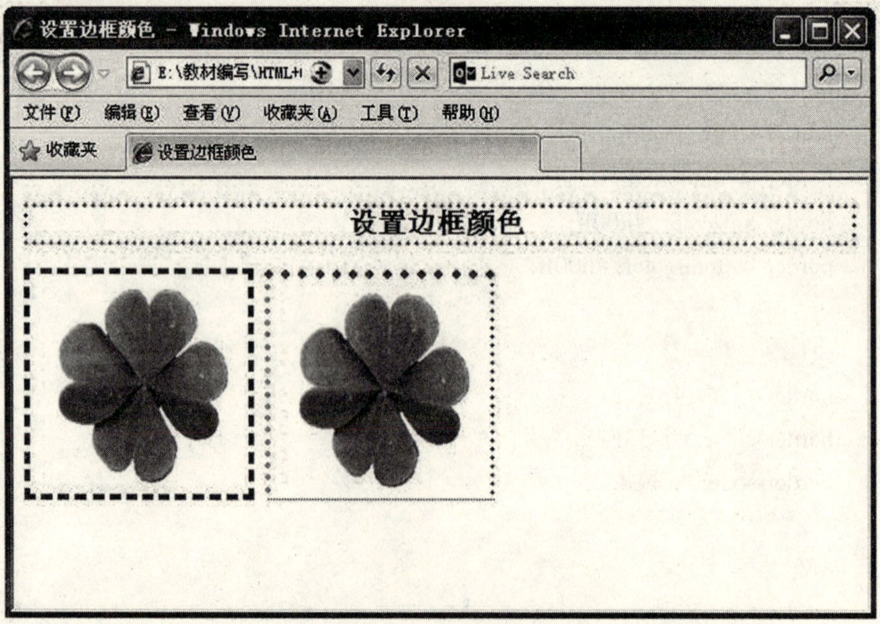

图 5 – 3　例 5. 3 运行后显示效果

5.1.3　边框样式（border-style）的设置

在 CSS 中，使用 border-style 来控制边框的样式。

基本语法：

border-style: 样式属性取值

语法说明：

边框样式属性取值参见表 5 - 3。

表 5 - 3　边框样式属性取值说明

属性	含义
none	定义无边框
hidden	与"none"相同，不过应用于表时除外，对于表，hidden 用于解决边框冲突
dotted	定义点状边框，在大多数浏览器中呈现为实线
dashed	定义虚线，在大多数浏览器中呈现为实线
solid	定义实线
double	定义双线，双线的宽度等于 border-width 的值
groove	定义 3D 凹槽边框，其效果取决于 border-color 的值
ridge	定义 3D 垄状边框，其效果取决于 border-color 的值
inset	定义 3Dinset 边框，其效果取决于 border-color 的值
outset	定义 3Doutset 边框，其效果取决于 border-color 的值
inherit	规定应该从父元素继承边框样式

border-style 也是一个复合属性，可以同时取 1 ~4 个值。

同 border-width 一样，border-style 也存在 4 个子属性，分别可以用来设置不同方向的边框样式，border-top-style、border-bottom-style、border-left-style、border-right-style 分别用来设置上、下、左、右边框的样式。

【例 5.4】设置边框样式

```
<html>
<head>
<style type = "text/css" >
h2 {
  font-family: "宋体" ;
  font-size: 20px;
  border-width: medium;
  border-style: dotted;
  border-top-color: #ff00ff;
  border-bottom-color: #ff00ff;
}
h3 {
```

```
    font-family: "宋体";
    font-size: 14px;
    border-width: medium;
    border-style: solid dashed;
    border-top-color: #ff00ff;
    border-bottom-color: #ff00ff;
  }
  . test1 {
    border-width: 4px;
    border-color: #0033FF;
    border-style: dashed;
  }
  . test2 {
    border-width: 6px;
    border-top-style: dashed;
    border-right-style: double;
    border-left-style: double;
    border-bottom-style: dashed;
    border-color: red green blue orange;
  }
  </style>
  </head>
  <body>
  <center>
  <h2>设置边框样式</h2>
  </center>
  <h3>这段文字设置了边框样式属性，上下边框为实线，左右边框为虚线</h3>
  <img src="leader. jpg" width="158" height="153" class="test1"/>
  <img src="leader. jpg" width="158" height="153" class="test2"/>
  </body>
  </html>
```

在上面代码中，对 h2 标记设置样式，将字体设置为宋体，字号为 20 像素，边框宽度设置为中等边框，边框样式为点线，上边框与下边框的颜色为粉色。对 h3 标记设置样式，将字体设置为宋体，字号为 14 像素，边框宽度设置为中等边框，上、下边框样式是实线，颜色为粉色，左、右边框样式为虚线，颜色是默认的黑色。给第 1 幅图片定义的是样式". test1"，给第 2 幅图片定义的样式是". test2"，样式". test2"将第 2 幅图片的上、下边框设置成虚线，左、右边框设置为双直线。在 IE8 中浏览效果如图 5－4 所示。

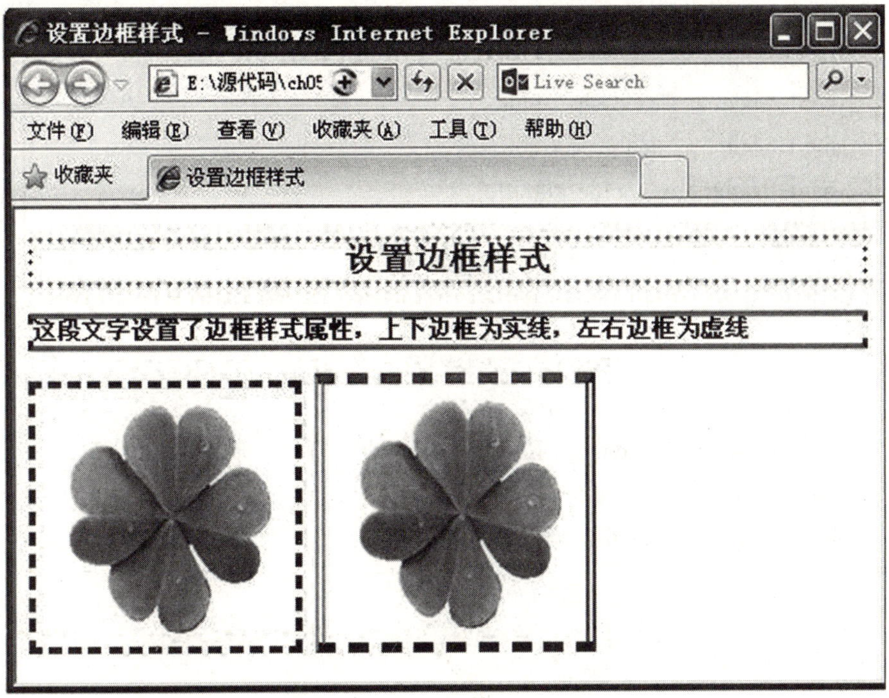

图 5－4　例 5.4 运行后显示效果

5.1.4　边框属性（border）的设置

在 CSS 中，可以使用 border 同时设置边框的宽度、样式和颜色。

基本语法：

border: < 边框宽度 > | < 边框样式 > | < 边框颜色 >

语法说明：

可以同时设置边框的宽度、样式和颜色，但每个属性必须用空格分开。

同理也可以应用 border 的 4 个子属性，分别设置不同方向的边框属性，分别是 border-top、border-bottom、border-left、border-right。

【例 5.5】设置边框属性

```
< html >
< head >
< style type = "text/css" >
h2 {
  font-family: "宋体";
  font-size: 20px;
  border: thick double #ff00ff;
}
h3 {
```

```
    font-family: "宋体";
    font-size: 14px;
    border-top: 4px dashed red;
    border-bottom: 4px dashed blue;
    border-left: 5px double #00ff00;
    border-right: 5px double #ff00ff;
}
.test1 {
}
.test2 {
    border-top: 4px dashed red;
    border-bottom: 4px dashed blue;
    border-left: 5px double #00ff00;
    border-right: 5px double #ff00ff;
}
</style>
</head>
<body>
<center>
<h2>设置边框属性</h2>
</center>
<h3>这段文字的上、下、左、右边框分别应用边框属性设置了不同的宽度、颜色及样式</h3>
<img src="leader.jpg" width="158" height="153" class="test1"/>
<img src="leader.jpg" width="158" height="153" class="test2"/>
</body>
</html>
```

在上面代码中，对 h2 标记设置样式，通过"border: thick double #ff00ff;"语句，将边框宽度设置为粗边框，样式为双直线，颜色为粉色。对 h3 标记设置样式，通过"border-top: 4px dashed red; border-bottom: 4px dashed blue;"语句，将上边框宽度设置为 4 像素，样式为虚线，颜色为红色，上边框宽度设置为 4 像素，样式为虚线，颜色为蓝色。给第 1 幅图片定义的是样式".test1"，给第 2 幅图片定义的样式是".test2"。样式".test2"中"border-left: 5px double #00ff00;"语句，将第 2 幅图片的左边框宽度设置为 5 像素，样式为双直线，颜色为粉红色。在 IE8 中浏览效果如下图 5－5 所示。

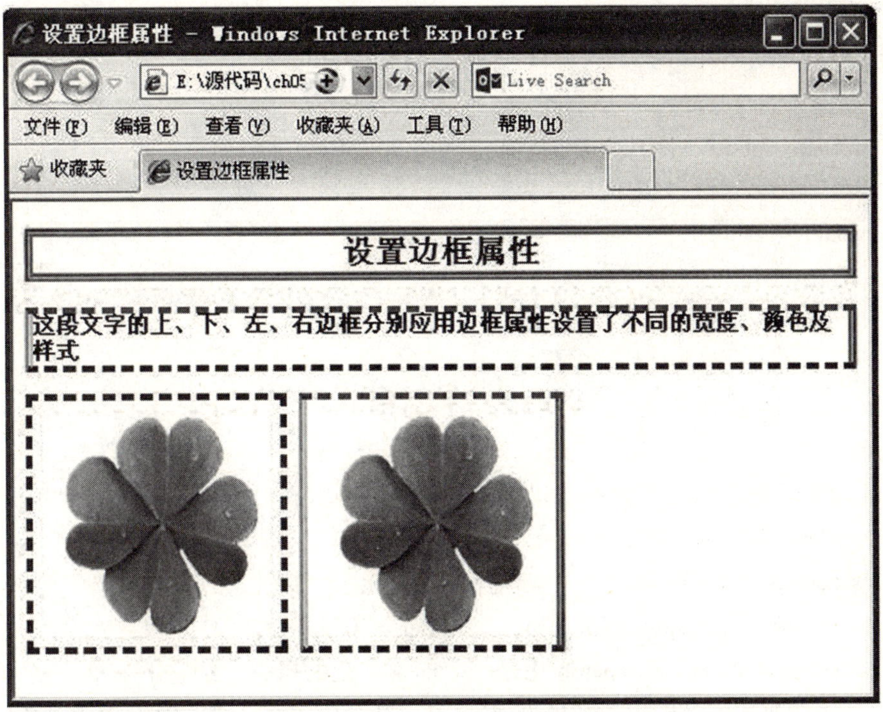

图5-5　例5.5运行后显示效果

5.2　图文混排

5.2.1　文字环绕

在CSS中，主要通过给图片设置float属性来实现文字环绕。float属性的详细用法在第9章阐述。

基本语法：

float: right | left | none

语法说明：

right：表示图片在页面右侧，文字对它环绕排版。

left：表示图片在页面左侧，文字对它环绕排版。

none：无效果，是默认值。

【例5.6】文字环绕

```
<html>
<head>
<style type = "text/css" >
body {
   font-family: "宋体";
```

```
    backgroud-color: #EAECDF;
}
img {
    float: right; /* 图片在页面右侧，文字对它环绕排版 */
}
span {
    float: left;
    font-size: 60px; /* 首字放大 */
    font-family: "黑体";
    padding-right: 5px;
}
</style>
</head>
<body>
<img src="images/beijing.jpg"   border="0"/>
<p><span>文</span>化是一个非常广泛的概念，给它下一个严格和精确的定义是一件非常困难的事情。不少哲学家、社会学家、人类学家、历史学家和语言学家一直努力，试图从各自学科的角度来界定文化的概念。然而，迄今为止仍没有获得一个公认的、令人满意的定义。据统计，有关“文化”的各种不同定义至少有200多种。笼统地说，文化是一种社会现象，是人们长期创造形成的产物，同时又是一种历史现象，是社会历史的积淀物。确切地说，文化是指一个国家或民族的历史、地理、风土人情、传统习俗、生活方式、文学艺术、行为规范、思维方式、价值观念等，是人类之间进行交流的普遍认可的一种能够传承的意识形态。
</p>
</body>
</html>
```

在上面代码中，对 img 标记设置"float: right;"，指定图片显示在页面右侧，文字对它环绕排版。在 p 标记包含的内容中，对首字插入了一个 span 标记，通过给该 span 标记设置"float: left;"，不仅实现文字环绕图片，还提供了首字放大的效果。其中对 span 标记设置的"padding-right: 5px;"语句，表示文字右填充距离为 5 像素。在 IE8 中浏览效果如图 5-6所示。

5.2.2 设置图片与文字的间距

观察图 5-6，若希望图片与文字之间有一定的距离，可以通过给 <img> 标记添加 padding 或者是 margin 属性。

【例 5.7】图片与文字的距离

```
<htmlxmlns="http://www.w3.org/1999/html">
```

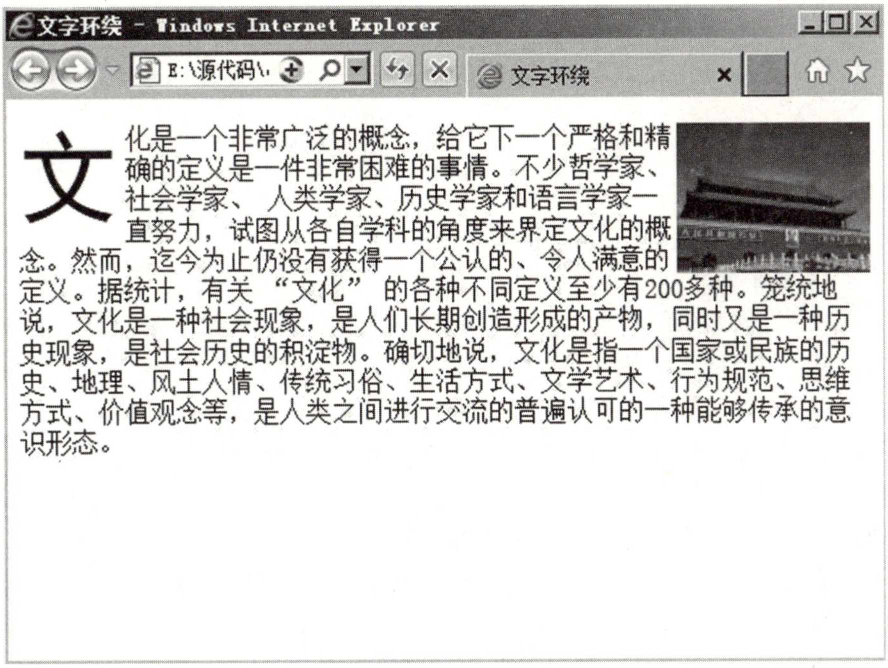

图 5-6　例 5.6 运行后显示效果

```
<head>
<meta http-equiv="Content-Type" content="text/html; charset=gb2312"/>
<title>设置图片与文字的距离</title>
<style type="text/css">
body {
  font-family: "宋体";
  backgroud-color: #EAECDF;
}
img {
  float: right; /* 图片在页面右侧，文字对它环绕排版 */
  padding: 2px 4px 10px 20px; /* 图片上填充距离为 2 像素，右填充距离为 4 像素，下填充距离为 10 像素，左填充距离为 20 像素 */
  border: 4px dashed red; /* 图片边框宽度为 4 像素，边框样式为虚线，边框颜色为红色 */
  margin: 10px; /* 边界距离为 10 像素 */
}
span {
  float: left; /* 首字放大 */
  font-size: 60px;
  font-family: "黑体";
```

```
    padding-right: 5px;
  }
  </style>
  </head>
  <body>
  <img src = "images/beijing. jpg"   border = "0"/>
  <p> <span>文</span>化是一个非常广泛的概念，给它下一个严格和精确的定义是一件非常困难的事情。不少哲学家、社会学家、人类学家、历史学家和语言学家一直努力，试图从各自学科的角度来界定文化的概念。然而，迄今为止仍没有获得一个公认的、令人满意的定义。据统计，有关“文化”的各种不同定义至少有200 多种。笼统地说，文化是一种社会现象，是人们长期创造形成的产物，同时又是一种历史现象，是社会历史的积淀物。确切地说，文化是指一个国家或民族的历史、地理、风土人情、传统习俗、生活方式、文学艺术、行为规范、思维方式、价值观念等，是人类之间进行交流的普遍认可的一种能够传承的意识形态。
  </p>
  </body>
  </html>
```

在上面代码中，通过给页面的 <img> 标记使用" padding: 2px 4px 10px 20px; " 代码，实现指定该图片上填充距离为 2 像素，右填充距离为 4 像素，下填充距离为 10 像素，左填充距离为 20 像素。给页面的 <img> 标记添加" margin: 10px; " 代码，实现指定该图片的边界距离为 10 像素。有关 padding 与 margin 的详细用法及介绍请参看第 9 章。在 IE8 中浏览效果如下图 5 –7 所示。

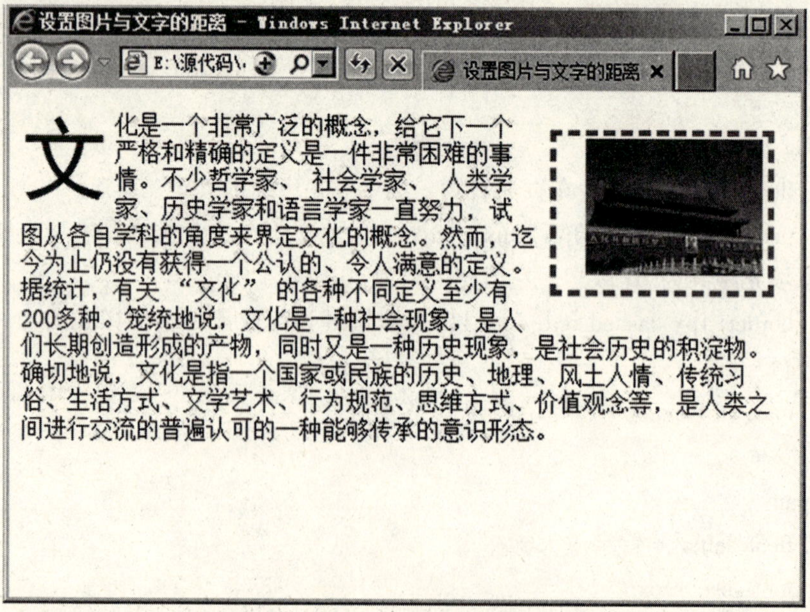

图 5 –7　例 5. 7 运行后显示效果

5.3　设置图片与文字的对齐方式

当文字与图片同时出现时，它们的对齐方式显得尤为重要。下面将从图片横向对齐和纵向对齐两方面来介绍。

5.3.1　横向对齐方式

图片横向对齐方式跟文字横向对齐方式基本相同，分为左、中、右3种。在CSS中，采用水平居中属性（text-align）来实现。只是图片的横向对齐只能通过设置其父元素的text-align属性来实现。

【例5.8】横向对齐

```
<body>
    <p style = " text-align: left; " > <img src = " images/leader. jpg"  width = " 50"
height = "50"/ > </p >
    <p style = " text-align: center; " > <img src = " images/leader. jpg"  width = " 50"
height = "50"/ > </p >
    <p style = " text-align: right; " > <img src = " images/leader. jpg"  width = " 50"
height = "50"/ > </p >
</body >
```

在IE8中浏览效果如图5－8所示。可以看到，图片在段落中分别以左、中、右的方式对齐。

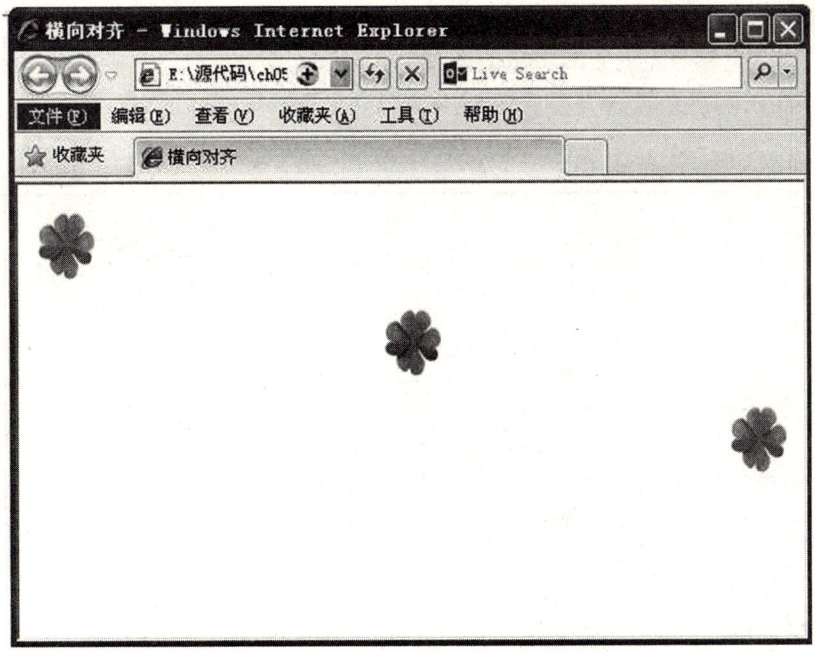

图5－8　例5.8运行后显示效果

5.3.2 纵向对齐方式

在 CSS 中，可运用 vertical-align 属性设置垂直对齐方式。该属性定义行内元素的基线相对于该元素所在行的基线的垂直对齐方式。允许指定负长度值和百分比值，这会使元素降低而不是升高。在表格单元格中，这个属性会设置单元格框中的单元格内容的对齐方式。

在介绍 vertical-align 属性的用法之前，先来了解一个概念，何为“基线”？它的位置在哪？读者认真观察图 5－9。大多数英文字母的下端是在同一水平线上，而对于 p、j 等个别字母的最下端会低于这条水平线，我们将这条水平线，称为“基线”。图 5－9 中的下划线就是“基线”。

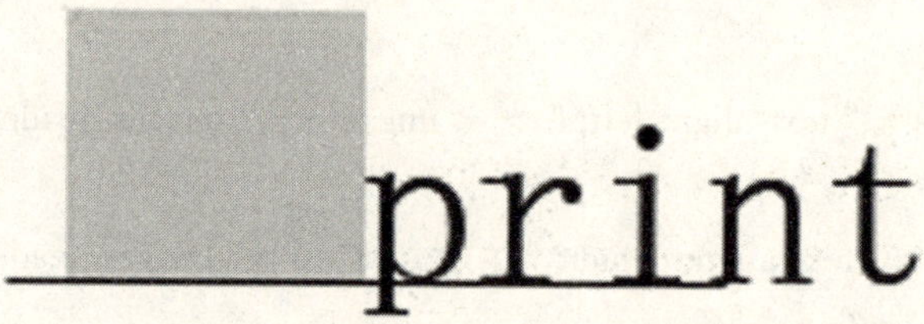

图 5－9　默认的图像与文字基线对齐

基本语法：

vertical-align: baseline | sub | super | top | text-top | middle | bottom | text-bottom | inherit | 数值

语法说明：

数值：数值可以是百分比值或长度值，值可为负数。图片在竖直方向上，以基线为基准，正值就是上移一定的距离，负值就是下移一定的距离。

vertical-align 属性值及含义参见表 5－4。

表 5－4　vertical-align 属性值及含义

属性值	含义
baseline	默认值，元素放置在父元素的基线上
sub	垂直对齐文本的下标
super	垂直对齐文本的上标
top	把元素的顶端与行中最高元素的顶端对齐
text-top	把元素的顶端与父元素字体的顶端对齐
middle	把此元素放置在父元素的中部
bottom	把元素的顶端与行中最低的元素的顶端对齐
text-bottom	把元素的底端与父元素字体的底端对齐
length	
%	使用"line-height"属性的百分比值来排列此元素，允许使用负值
inherit	规定应该从父元素继承 vertical-align 属性的值

【例5.9】竖直对齐方式

```
<html>
<head>
<title>竖直对齐</title>
<style type="text/css">
p {
  font-size: 12px; /*设置字体大小*/
  font: bold;
  border: 1px blue solid; /*设置边框属性*/
}
img {
  border: 1px solid #000055; /*设置图片边框属性*/
  width: 30px;
  height: 30px;
}
</style>
 </head>
<body>
 <p>竖直对齐方式: <img src="images/box.jpg" style="vertical-align: baseline;">baseline</p>
 <p>竖直对齐方式: <img src="images/box.jpg" style="vertical-align: top">top</p>
 <p>竖直对齐方式: <img src="images/box.jpg" style="vertical-align: middle;">middle</p>
 <p>竖直对齐方式: <img src="images/box.jpg" style="vertical-align: bottom;">bottom</p>
 <p>竖直对齐方式: <img src="images/box.jpg" style="vertical-align: text-bottom;">text-bottom</p>
 <p>竖直对齐方式: <img src="images/box.jpg" style="vertical-align: text-top;">text-top</p>
 <p>竖直对齐方式: <img src="images/box.jpg" style="vertical-align: sub;">sub</p>
 <p>竖直对齐方式: <img src="images/box.jpg" style="vertical-align: super;">super</p>
 <p>竖直对齐方式: <img src="images/box.jpg" style="vertical-align: 5px;">5px</p>
 <p>竖直对齐方式: <img src="images/box.jpg" style="vertical-align: -
```

```
10px;" > -10px </p>
    </body>
    </html>
```

在 IE8 中浏览效果如图 5 – 10 所示。

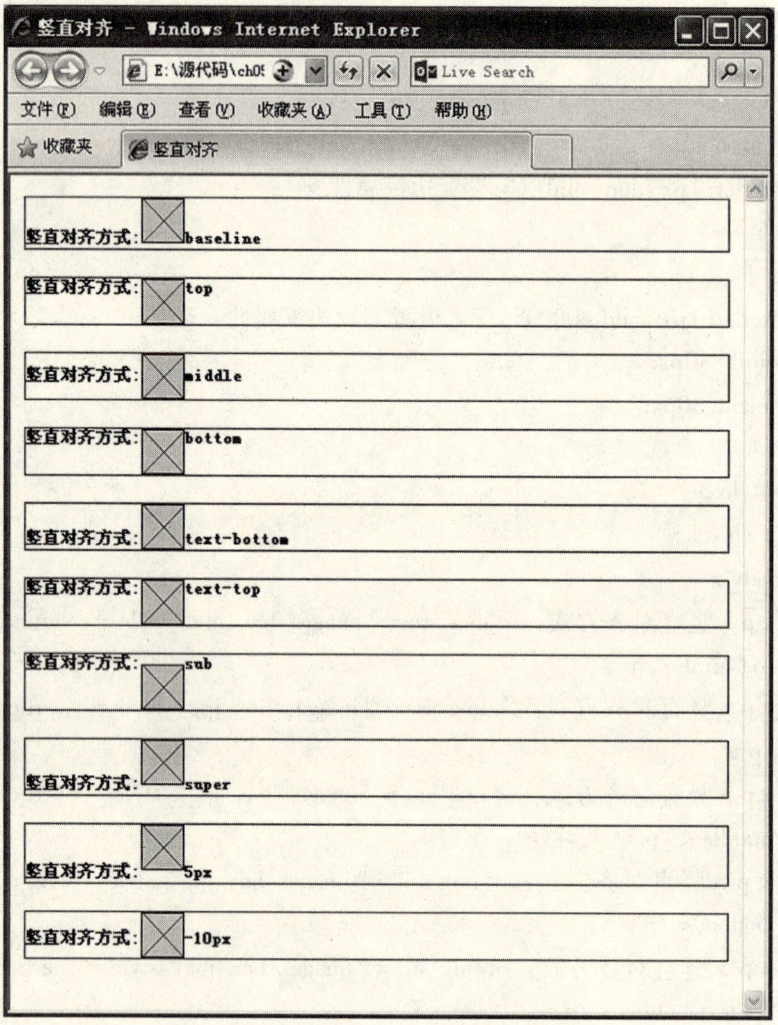

图 5 – 10　例 5.9 运行后显示效果

5.4　综合实例——诺贝尔奖

本例以介绍诺贝尔奖为题材，充分利用 CSS 的图文混排方法，网页最终效果如图 5 – 12 所示。

5.4.1　HTML 结构设计

从网页的内容出发，通过 HTML 搭建网页的结构代码如下：

```
<html>
<head>
<title>诺贝尔奖</title>
</head>
<body>
<h1 align="center">诺贝尔奖</h1>
<img src="rbl0.jpg">
<p>诺贝尔奖是以瑞典著名的化学家、硝化甘油炸药的发明人阿尔弗雷德·贝恩哈德·诺贝尔的部分遗产（3100万瑞典克朗）作为基金创立的。诺贝尔奖分设物理、化学、生理或医学、文学、和平5个奖项，以基金每年的利息或投资收益授予前一年世界上在这些领域对人类作出重大贡献的人，1901年首次颁发。诺贝尔奖包括金质奖章、证书和奖金。1968年，瑞典国家银行在成立300周年之际，捐出大额资金给诺贝尔基金，增设“瑞典国家银行纪念诺贝尔经济科学奖”，1969年首次颁发，人们习惯上称这个额外的奖项为诺贝尔经济学奖。</p>
<p>奖项由来</p>
<img src="rbl1.jpg">
<p>诺贝尔生于瑞典的斯德哥尔摩，是杰出的化学家、工程师、发明家、企业家。他一生共获得技术发明专利355项，其中以硝化甘油制作炸药的发明最为闻名，他不仅从事研究发明，而且进行工业实践，兴办诺贝尔实业，在欧美等五大洲20个国家开设了约100家公司和工厂，积累了巨额财富。在即将辞世之际，诺贝尔立下了遗嘱：将他的财产作为基金，每年用这个基金的利息作为奖金，奖励那些在前一年为人类作出卓越贡献的人。根据他的这个遗嘱，从1901年开始，具有国际性的诺贝尔奖创立了，并于1901年12月10日，即诺贝尔逝世5周年时首次颁发。自此以后，除因战争中断外，每年的这一天分别在瑞典首都斯德哥尔摩和挪威首都奥斯陆举行隆重的授奖仪式。1968年，瑞典国家银行（世界上最古老的中央银行）于成立300周年之际，提供资金增设诺贝尔经济学奖（全称为瑞典中央银行纪念阿尔弗雷德·伯恩德·诺贝尔经济科学奖金，亦称纪念诺贝尔经济学奖，并于1969年开始与其他5项奖同时颁发。诺贝尔经济学奖的评选原则：授予在经济科学研究领域作出重大价值贡献的人，并优先奖励那些早期作出重大贡献者。
</p>
<p>设置</p>
<img src="rbl2.jpg">
<p>诺贝尔化学奖；诺贝尔物理学奖；诺贝尔生理学或医学奖；诺贝尔文学奖；诺贝尔和平奖；诺贝尔经济学奖；</p>
<p>奖金奖品</p>
<img src="rbl3.jpg">
<p><span>诺</span>贝尔奖的奖金总是以瑞典的货币瑞典克朗颁发，每年的奖金金额视诺贝尔基金的投资收益而定，1901年第一次颁奖的时候，每单项的奖金为15万
```

瑞典克朗，当时相当于瑞典一个教授工作 20 年的薪金。1980 年，诺贝尔奖的单项奖金达到 100 万瑞典克朗，1991 年为 600 万瑞典克朗，1992 年为 650 万瑞典克朗，1993 年为 670 万瑞典克朗，2000 年单项奖金达到了 900 万瑞典克朗（当时约折合 100 万美元）。从 2001 年到 2011 年，单项奖金均为 1000 万瑞典克朗（在 2011 年，折合约 145 万美元）。金质奖章约重 270 克，内含黄金，奖章直径约为 6. 5 厘米，正面是诺贝尔的浮雕像。不同奖项，奖章的背面图案不同，每份获奖证书的设计和词句都不一样。颁奖仪式隆重而简朴，每年出席的人数限于 1500 ~ 1800 人；男士必须穿燕尾服或民族服装，女士要穿庄重的晚礼服；仪式中所用的白花和黄花必须从意大利小镇圣莫雷（诺贝尔逝世的地方）空运而来。</p>

<p>评选流程</p>

<img src = "rbl4. jpg" >

<p>根据诺贝尔遗嘱，在评选的整个过程中，获奖人不受任何国籍、民族、意识形态和宗教信仰的影响，评选的唯一标准是成就的大小。遵照诺贝尔遗嘱，物理学奖和化学奖由瑞典皇家科学院评定，生理或医学奖由瑞典皇家卡罗林医学院评定，文学奖由瑞典文学院评定，和平奖由挪威议会选出。经济学奖委托瑞典皇家科学院评定。每个授奖单位设有一个由 5 人组成的诺贝尔委员会负责评选工作，该委员会三年一届。</p>

</body>

</html>

在 IE8 中浏览没有添加任何 CSS 样式的上述 HTML 结构如图 5 – 11 所示。

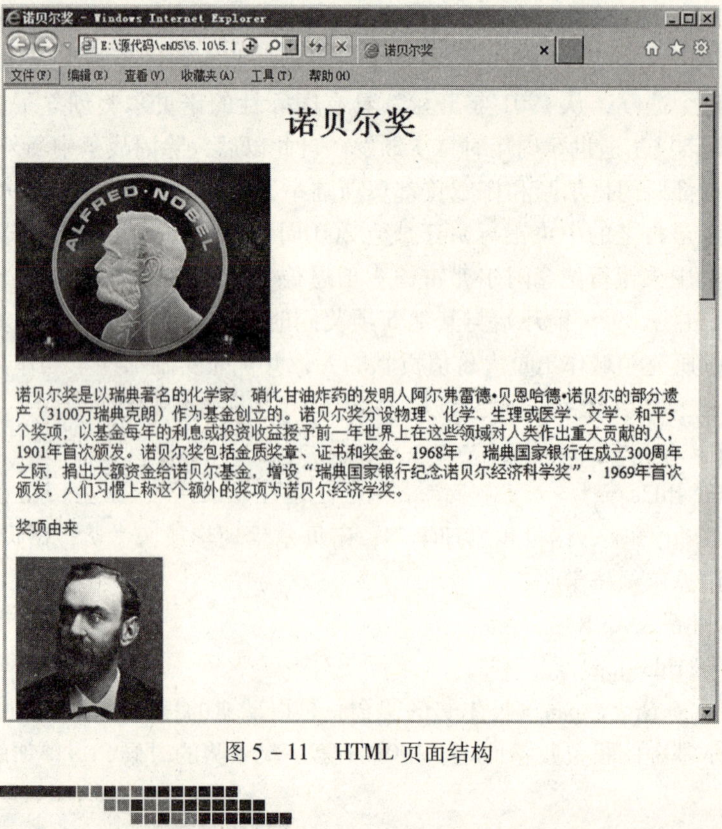

图 5 – 11　HTML 页面结构

5.4.2　CSS 样式设置

1. 设置通用样式

```
h1 {
    font-family: "宋体";
    color: #3300FF;
}
p {
    font-size: 15px; /* 设置文字大小 */
    color: black;
}
```

2. 网页第一段落，设置首字放大

```
span.first {/* 首字放大 */
    font-size: 60px;
    font-family: 黑体;
    float: left; /* 首字下沉 */
    font-weight: bold;
    color: #CCC; /* 首字灰色 */
}
```

3. 分析页面内容，设置“一左一右”的页面图文混排样式

首先，针对文字“奖项由来”“设置”“奖金奖品”“评选流程”4 个小标题，分别定义 p. title1 和 p. title2 两种样式。p. title1 用来设置左侧标题“奖项由来”“奖金奖品”的样式，p. title2 用来设置右侧标题“设置”“评选流程”的样式。代码如下：

```
p.title1 {/* 左侧标题 */
    text-decoration: underline; /* 下划线 */
    font-size: 18px;
    font-weight: bold; /* 粗体 */
    text-align: left; /* 左对齐 */
    background-image: url(line_background.gif); /* 设置背景图像 */
    background-repeat: no-repeat; /* 背景图像不平铺 */
}
p.title2 {/* 右侧标题 */
    text-decoration: underline;
    font-size: 18px;
    font-weight: bold;
    text-align: right; /* 右对齐 */
    background-image: url(line_background.gif);
```

```
    background-repeat: no-repeat;
    background-position: right top;
}
```

然后，针对图片，分别定义 img. photo1 和 img. photo2 两种样式。img. photo1 用来设置左侧图片的浮动和边界样式，img. photo2 用来设置右侧图片的浮动及边界样式。代码如下：

```
img. photo1 {
    float: left; /* 图片向左浮动 */
    margin-right: 10px;
    margin-bottom: 4px;
}
img. photo2 {
    float: right; /* 图片向右浮动 */
    margin-left: 10px;
    margin-bottom: 4px;
}
```

最后给图片设置边框样式，代码如下

```
img {
    border: 1px black dotted; /* 图片边框设置 */
}
```

应用样式的页面部分 html 代码如下：

```
<p class = "title1" >奖项由来 </p>
<img src = "rbl1. jpg" class = "photo1" >
<p>诺贝尔生于瑞典的斯德哥尔摩，是杰出的化学家、工程师、发明家、企业家。他一生共获得技术发明专利355 项，其中以硝化甘油制作炸药的发明最为闻名，他不仅从事研究发明，而且进行工业实践，兴办诺贝尔实业，在欧美等五大洲 20 个国家开设了约 100 家公司和工厂，积累了巨额财富。在即将辞世之际，诺贝尔立下了遗嘱：将他的财产作为基金，每年用这个基金的利息作为奖金，奖励那些在前一年为人类作出卓越贡献的人。根据他的这个遗嘱，从 1901 年开始，具有国际性的诺贝尔奖创立了。并于 1901 年 12 月 10 日，即诺贝尔逝世 5 周年时首次颁发。自此以后，除因战争中断外，每年的这一天分别在瑞典首都斯德哥尔摩和挪威首都奥斯陆举行隆重的授奖仪式。1968 年，瑞典国家银行（世界上最古老的中央银行）于成立 300 周年之际，提供资金增设诺贝尔经济学奖（全称为瑞典中央银行纪念阿尔弗雷德·伯恩德·诺贝尔经济科学奖金，亦称纪念诺贝尔经济学奖，并于 1969 年开始与其他 5 项奖同时颁发。诺贝尔经济学奖的评选原则：授予在经济科学研究领域作出重大价值贡献的人，并优先奖励那些早期作出重大贡献者。
</p>
<p class = "title2" >设置 </p>
```

<img src = "rbl2. jpg" class = "photo2" >

<p >诺贝尔化学奖；诺贝尔物理学奖；诺贝尔生理学或医学奖；诺贝尔文学奖；诺贝尔和平奖；诺贝尔经济学奖：</p >

<p class = "title1" >奖金奖品</p >

<img src = "rbl3. jpg" class = "photo1" >

<p >诺贝尔奖的奖金总是以瑞典的货币瑞典克朗颁发，每年的奖金金额视诺贝尔基金的投资收益而定，1901 年第一次颁奖的时候，每单项的奖金为 15 万瑞典克朗，当时相当于瑞典一个教授工作 20 年的薪金。1980 年，诺贝尔奖的单项奖金达到 100 万瑞典克朗，1991 年为 600 万瑞典克朗，1992 年为 650 万瑞典克朗，1993 年为 670 万瑞典克朗，2000 年单项奖金达到了 900 万瑞典克朗（当时约折合 100 万美元）。从 2001 年到 2011 年，单项奖金均为 1000 万瑞典克朗（在 2011 年，折合约 145 万美元）。金质奖章约重 270 克，内含黄金，奖章直径约为 6. 5 厘米，正面是诺贝尔的浮雕像。不同奖项，奖章的背面图案不同，每份获奖证书的设计和词句都不一样。颁奖仪式隆重而简朴，每年出席的人数限于 1500 ~ 1800 人；男士必须穿燕尾服或民族服装，女士要穿庄重的晚礼服；仪式中的所用白花和黄花必须从意大利小镇圣莫雷（诺贝尔逝世的地方）空运而来。</p >

在 IE8 中浏览最终效果如图 5 – 12 所示。

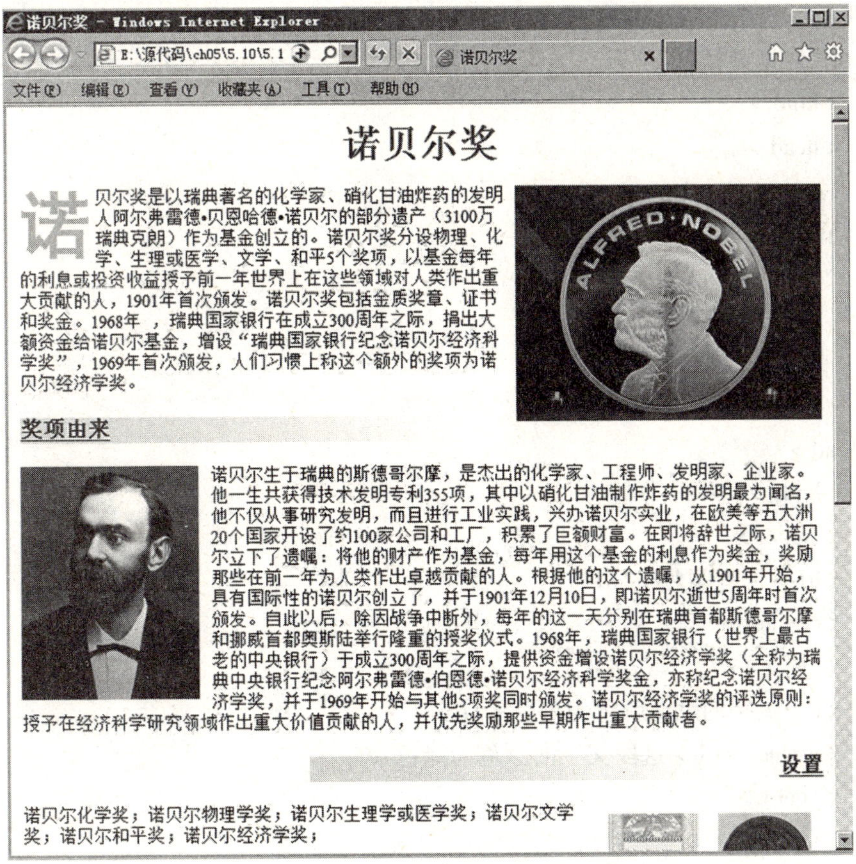

图 5 – 12　页面最终效果

第 6 章　用 CSS 设置网页背景

网页背景不仅可以使用各种颜色，也可以使用各种图片。本章主要阐述如何通过 CSS 对背景图片进行精确的控制，包括背景图片的位置和平铺方式等。

6.1　设置颜色

在 CSS 中使用 color 属性设置字体的颜色。

基本语法：

color 关键字 | RGB 值

其中，关键字可以用颜色的英文名称，如"green"为绿色、"white"代表白色等。RGB 值通常用十六进制的表示方法，如#FFFFFF 表示白色。

【例 6.1】设置颜色

```
<html>
<head>
<style type = "text/css" >
.p1 {
  font-size: 16px;
  color: #00FF00
}
</style>
</head>
<body>
<center>
<h1>设置颜色</h1>
</center>
<hr/>
<p>文字的默认颜色为黑色</p>
<p class = p1>这段文字的颜色为绿色</p>
</body>
</html>
```

在 IE8 中浏览效果如图 6－1 所示，最后一行文字的颜色被设置成绿色。

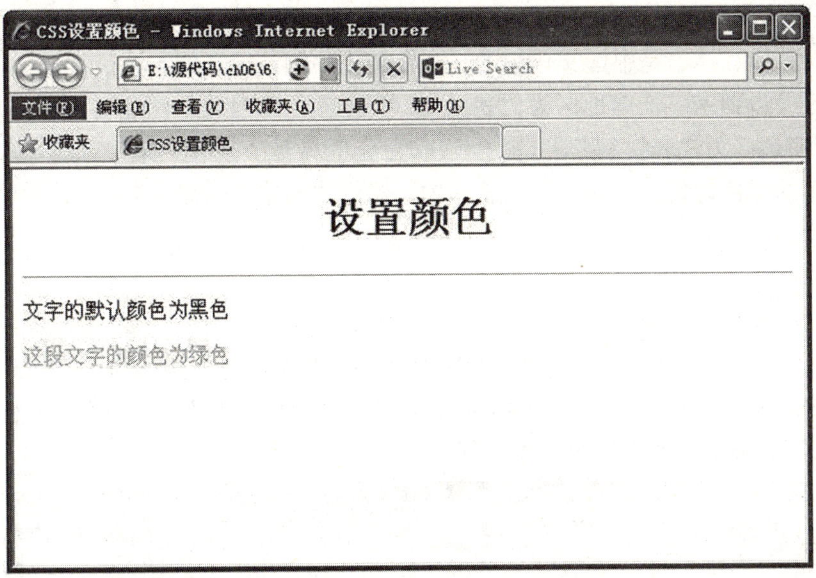

图 6－1　例 6.1 运行后显示效果

6.2　设置背景颜色

在 CSS 中可以通过 background-color 为文字、页面等设置背景颜色。

基本语法：

background-color: 关键字 | RGB 值 | transparent

其中，关键字和 RGB 值的含义同例 6.1，transparent 表示透明值。

【例 6.2】设置背景颜色

```
<html>
<head>
<style type = "text/css" >
h1 {
  font-family: 黑体;
  color: white;
  background-color: blue;
}
</style>
</head>
<body>
<h1 >茶文化 </h1 >
<p >中国是茶的故乡，也是茶文化的发源地。在中国，茶的发现和利用已有四
五千年历史，且长盛不衰，传遍全球。茶是中华民族的举国之饮，发于神农，闻于
```

鲁周公，兴于唐朝，盛于宋代，普及于明清之时。中国茶文化糅合佛、儒、道诸派思想，独成一体，是中国文化中的一朵奇葩！中国茶区辽阔，茶区划分为 3 级，即一级茶区（以西南、江南地区为代表）、二级茶区（以西北、江北为代表）、三级茶区（以华南地区为代表）。目前，茶也已成为全世界最大众化、最受欢迎、最有益于身心健康的绿色饮料。茶融天地人于一体，提倡“天下茶人是一家”。

```
</p>
</body>
</html>
```

上述不含 h1 样式声明部分的纯 HTML 代码在 IE8 中浏览效果如图 6 – 2 所示。通过给 h1 标记添加" color: white; background-color: blue; " 两行样式代码，将网页的标题设置了“蓝底白字”的效果。效果如图 6 – 3 所示。

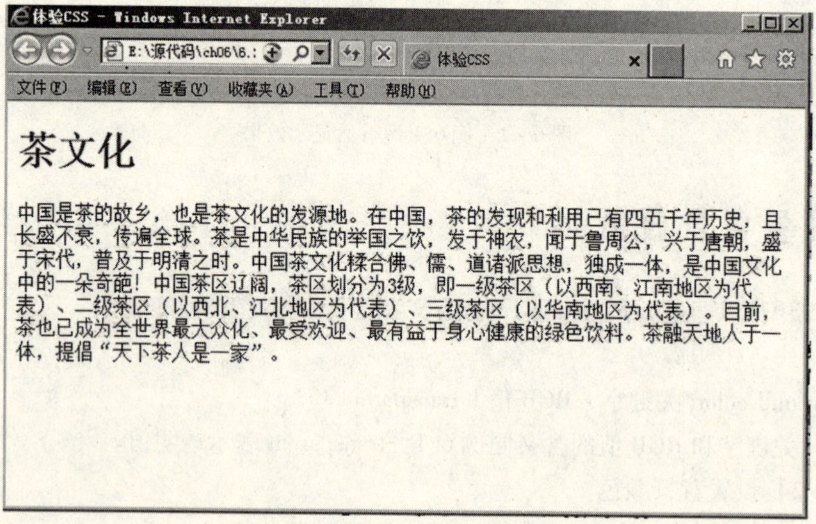

图 6 – 2　例 6. 2 运行后显示效果

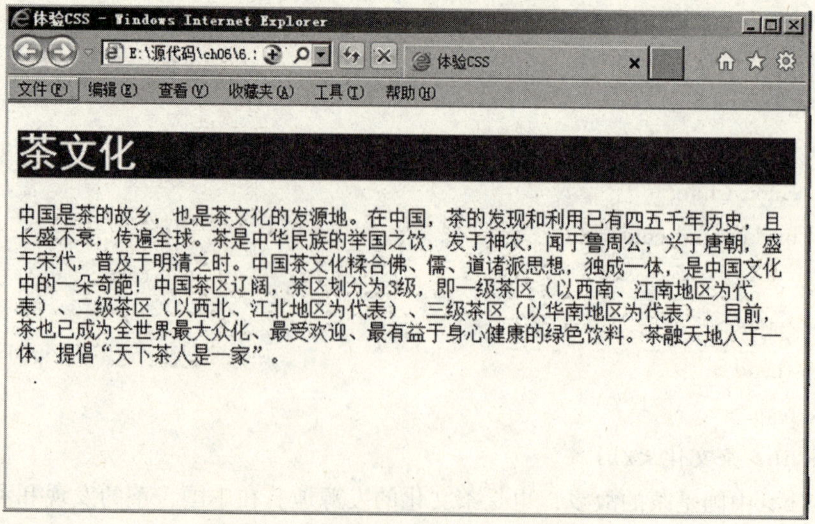

图 6 – 3　设置标题“蓝底白字”的效果

6.3　设置背景图像

在CSS中，读者可以通过background-image来设置网页元素的背景图像。

基本语法：

background-image: URL | none

其中，URL是指图片路径，此路径可以是相对路径，也可以是绝对路径。none表示没有背景图像。

【例6.3】设置背景图像

```
<html>
<head>
<style type="text/css">
body {
  background-image: url(images/line.jpg);
}
h1 {
  font-family: 黑体;
  color: white;
  background-color: blue;
}
</style>
</head>
<body>
<h1>茶文化</h1>
<p>中国是茶的故乡，也是茶文化的发源地。在中国，茶的发现和利用已有四五千年历史，且长盛不衰，传遍全球。茶是中华民族的举国之饮，发于神农，闻于鲁周公，兴于唐朝，盛于宋代，普及于明清之时。中国茶文化糅合佛、儒、道诸派思想，独成一体，是中国文化中的一朵奇葩！中国茶区辽阔，茶区划分为3级，即一级茶区（以西南、江南地区为代表）、二级茶区（以西北、江北为代表）、三级茶区（以华南地区为代表）。目前，茶也已成为全世界最大众化、最受欢迎、最有益于身心健康的绿色饮料。茶融天地人于一体，提倡“天下茶人是一家”。
</p>
</body>
</html>
```

在上述代码中准备背景图片如图6-4所示。通过给body标记添加"background-image: url(images/line.jpg);"样式代码，为页面body元素设置背景图片。在IE8中浏览效果如图6-5所示。

图 6-4　准备一个背景图片

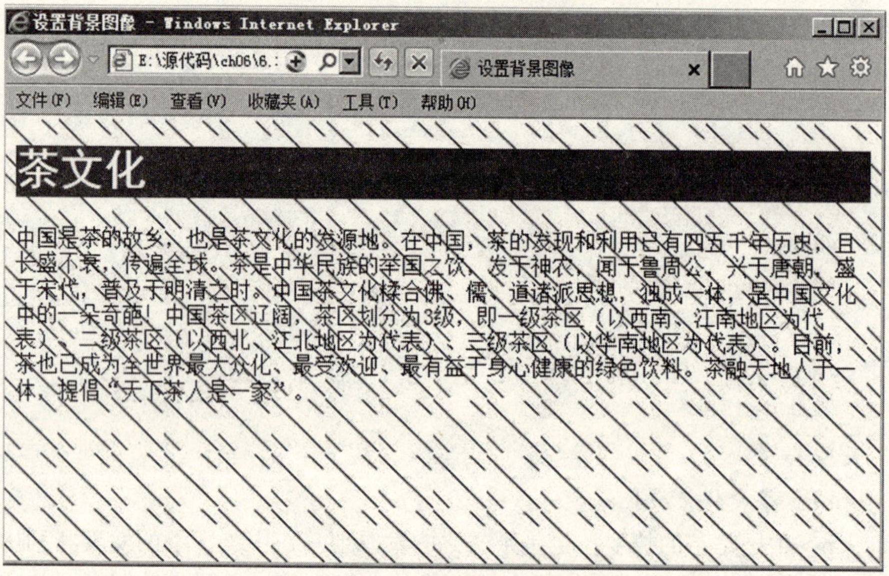

图 6-5　例 6.3 运行后显示效果

6.4　设置背景图像平铺

在默认情况下，背景图片总是在水平和垂直两个方向重复显示并平铺在整个页面，如上例图 6-5 所示。若不希望平铺，或者只希望沿着一个方向平铺，可以使用 background-repeat 属性来控制。

基本语法：

background-repeat: repeat | repeat-x | repeat-y | no-repeat

background-repeat 属性取值参看表 6-1。

表 6－1　background-repeat 属性值说明

属性值	含义
repeat	默认，背景图像将在垂直方向和水平方向重复
repeat-x	背景图像将在水平方向重复
repeat-y	背景图像将在垂直方向重复
no-repeat	背景图像将仅显示一次
inherit	规定应该从父元素继承 background-repeat 属性的设置（任何版本的 Internet Explorer（包括 IE8）都不支持该属性）

【例 6.4】设置背景图像不平铺

```
<head>
<style type = "text/css" >
body {
  background-image: url( images/line. jpg) ;
  background-repeat: no-repeat;
}
h1 {
  font-family: 黑体;
  color: white;
  background-color: blue;
}
</style>
</head>
<body>
<h1>茶文化</h1>
<p>中国是茶的故乡，也是茶文化的发源地。在中国，茶的发现和利用已有四五千年历史，且长盛不衰，传遍全球。茶是中华民族的举国之饮，发于神农，闻于鲁周公，兴于唐朝，盛于宋代，普及于明清之时。中国茶文化糅合佛、儒、道诸派思想，独成一体，是中国文化中的一朵奇葩！中国茶区辽阔，茶区划分为 3 级，即一级茶区（以西南、江南地区为代表）、二级茶区（以西北、江北为代表）、三级茶区（以华南地区为代表）。目前，茶也已成为全世界最大众化、最受欢迎、最有益于身心健康的绿色饮料。茶融天地人于一体，提倡“天下茶人是一家”。
</p>
</body>
```

上述代码通过给 body 标记添加"background-repeat: no-repeat;"样式代码，背景图像只显示一次，并默认显示在网页窗体的左上角。在 IE8 中浏览效果如图 6－6 所示。

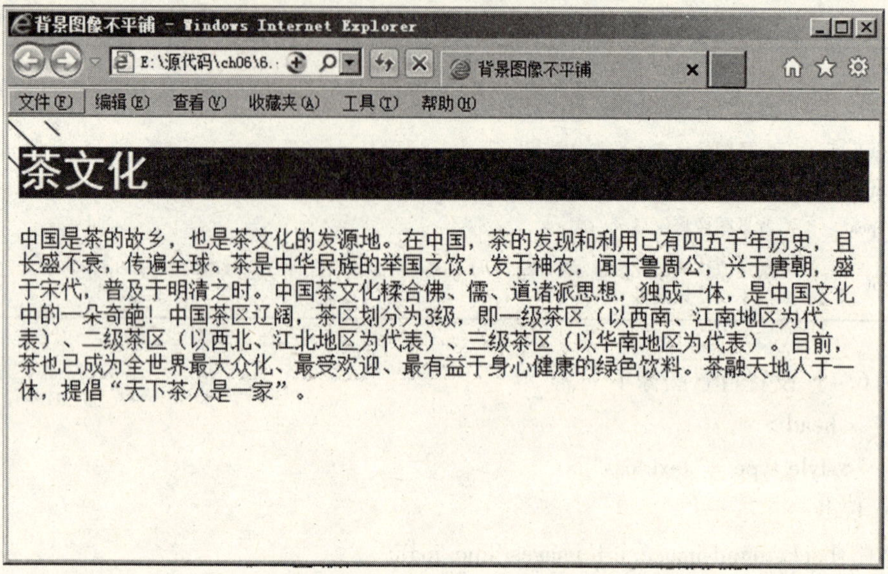

图 6－6　例 6.4 运行后显示效果

【例 6.5】水平方向平铺背景图像

```
<head>
<style type="text/css">
body {
    background-image: url(images/line.jpg);
    background-repeat: repeat-x;
}
h1 {
    font-family: 黑体;
    color: white;
    background-color: blue;
}
</style>
</head>
<body>
<h1>茶文化</h1>
<p>中国是茶的故乡，也是茶文化的发源地。在中国，茶的发现和利用已有四五千年历史，且长盛不衰，传遍全球。茶是中华民族的举国之饮，发于神农，闻于鲁周公，兴于唐朝，盛于宋代，普及于明清之时。中国茶文化糅合佛、儒、道诸派思想，独成一体，是中国文化中的一朵奇葩！中国茶区辽阔，茶区划分为 3 级，即一级茶区（以西南、江南地区为代表）、二级茶区（以西北、江北为代表）、三级茶区（以华南地区为代表）。目前，茶也已成为全世界最大众化、最受欢迎、最有益于身心健康的绿色饮料。茶融天地人于一体，提倡“天下茶人是一家”。
```

```
</p>
</body>
```

在 IE8 中浏览效果如图 6－7 所示，通过将 body 标记的样式代码改成"background-repeat: repeat-x;"，背景图像沿水平方向平铺。

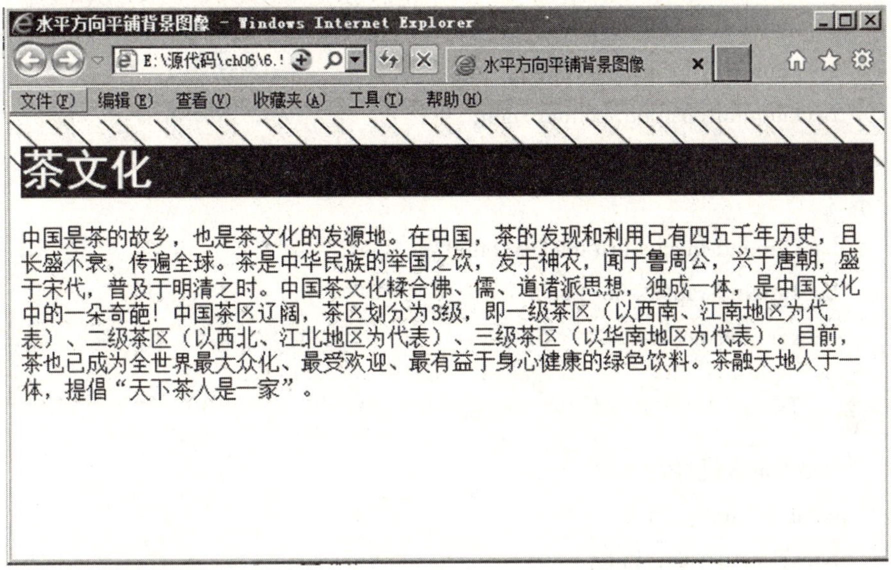

图 6－7　例 6.5 运行后显示效果

6.5　设置背景图像显示位置

在 CSS 中，若背景图像设置为"no-repeat"，默认情况下，该背景图像将显示在元素的左上角，可以通过 background-position 属性，来设置背景图片的显示位置。

基本语法：

background-position: 关键字 | 百分比 | 长度

使用上述语句设置背景图像位置时注意以下问题：

（1）使用 background-position 设置图片位置时，都要给定两个值，这两个值之间要用空格分隔开。

（2）利用关键字设置图片位置时，其代表水平方向的属性值有：left、center、right，分别表示左端、居中、右端；垂直方向的属性值有：top、center、bottom，分别表示顶端、居中、底部。

（3）利用百分比和长度设置图片位置时，其中第一个数值代表水平位置，第二个数值代表垂直位置。水平方向的参考点是网页的左边，垂直方向的参考点是网页的上边。

例如：

background-position: 20% 70%，即背景图像的位置是左起 20%，上起 70% 的位置。

background-position: 20px 70px，即背景图像的位置是左起 20px，上起 70px 的位置。

【例 6.6】设置背景图像位置

```
<head>
<style type="text/css">
body {
    background-image: url(images/fourLeader.jpg);
    background-repeat: no-repeat;
    background-position: bottom right;
}
p {
    background-image: url(images/blueLine.jpg);
    background-repeat: no-repeat;
    background-position: 40% 50%;
}
h1 {
    font-family: 黑体;
    color: white;
    background-color: blue;
}
</style>
</head>
<body>
<h1>茶文化</h1>
<p>中国是茶的故乡，也是茶文化的发源地。在中国，茶的发现和利用已有四五千年历史，且长盛不衰，传遍全球。茶是中华民族的举国之饮，发于神农，闻于鲁周公，兴于唐朝，盛于宋代，普及于明清之时。中国茶文化糅合佛、儒、道诸派思想，独成一体，是中国文化中的一朵奇葩！中国茶区辽阔，茶区划分为3级，即一级茶区（以西南、江南地区为代表）、二级茶区（以西北、江北为代表）、三级茶区（以华南地区为代表）。目前，茶也已成为全世界最大众化、最受欢迎、最有益于身心健康的绿色饮料。茶融天地人于一体，提倡“天下茶人是一家”。
</p>
</body>
```

在 IE8 中浏览效果如图 6 - 8 所示，通过给 body 标记添加"background-repeat: no-repeat; background-position: bottom right;"样式代码，背景图像不重复，显示位置锁定在网页窗体的右下角。给 p 标记添加" background-repeat: no-repeat; background-position: 40% 50%;"样式代码，设置背景图像不重复，且使文本段落的背景图像显示在网页窗体左起 40%，上起 50% 的位置。

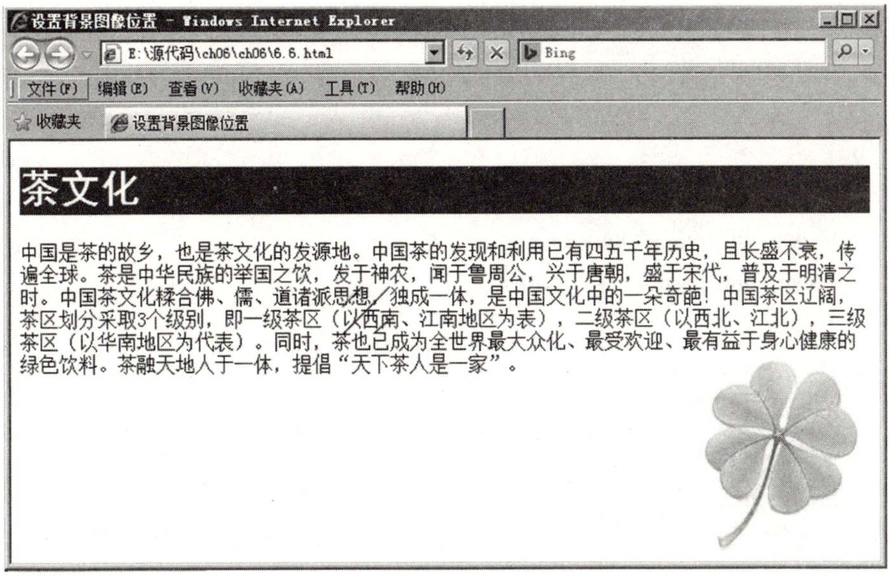

图6－8　例6.6运行后显示效果

6.6　设置背景图像位置固定

在网页上设置背景图像时，默认情况下，随着滚动条的滑动，背景图像也随着移动，在CSS中，可以使用background-attachment属性把背景图像设置成固定不动，而不跟随着网页内容一起滚动的效果。

提示：background-repeat设为no-repeat，background-position属性的设置才有效。

基本语法：

background-attachment: fixed | scroll | inherit;

background-attachment属性取值参看下表6－2。

表6－2　background-attachment属性值说明

属性值	含义
scroll	默认值，背景图像会随着页面其余部分的滚动而移动
fixed	当页面的其余部分滚动时，背景图像不会移动
inherit	规定应该从父元素继承background-repeat属性的设置（任何版本的Internet Explorer（包括IE8）都不支持该属性）

【例6.7】设置背景图像位置固定

```
<head>
<style type="text/css">
body {
  background-image: url(images/fourLeader.jpg);
  background-repeat: no-repeat;
```

```
    background-position: bottom right;
    background-attachment: fixed;
}
p {
    background-image: url( images/blueLine. jpg) ;
    background-repeat: no-repeat;
    background-position: 40% 50%;
}
h1 {
    font-family: 黑体;
    color: white;
    background-color: blue;
}
</style>
</head>
<body>
<h1>茶文化</h1>
<p>中国是茶的故乡，也是茶文化的发源地。在中国，茶的发现和利用已有四五千年历史，且长盛不衰，传遍全球。茶是中华民族的举国之饮，发于神农，闻于鲁周公，兴于唐朝，盛于宋代，普及于明清之时。中国茶文化糅合佛、儒、道诸派思想，独成一体，是中国文化中的一朵奇葩！中国茶区辽阔，茶区划分为3级，即一级茶区（以西南、江南地区为代表）、二级茶区（以西北、江北为代表）、三级茶区（以华南地区为代表）。目前，茶也已成为全世界最大众化、最受欢迎、最有益于身心健康的绿色饮料。茶融天地人于一体，提倡“天下茶人是一家”。</p>
<p>    茶文化的内涵其实就是中国文化的内涵的一种具体表现，谈茶文化必须结合中国汉文化而论之。中国素有礼仪之邦之称谓，茶文化的精神内涵即通过沏茶、赏茶、闻茶、饮茶、品茶等习惯，与中华的文化内涵和礼仪相结合形成的一种具有鲜明中国文化特征的一种文化现象，也可以说是一种礼节现象。在长期的历史发展中，礼作为中国社会的道德规范和生活准则对汉族精神修养起了重要作用。同时，随着社会的变革和发展，礼不断被赋予新的内容，和一些生活中的习惯与形式相融合形成了各类中国特色的文化现象。茶文化是中国具有代表性的传统文化，中国不仅是茶叶的原产地之一，而且我国不同民族、不同地区至今仍有着丰富多样的饮茶习惯和风俗。</p>
</body>
```

在 IE8 中浏览效果如图 6－9 所示，通过给 body 标记添加"background-attachment: fixed;"样式代码，设置背景图像固定显示，拖动滚动条时，body 元素的背景图片也一直处于网页的右下角，不会随之滚动显示。

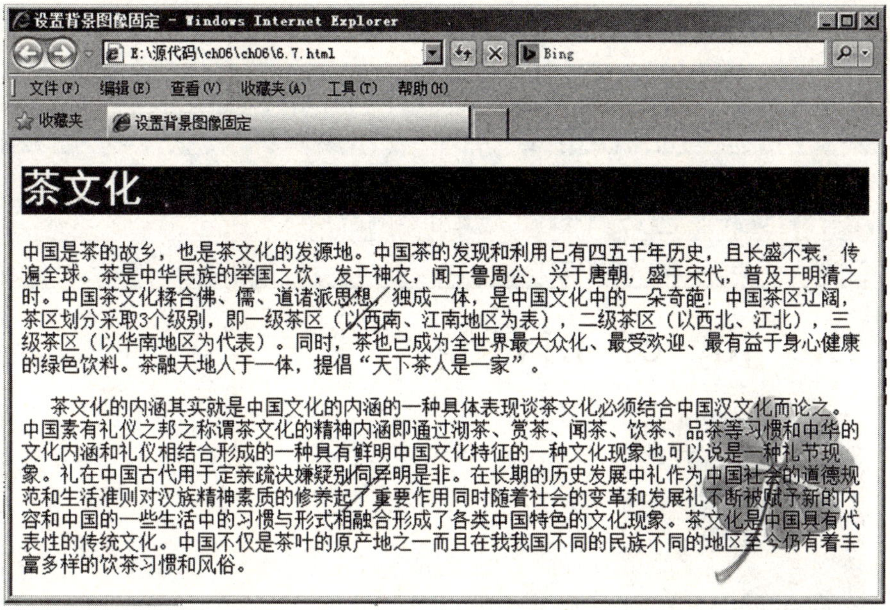

图6-9　例6.7运行后显示效果

6.7　综合实例——CSS设置背景的综合应用

6.7.1　HTML结构设计

从网页的内容出发，通过HTML搭建网页的结构代码如下：

```
<html>
<head>
<title>CSS设置背景的综合应用</title>
</head>
<body>
<h1>The Joy of Living</h1>
<img src="images/flower.jpg"/>
<p><span>J</span>oy in living comes from having fine emotions, trusting them, giving them the freedom of a bird in the open. Joy in living can never be assumed as a pose, or put on from the outside as a mask. People who have this joy do not need to talk about it; they radiate it. They just live out their joy and let it splash its sunlight and glow into other lives as naturally as bird sings.
We can never get it by working for it directly. It comes, like happiness, to those who are aiming at something higher. It is a byproduct of great, simple living. The joy of living comes from what we put into living, not from what we seek to get from it.
</p>
```

```
</body>
</html>
```

在 IE8 中浏览没有添加任何 CSS 样式的上述 HTML 结构如图 6 – 10 所示。

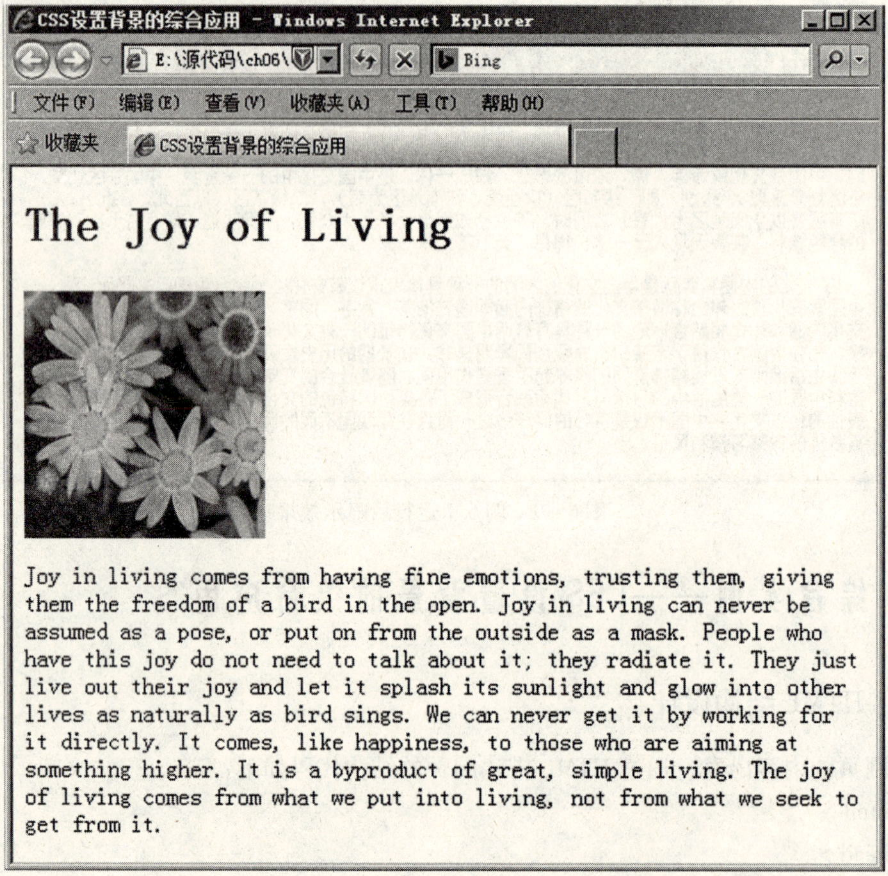

图 6 – 10　无 CSS 样式的 HTML 页面结构

6. 7. 2　CSS 样式设置

1. 对 body 标记设置样式

CSS 代码如下：

```
body {
    margin: 0px;
    padding: 0px;
    background-image: url( images/bg-blue. gif) ;
    background-repeat: repeat-x;
    background-color: #3399FF;
}
```

上述代码中，通过 background-image、background-repeat、background-color 属性分别设置 body 标记的背景图像、背景图像平铺和背景颜色样式。其中背景属性 background-image、background-repeat、background-color 部分可以简写为 background: url（images/bg-blue. gif）repeat-x #3399ff;，属性值之间用空格间隔。值 repeat-x 用来设置背景图像水平平铺。

另外，上述代码同时设置了网页的背景图像和背景颜色，此时，在背景图像覆盖的地方将显示背景图像，背景图像没有覆盖的地方将显示背景颜色。这里选择设置的背景图像和背景颜色比较接近，以让网页背景显示渐变色的效果。在 IE8 中浏览效果如图 6－11 所示。

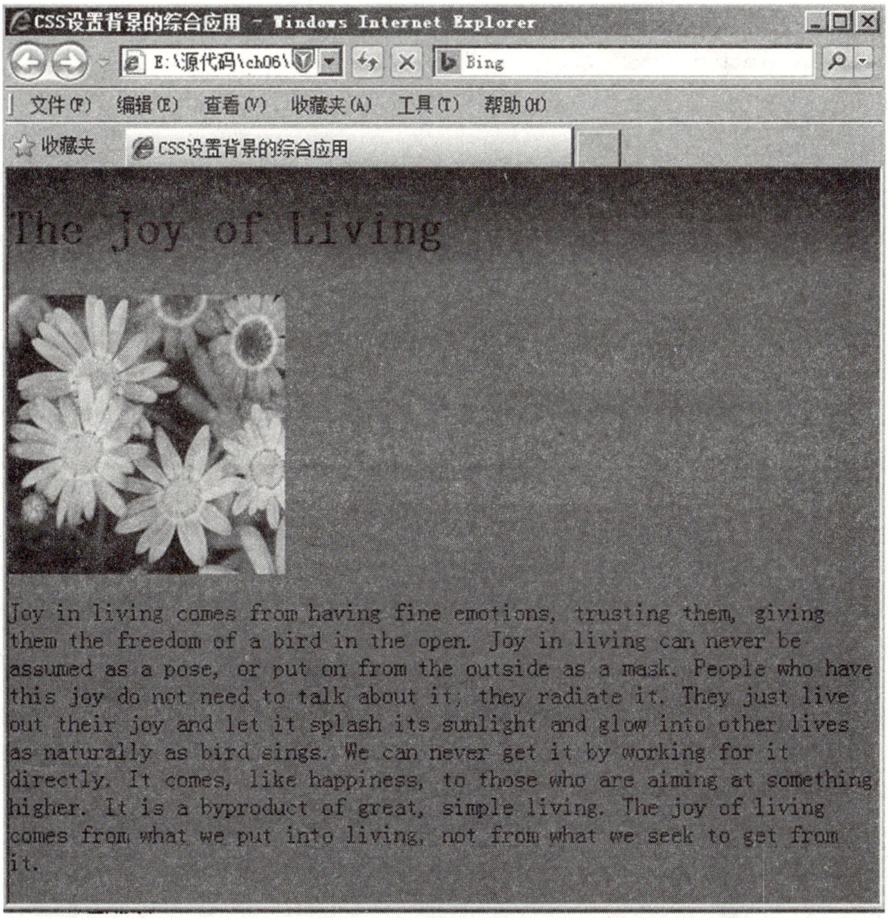

图 6－11　对 body 标记设置背景样式后的效果

2. 设置标题标记、图像标记和段落标记样式

CSS 代码如下：

```
h1 {
   color: #FFFFFF;
   text-align: center;
}
img {
```

```
    width: 140px;
    border: dashed 2px #FFFFFF;
    padding: 5px;
    float: left;
    margin-right: 10px;
    margin-left: 5px;
  }
  p {
    font: 14px Arial;
    line-height: 1.5;
    text-indent: 2em;
    padding: 5px 10px;
  }
```

上述代码通过 color 和 text-align 属性对标记 h1 设置文字白色、居中显示效果。通过 width、border 属性对标记 img 设置宽度为 140 像素、虚线边框效果。通过 font、line-height、text-indent 属性对标记 p 设置字号为 14 像素、字体为 Arial、1.5 倍行高及向右缩进 2 字符的效果。设置 img 标记的 float 属性为 left，以让图片向左浮动。margin-left 和 margin-right 分别用来设置图片的左右外边距，p 标记的 padding 属性设置 p 标记内填充。这 3 个属性的详细介绍见第 9 章。设置 CSS 后的页面效果如图 6 – 12 所示。

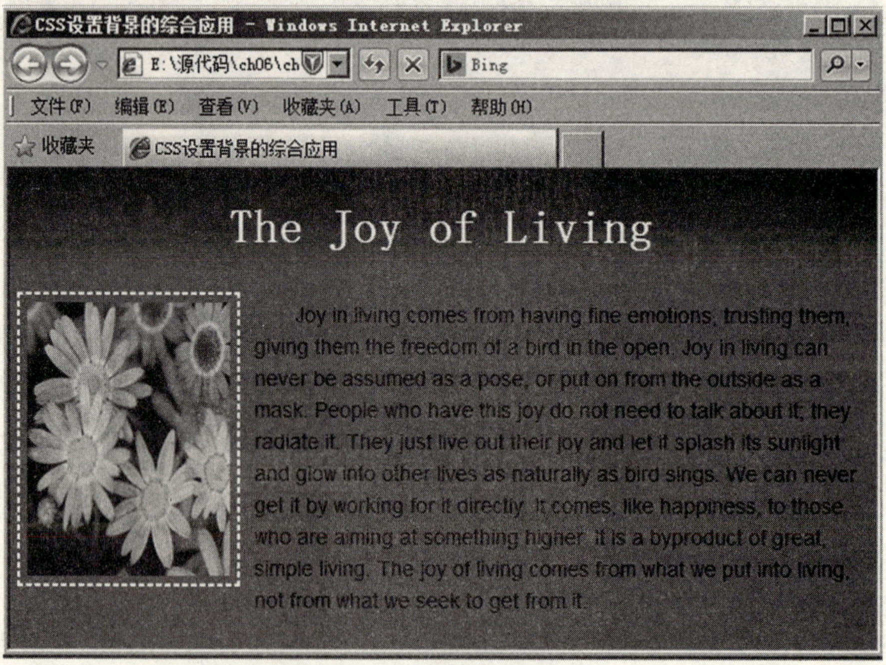

图 6 – 12　页面最终效果

第7章　用CSS美化表格和表单

7.1　用CSS美化表格

表格的制作很简单，但是HTML中提供的美化表格的属性有限，必须结合CSS才能达到一些特定的美化效果。表格的样式包括：表格的边框样式（border-style）、边框的颜色（border-color）、边框线的粗细（border-width）、表格的背景、行的背景、单元格的背景（background-color：背景颜色，background-image：背景图片）等，这些知识在前面章节已经介绍，这里不再赘述。但是要注意一点：表格、行、单元格都有4个边框，这些边框可以统一设置样式，也可以单独一个一个边框去设置样式，单独设置时，4边的顺序是"上边框、右边框、下边框、左边框"。本节主要介绍使用CSS美化表格的相关背景知识。

1. HTML结构代码

首先建立表格，其HTML代码结构如下：

【例7.1】无CSS样式的表格

```
<html>
<head>
  <title>美化表格</title>
  <link href="css2.css" rel="stylesheet" type="text/css"/>
</head>
<body>
  <table width="500" border="1" cellspacing="2" cellpadding="0">
    <tr>
      <th scope="col"> </th>
      <th scope="col">星期一</th>
      <th scope="col">星期二</th>
      <th scope="col">星期三</th>
      <th scope="col">星期四</th>
      <th scope="col">星期五</th>
    </tr>
    <tr class="tr_shoushu">
      <td>第一节</td>
```

```
            <td> </td>
            <td> </td>
            <td> </td>
            <td> </td>
            <td> </td>
        </tr>
    <tr class="tr_jishu">
            <td>第二节</td>
            <td> </td>
            <td> </td>
            <td> </td>
            <td> </td>
            <td> </td>
        </tr>
        <tr class="tr_shoushu">
            <td>第三节</td>
            <td> </td>
            <td> </td>
            <td> </td>
            <td> </td>
            <td> </td>
        </tr>
        <tr class="tr_jishu">
            <td>第四节</td>
            <td> </td>
            <td> </td>
            <td> </td>
            <td> </td>
            <td> </td>
        </tr>
    <tr class="tr_shoushu">
            <td>第五节</td>
            <td> </td>
            <td> </td>
            <td> </td>
            <td> </td>
            <td> </td>
```

```
        </tr>
        <tr class = "tr_jishu" >
          <td >第六节 </td >
          <td >  </td >
          <td >  </td >
          <td >  </td >
          <td >  </td >
          <td >  </td >
        </tr >
        <tr class = "tr_shoushu" >
          <td >第七节 </td >
          <td >  </td >
          <td >  </td >
          <td >  </td >
          <td >  </td >
          <td >  </td >
        </tr >
        <tr class = "tr_jishu" >
          <td >第八节 </td >
          <td >  </td >
          <td >  </td >
          <td >  </td >
          <td >  </td >
          <td >  </td >
        </tr >
      </table >
    </body >
    </html >
```

在 IE8 中浏览效果如图 7 - 1 所示。

2. 在 <head> </head> 中添加 CSS 代码结构

```
<style type = "text/css" >
  table {
    border: #000 3px ridge;
  }
  td {
    border: #F00 1px solid;
  }
```

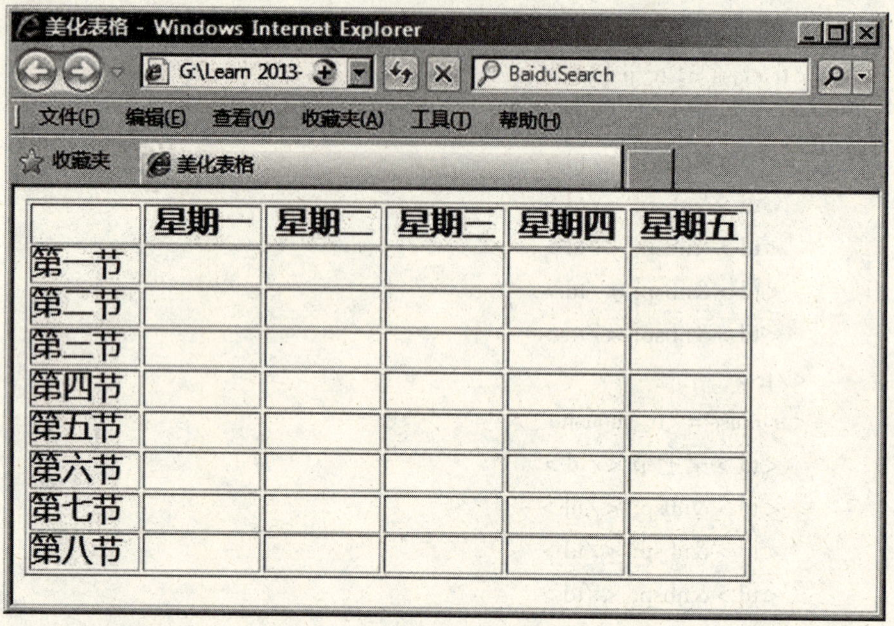

图 7－1　例 7.1 运行后显示效果

```
th, td {
    height: 30px;
    font-size: 11pt;
    text-align: center;
}
th {
    background-color: #06C;
    font-weight: bold;
    color: #FFF;
}
. tr_ jishu {
    background: #03F;
}
. tr_ shoushu {
    background-color: #0F3;
}
</style>
```

在本例中，制作了一个 9 行 6 列的课表表格。使用"table{}"和"td{}"样式修饰表格的边框，使用"th, td{}"控制表格中表头和表格列的文本样式，使用". tr_ jishu{}"和". tr_ shoushu{}"来控制奇数行和偶数行的背景颜色。在本例中使用 CSS 美化了行样式，同样，列样式、单元格的美化也可以使用这种方法。

在 IE8 中浏览效果如图 7－2 所示。

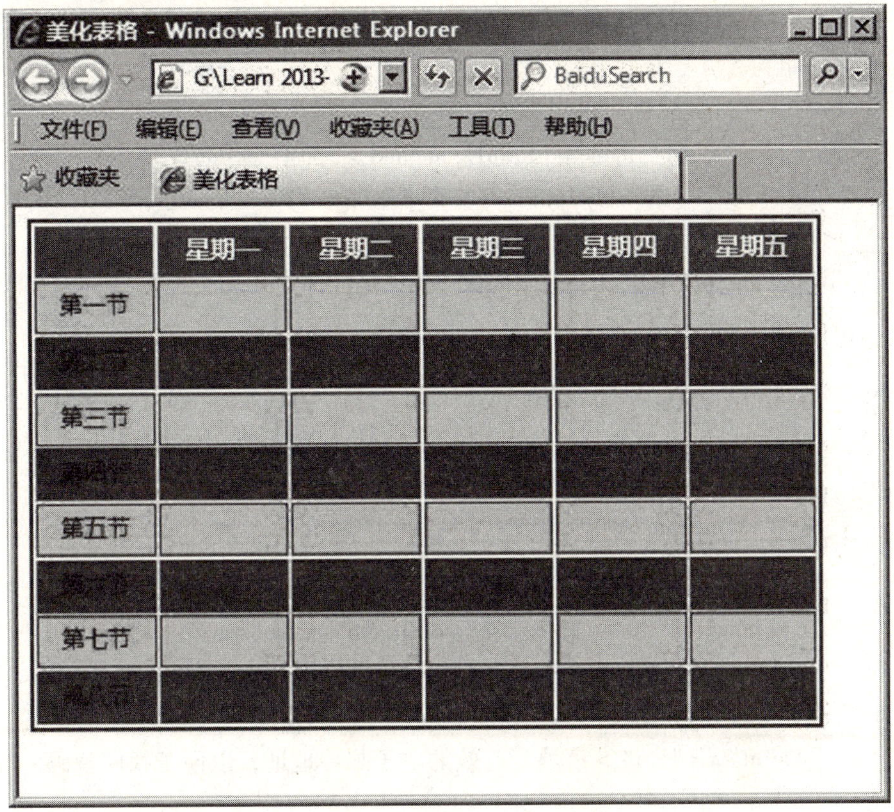

图 7－2　用 CSS 美化表格效果

7.2　用 CSS 美化表单

我们上网经常会碰到各种各样的表单：注册账号要填表单，网上购物要填表单，登录邮箱要填表单。好的表单设计能给网站增加注册量、促进销售等，可见表单是非常重要的，它是用户与网站沟通的桥梁。本节主要介绍使用 CSS 美化表单。

7.2.1　表单内字体样式（font）的美化应用

字体样式包括：字体名称（font-family）、字体风格（font-style）、字体变形（font-variant）、字体加粗（font-weight）、字体大小（font-size）、字体（font），具体的定义方法在前面章节已经介绍，这里不再赘述。制作一个注册表单，要求对表单的输入框、按钮上的文字进行美化，达到美化注册表单的要求。

1. HTML 结构代码

首先建立表单，其 HTML 代码结构如下：

【例 7.2】无 CSS 样式的表单字体

```
<html>
```

```
<head>
  <title>表单内字体样式的美化应用</title>
</head>
<body>
<form id="form1" name="form1" method="post" action="">
<table width="500" border="0" cellspacing="0" cellpadding="0">
  <tr>
    <td width="69" height="30">用户名：</td>
    <td width="185">
      <input name="textfield" type="text" id="textfield" value="用户名"/>
</td>
    <td width="246" class="ziti">6-16 个字符（大小写字母、数字、下划
线）</td>
  </tr>
  <tr>
    <td height="30">邮    箱：</td>
    <td><input name="textfield2" type="text" id="textfield2" value="@"/>
</td>
    <td class="ziti">请填写有效的电子邮件地址，以便于找回密码</td>
  </tr>
  <tr>
    <td height="30">密    码：</td>
    <td><input name="textfield3" type="text" id="textfield3" value="密
码"/></td>
    <td class="ziti">6-16 个字符，请用大小写字母加数字或符号的组合</td>
  </tr>
  <tr>
    <td height="30">确认密码：</td>
    <td><input name="textfield4" type="text" id="textfield4" value="确认
密码"/></td>
    <td> </td>
  </tr>
  <tr>
    <td height="30">验证码：</td>
    <td><img src="pic/验证码.jpg" width="133" height="26"/></td>
    <td> </td>
  </tr>
```

```
    <tr>
      <td height="30" colspan="3" >        <input type
="checkbox" name="checkbox" id="checkbox"/>
        已仔细阅读并同意《服务协议》 </td>
      </tr>
    <tr>
      <td height="30" colspan="3" >        <input name
="button" type="submit" class="zhuce" id="button" value="注　册"/>
            已有账号，请直接<a href="#">登录</a> </td>
      </tr>
  </table>
  </form>
  </body>
  </html>
```

在 IE8 浏览器中浏览效果如图 7－3 所示。

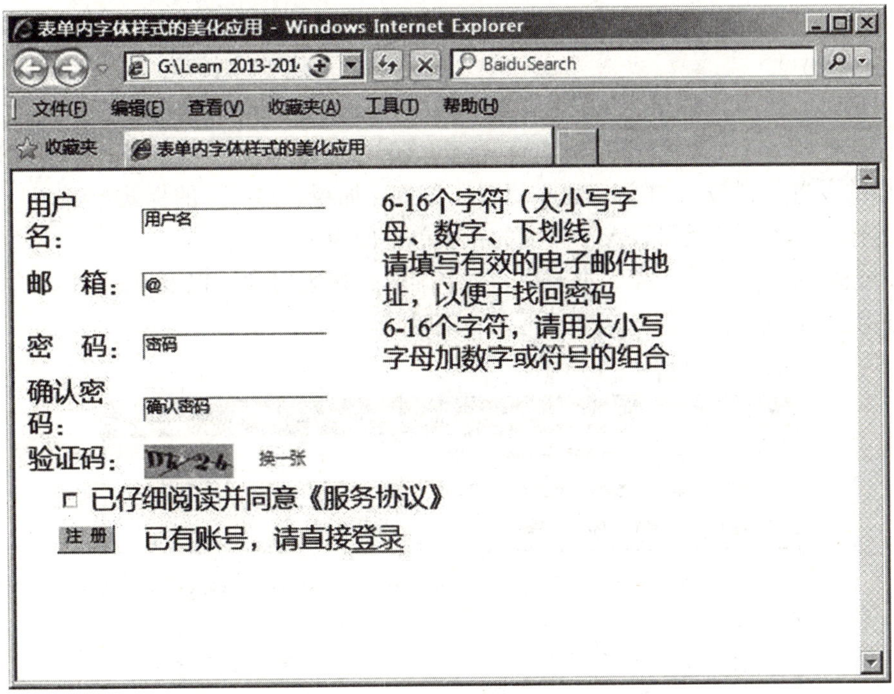

图 7－3　例 7.2 运行后显示效果

2. 在 <head> </head> 中添加 CSS 代码结构

```
<style type="text/css" >
        body, td, th {
            font-size: 10pt;
            }
```

```
        .ziti {
            font-size: 9pt;
            color: #666;
            }
            input {
                font-size: 9pt;
                color: #666;
                }
        .zhuce {
            background-color: #00F;
            font-family: "幼圆";
            font-size: 14pt;
            font-weight: 600;
            color: #FFF;
            border: 0px;
        }
    </style>
```

在本例中，使用".zhuce{}"设置按钮上文字的名称："font-family: 幼圆;"，文字的大小："font-size: 14pt;"，文字的粗细："font-weight: 600;"，还有文字的颜色："color: #FFF;"。通过这样的设置使得按钮的文字呈“幼圆、白色、加粗、14pt”的样式显示。只要我们对字体的样式熟悉了，就可以灵活多变的在表单中使用了。

对于表单中其他输入对象，如 select 类中菜单、列表对象，以及 textarea 对象等，文字的样式设置都是相类似的，这里不再一一说明。

在 IE8 中浏览效果如图 7-4 所示。

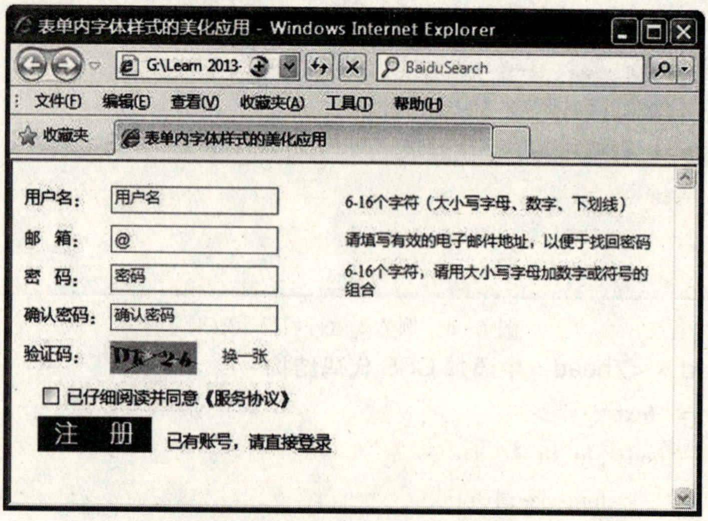

图 7-4 使用 CSS 美化表单字体效果

7.2.2　背景颜色和图像样式的应用

很多时候，由于网页颜色的搭配，我们需要对表单的背景颜色和图像样式进行设计，使之相匹配。背景颜色使用 background-color 属性，背景图像使用 background-image 属性，颜色和图像的设置通常会得到意想不到的美化效果。背景的相关 CSS 语法格式如下表 7-1 所示。

表 7-1　背景的相关 CSS 语法格式

属性	属性值说明
background-color	background-color: red; background-color: #ff0000; background-color: rgb(255, 0, 0)
background-image: url()	图片的链接地址及图片名称
background-repeat	repeat: 背景图片铺满全页面; repeat-x: 背景图片以横向并排; repeat-y: 背景图片以纵向并排; no-repeat: 背景图片不以并排方式显示
background-attachment	fixed: 设置背景图片固定不动; scroll: 设置背景图片跟着移动（默认）
background-position: x　y	x（数值）: 设置网页的横向位置，单位可以是所有尺度单位; y（数值）: 设置网页的纵向位置，单位可以是所有尺度单位; 百分比设置值; 关键字设置值
background	统一设置背景颜色或背景图片

下面制作一个表单，并结合 CSS 给表单的下拉菜单的每个菜单项设置不同的背景颜色，给文本域添加背景图片，给按钮添加背景图片。

1. HTML 结构代码

首先在 HTML 中建立表单，其代码结构如下：

【例 7.3】无 CSS 样式的表单

```
<html>
<head>
  <title>表单背景颜色与图片样式的美化应用</title>
</head>
<body>
<from>
<table width="521" height="426" border="0" align="center" cellpadding="0" cellspacing="0" bordercolor="#666666">
  <tr>
    <td height="23" colspan="2" align=left bgcolor="#999999">发表留言</td>
    </tr>
  <tr>
    <td width="119" height="40" class="td_left">姓 名  </td>
    <td width="400" class="td_right">  <input name="1" type
```

```
= "text"  size = "30" > </td>
        </tr>
        <tr>
          <td height = "39"  class = "td_left" >密   码      </td>
          <td class = "td_right" >      < input name = "2"  type = "password"
size = "30"  maxlength = "6" > </td>
        </tr>
        <tr>
          <td height = "31"  class = "td_left" >性   别      </td>
          <td class = "td_right" >    男
            <input name = "7"  type = "radio"  value = "" >
            女
            <input name = "7"  type = "radio"  value = "" >   </td>
        </tr>
        <tr>
          <td height = "36"  class = "td_left" >喜欢的色彩      </td>
          <td class = "td_right" > <select name = "color" >
            <option value = "red"  class = "red" > --红色-- </option>
            <option value = "blue"  class = "blue" > --蓝色-- </option>
            <option value = "green"  class = "green" > --绿色-- </option>
            <option value = "yellow"  class = "yellow" > --黄色-- </option>
            <option value = "cyan"  class = "cyan" > --青色-- </option>
            <option value = "purple"  class = "purple" > --紫色-- </option>
          </select> </td>
        </tr>
            <tr>
          <td height = "33"  class = "td_left" >学   历      </td>
          <td class = "td_right" >   
            <input type = "checkbox"  name = "checkbox3"  id = "checkbox3"/>
            硕士
            <input type = "checkbox"  name = "checkbox"  id = "checkbox"/>
            本科
            <input type = "checkbox"  name = "checkbox2"  id = "checkbox2"/>
            大专 </td>
        </tr>
            <tr>
          <td height = "32"  class = "td_left" >上传照片      </td>
```

```
        <td class = "td_right" >    <input name = "11" type = "file" size
= "30" >  </td >
    </tr >
        <tr >
        <td height = "118" class = "td_left" >留   言     </td >
        <td class = "td_right" >    <textarea name = "12" cols = "30"
rows = "6" class = "text_area" > </textarea >  </td >
    </tr >
        <tr >
        <td height = "55" colspan = "2" align = "center" class = "x" > <input name
= "button" type = "submit" class = "img_submit" id = "button" value = "提交"/ >
               
        <input name = "button2" type = "reset" class = "img_reset" id = "button2"
value = "重置"/ > </td >
        </tr >
  </table >
  </from >
  </body >
  </html >
```

在 IE8 中浏览效果如图 7 –5 所示。

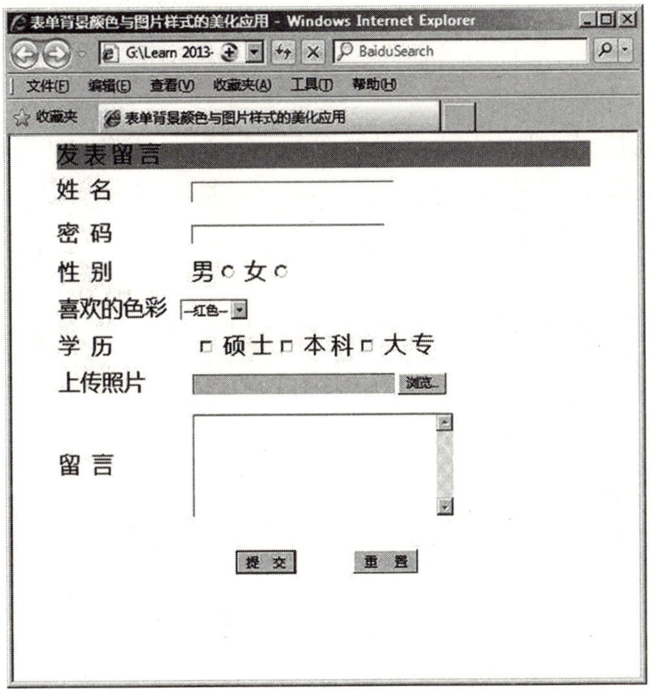

图 7 –5　例 7.3 运行后显示效果

2. 在<head></head>中添加 CSS 代码结构

```
<style type="text/css">
  body, td, th {
    font-size: 10pt;
    margin-left: 0px;
    margin-top: 0px;
  }
  table {border: 1px gray solid; }
  . td_ left {border-bottom: 1px black solid; text-align: right}
  . td_ right {border-left: 1px black solid; border-bottom: 1px gray solid; }
  . blue {
    background-color: #7598FB;
    color: #000000;
  }
  . red {
    background-color: #E20A0A;
    color: #ffffff;
  }
  . green {
    background-color: #3CB371;
    color: #ffffff;
  }
  . yellow {
    background-color: #FFFF6F;
    color: #000000;
  }
  . cyan {
    background-color: 00FFFF;
    color: #000000;
  }
  . purple {
    background-color: 800080;
    color: #FFFFFF;
  }
  . text_ area {
    background-image: url( images/bgt. jpg) ;
  }
```

```
  .img_submit,.img_reset {
    width: 193px;
    height: 45px;
    color: #FFF;
    font-weight: 800;
    border: none;
  }
  .img_submit {
    background: url(images/submit.png);
  }
  .img_reset {
    background: url(images/reset.png);
  }
</style>
```

在本例中，使用".blue {}、.red {}、.green {}"等 CSS 样式，设置了不同的下拉菜单项的背景颜色。使用".text_area {}"CSS 样式设置了文本域的背景图片，并对背景图片的排列方式进行了设计。使用".img_submit {}、.img_reset {}"CSS 样式，设置了“提交”按钮和“重置”按钮的背景图片。

在 IE8 中浏览效果如图 7 - 6 所示。

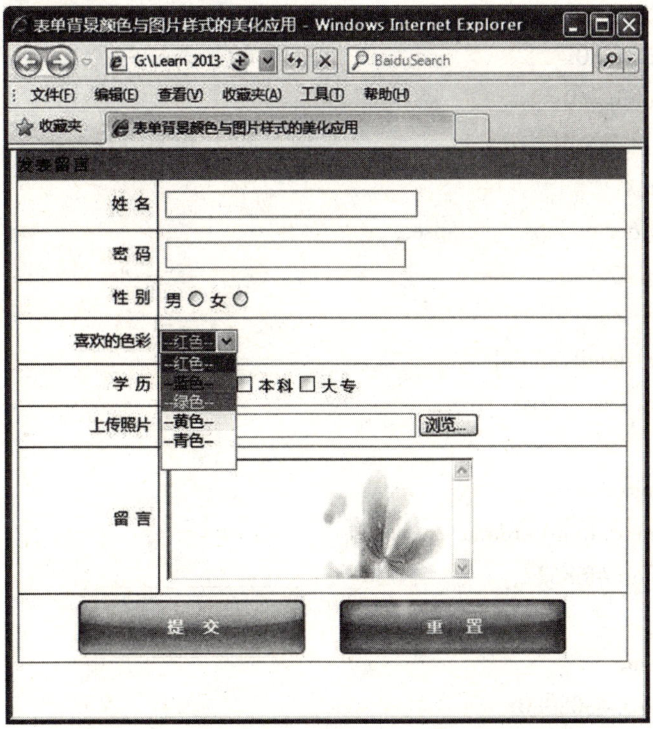

图 7 - 6　使用 CSS 设置表单的背景颜色和背景图片

CSS 样式不仅仅可以美化表单的字体和背景，也可以美化表单的边框样式，表单边框样式的美化和表格边框样式的美化类似，请参照前面章节来设置表单的边框样式，这里不再赘述。

7.3 综合实例——用 CSS 美化表格和表单

表单 form 无论是在网站的制作中，还是在网站的重构中，我们都会频繁地与之“碰面”，当“碰面”的次数多了，反而觉得它更让人迷茫，有种熟悉的“陌生”感。我们如何来做整体的布局表单呢？虽然现在到处都在谈标准化，大多数都使用“DIV + CSS”进行布局，但是对于表单的布局，这里还是建议使用 table 来布局。因为 table 本就是用来显示二维数据，用 table 来布局 form 可以说是它的本质任务。另外重要的一点是，对于复杂的 form，table 能更有效地进行布局和维护修改，体现了效率和易用。下面的实例是制作“yahoo 注册页面的一部分”。代码如下：

【例 7.4】用 CSS 美化表格和表单

```
<html>
  <head>
    <meta http-equiv = "Content-Type" content = "text/html; charset = utf - 8"/>
    <title>使用 table 来布局 from 的演示</title>
    <style type = "text/css" media = "all">
    * {
      margin: 0;
      padding: 0;
    }
    table {
      border-collapse: collapse;
    }
    input, select {
      font-family: Arial;
      font-size: 12px;
    }
    . required {
      font: 0. 8emVerdana
      color: #f68622;
    }
    . explain {
      color: #808080;
    }
```

```
.b {
    font-weight: bold;
    font-size: 12px;
}
.democss table {
    font: 11px/12px Arial, Helvetica, sans-serif;
    color: #333;
    width: 420px;
}
.democss caption {
    display: none;
}
.democss th {
    font-weight: normal;
    text-align: right;
    vertical-align: top;
    padding: 4px;
    padding-top: 8px;
    width: 110px
}
.democss td {
    text-align: left;
    padding: 4px;
    width: 294px;
}
.democss input {
    width: 180px;
}
.democss select#content {
    width: 185px;
}
.democss input.submit {
    width: 70px;
}
  </style>
</head>
<body>
```

```
<form id = "demoform" class = "democss" action = "" >
<table id = "demo" >
<caption >
Registration example form
</caption >
<tr >
    <th > <span class = "required" > * </span > <label for = "fname" access-
key = "F" >First name: </label > </th >
    <td > <input type = "text" id = "fname" value = "" / > </td >
</tr >
<tr >
    <th > <span class = "required" > * </span > <label for = "lname" access-
key = "L" >Last name: </label > </th >
    <td > <input type = "text" id = "lname" value = "" / > </td >
</tr >
<tr >
    <th > <span class = "required" > * </span > <label for = "content" accesskey
= "C" >Preferred content: </label > </th >
    <td >
        <select name = "content" id = "content" >
            <option value = "us" selected = "selected" >Yahoo! U. S. </option >
            <option value = "e1" >Yahoo! U. S. in Spanish </option >
            <option value = "b5" >Yahoo! U. S. in Chinese </option >
            <option value = "cn" >Yahoo! China </option >
            <option value = "uk" >Yahoo! United Kingdom </option >
            <option value = "ar" >Yahoo! Argentina </option >
            <option value = "aa" >Yahoo! Asia </option >
            <option value = "au" >Yahoo! Australia </option >
            <option value = "br" >Yahoo! Brazil </option >
            <option value = "ca" >Yahoo! Canada in English </option >
            <option value = "cf" >Yahoo! Canada in French </option >
            <option value = "fr" >Yahoo! France </option >
            <option value = "de" >Yahoo! Germany </option >
            <option value = "hk" >Yahoo! Hong Kong </option >
            <option value = "in" >Yahoo! India </option >
            <option value = "it" >Yahoo! Italy </option >
            <option value = "kr" >Yahoo! Korea </option >
```

```
            <option value = "mx" >Yahoo! Mexico </option>
            <option value = "sg" >Yahoo! Singapore </option>
            <option value = "es" >Yahoo! Spain </option>
            <option value = "tw" >Yahoo! Taiwan </option>
          </select>
        </td>
      </tr>
      <tr>
        <th> <span class = "required" > * </span> <label for = "sex" accesskey
= "G" >Gender: </label> </th>
        <td>
          <select name = "sex" id = "sex" >
            <option value = "" > [Select] </option>
            <option value = "m" >Male </option>
            <option value = "f" >Female </option>
          </select>
        </td>
      </tr>
      <tr>
        <th> <span class = "required" > * </span> <label for = "yid" accesskey
= "Y" >Yahoo! ID: </label> </th>
        <td> <input type = "text" value = "" id = "yid" > <span class = "b" >@
yahoo.com </span> <br />
        <span class = "explain" >ID may consist of a - z, 0 - 9, underscores, and a
single dot(.) </span> </td>
      </tr>
      <tr>
        <th> <span class = "required" > * </span> <label for = "pw" accesskey
= "P" >Password: </label> </th>
        <td>
        <input type = "password" value = "" id = "pw"/> <br />
        <span class = "explain" >Six characters or more; capitalization matters! </span>
        </td>
      </tr>
      <tr>
        <th> <span class = "required" > * </span> <label for = "pw2" accesskey
= "R" >Re-type password: </label> </th>
```

```
        <td><input type="password" value="" id="pw2"/></td>
      </tr>
      <tr>
        <th></th>
        <td><input type="submit" value="Submit" class="submit"/><input
type="reset" value="Reset" class="submit"/></td>
      </tr>
    </table>
    </form>
  </body>
</html>
```

在本例中，使用"input, select{}"来控制表单输入文本的样式；使用".democss th {}"和".democss td {}"来布局表单的表格样式；使用".democss input.submit {}"来控制按钮的样式。

在 IE8 中浏览效果如图 7-7 所示。

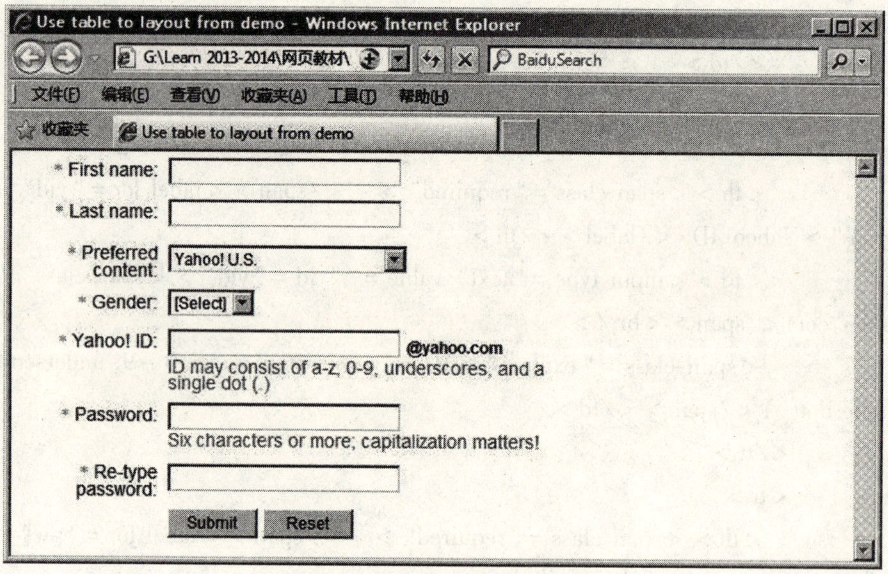

图 7-7　例 7.4 运行后显示效果

第 8 章　用 CSS 设置链接与导航菜单

8.1　用 CSS 美化文字超链接

所谓的超链接是指从一个网页指向一个目标的连接关系，这个目标可以是另一个网页，也可以是相同网页上的不同位置，还可以是一幅图片、一个电子邮件地址、一个文件，甚至是一个应用程序。在一个网页中用来做超链接的对象，可以是一段文本或者是一幅图片等。当浏览者单击已经链接的文字或图片后，链接目标将显示在浏览器上，并且根据目标的类型来打开或运行。网页中超链接一般分为 3 种类型：内部链接、锚点链接和外部链接。

超链接的语法格式：<a href = "地址" 属性 = "属性值" >链接的内容 </a>

超链接 <a> 相关的 CSS 样式设置如表 8－1 所示：

表 8－1　<a>的 CSS 属性设置

属性	说明
a: link	指正常的未被访问过的链接的样式
a: visited	指已经访问过的链接的样式
a: hover	指鼠标悬浮在链接上的样式
a: active	指正在点击时链接的样式

【例 8.1】用 CSS 美化文字超链接

```
<html>
<head>
<title>文字超链接的美化</title>
  <style type = "text/css" >
    a: link  {text-decoration: none; color: blue; }
    a: visited  {text-decoration: none; color: green; }
    a: hover  {text-decoration: underline; color: red; }
    a: active  {text-decoration: none; color: yellow; }
  </style>
</head>
<body>
```

```
    <a href = "#" target = "_blank" >请点击这里的超链接</a>
  </body>
  </html>
```

在本例中，未被点击时超链接文字无下划线，显示为蓝色；当鼠标放在链接上时有下划线，链接文字显示为红色；当点击链接时，即链接被激活，链接无下划线，显示为黄色；当点击链接后，也就是链接已被访问过后，链接无下划线，显示为绿色。

参数设置：text-decoration 是文字修饰效果的意思；none 参数表示超链接文字不显示下划线；underline 参数表示超链接的文字有下划线；如果是 overline 则给超链接文字加上划线；line-through 是给超链接文字加上删除线；blink 使文字在闪烁；color: blue, color: red 等是给链接文字加颜色。

除了以上参数，还可以添加其他参数，如："font-weight: bold" 给链接文字加粗；"font-size: 16pt" 设置链接文字字体大小；"background: #ffd306" 给链接文字加背景颜色；"font-style: italic" 使链接文字倾斜；"border-bottom: 1px dashed #51bfe0" 给链接文字加虚线，其中 1px 是虚线的粗细度，数值越大越粗，dashed 表示虚线，#51bfe0 是虚线颜色，如果要给链接文字加虚线，就不用加下划线了。

在 IE8 中浏览效果如图 8－1 所示。

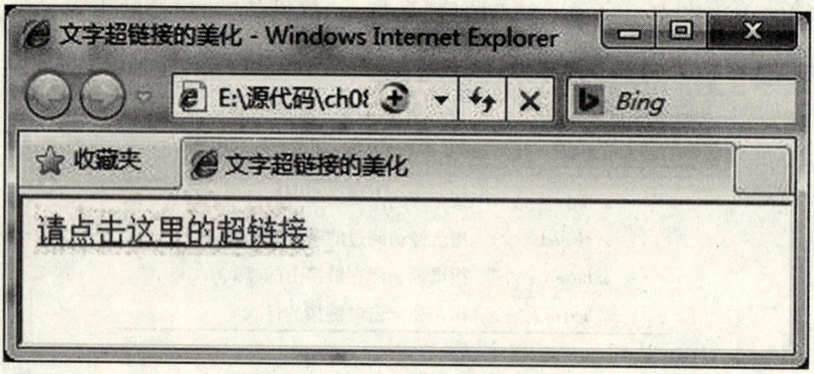

图 8－1　例 8.1 运行后显示效果

8.2　使用 CSS 美化图片超链接

为了使网页中的超链接图片呈现与用户交互的效果，通常在鼠标滑过图片的时候让图片增加边框或者放大，以达到提醒用户的目的。本例设计一个超链接图片网页，当鼠标滑过图片时产生不同的效果。

1. HTML 结构代码

首先建立 HTML 结构代码如下：

【例 8.2】无 CSS 样式的超链接图片效果

```
<html>
<head>
```

```
<title>图片超链接的美化</title>
</head>
<body>
  当鼠标悬浮于这个图片时，将给这个图片加上绿色的边框<br />
  <a href="#"target="_blank"><img src="pic/cup.gif" class="img_border"/>
</a>
<hr/>
  当鼠标悬浮于这个图片时，将使这个图片做水平翻转<br />
  <a href="#"target="_blank"><img src="pic/cup.gif"class="spfz"/></a>
<hr/>
  当鼠标悬浮于这个图片时，将使这个图片做垂直翻转<br />
  <a href="#"target="_blank"><img src="pic/cup.gif"class="czfz"/></a>
</body>
</html>
```

在 IE8 浏览器中，浏览上述 HTML 代码如图 8－2 所示。

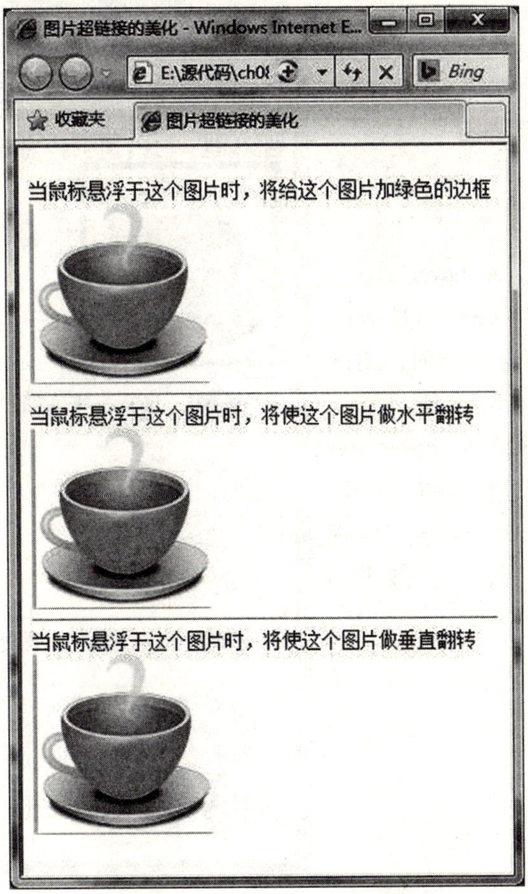

图 8－2　例 8.2 运行后显示效果

2. 在<head></head>中添加 CSS 代码结构

```
<style type="text/css">
  body {
    font-size: 14px;
    color: #030;
    }
  a: link img {
    border: none;
    }
  a: hover. img_ border {
    border: #093 solid 1px;
    }
  a: hover. spfz {
    border: none;
    filter: FlipH;
    }
  a: hover. czfz {
    border: none;
    filter: FlipV;
    }
</style>
```

在本例中，使用"a: hover. img_ border {}"类中的"border: #093 solid 1px;"语句来设置当鼠标滑过时，给图片增加边框效果，如图 8-3 所示。

在本例中，使用"a: hover. spfz {}"类和"a: hover. spfz{}"类中的"filter: FlipH;"和"filter: FlipV;"语句实现图片的水平和垂直翻转，运行效果如图 8-4 所示。

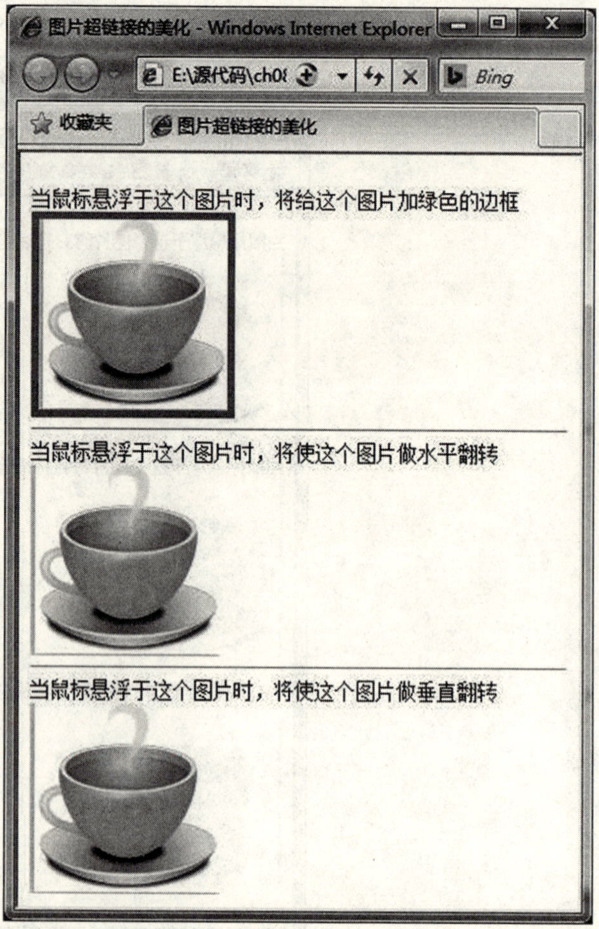

图 8-3　使用 CSS 美化图片的边框

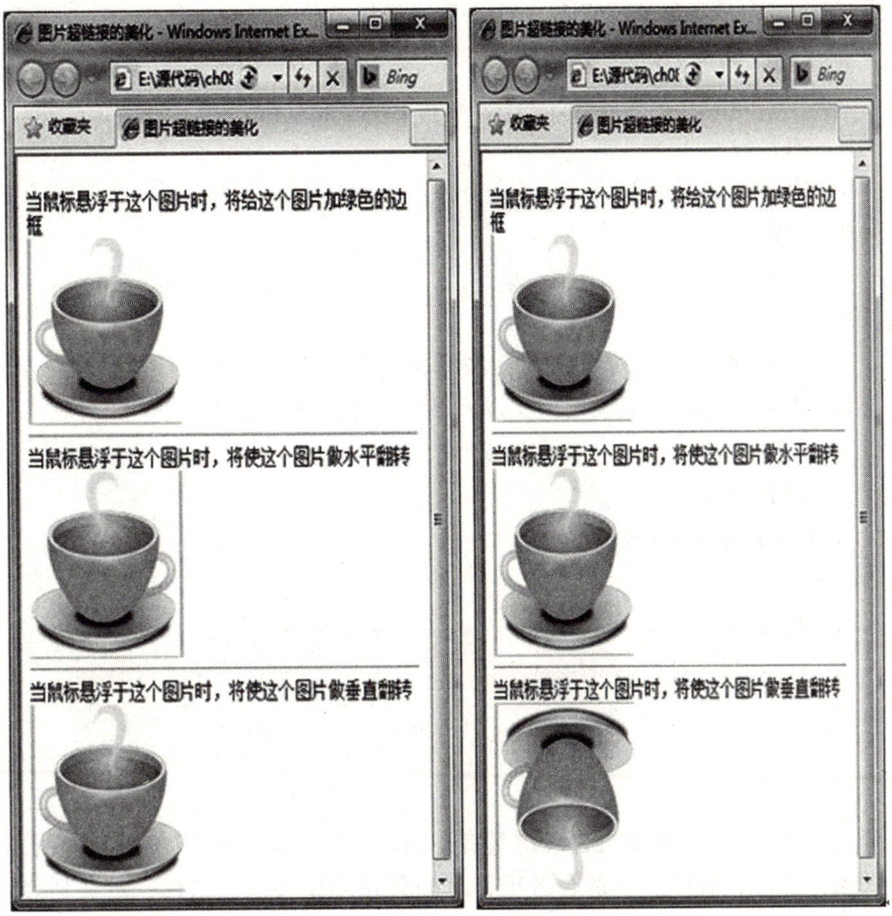

图 8－4　使用 CSS 实现图片的翻转

8.3　用 CSS 设置列表导航

8.3.1　HTML 中的列表

HTML 中列表共有 3 种：有序列表、无序列表和定义列表。

(1) 有序列表是一列使用数字进行标记的项目，它使用 <li>包含于 <ol>标签内。语法格式如下：

```
<ol>
  <li>内容一</li>
  <li>内容二</li>
  <li>内容三</li>
  ………
</ol>
```

(2) 无序列表是一组使用黑点（默认）进行标记的项目，它使用 <li> 包含在 <ul> 标签内。语法格式如下：

```
<ul>
  <li>内容一</li>
  <li>内容二</li>
  <li>内容三</li>
  .........
</ul>
```

(3) 定义列表语义上表示项目及其注释的组合，它以 <dl> 标签开始，自定义列表项以 <dt> 开始，自定义列表项的定义以 <dd> 开始。语法格式如下：

```
<dl>
  <dt>项目一</dt>
    <dd>说明内容 1</dd>
    ......
  <dt>项目二</dt>
    <dd>说明内容 2</dd>
    ......
  ......
</dl>
```

从语义上来讲，3 组标签分别对应具有不同含义的列表。无序列表适合成员之间无级别顺序关系的情形；有序列表适合各项目之间存在顺序关系的情形；定义列表用于一个术语名对应多重定义或者多个术语名对应同一个给出的定义，也可以只有术语名称或只有定义，也就是说 <dt> 与 <dd> 数量不限、对应关系不限。

8.3.2 列表的 CSS 属性

列表常用的 CSS 属性，如表 8－2 所示：

表 8－2 列表的 CSS 属性

属性	属性值
list-style-image	列表前所使用图片
list-style-position	outside（默认）、inside；inherit
list-style-type	circle（默认）、square、decimal、lower-roman、none 等
list-style	统一设置以上 3 个属性

list-style-image 可定义列表前所使用图片，list-style-type 为列表显示类型。list-style-position 属性取值含 outside、inside。outside 为默认值，列表项目标记此时被放置在文本以外，它将环绕文本且在文本之外；inside 列表项目旋转在文本以内，环绕文本对齐。

1. HTML 结构代码

【例 8.3】列表的 CSS 属性

```
<html>
<head>
  <title>列表的 CSS 样式</title>
  <style type="text/css">
    p {font-size: 16px; color: #333; }
  </style>
</head>
<body>
  <p>该列表的 list-style-position 的值是"inside" <br />
  list-style-image 设置了列表前的图片</p>
  <ul class="inside">
    <li>Earl Grey Tea--一种黑颜色的茶</li>
    <li>Jasmine Tea--一种神奇的"全功能"茶</li>
    <li>Honeybush Tea--一种令人愉快的果味茶</li>
  </ul>
  <p>该列表的 list-style-position 的值是"outside" <br />
  list-style-type 的值是"circle" </p>
  <ul class="outside">
    <li>Earl Grey Tea--一种黑颜色的茶</li>
    <li>Jasmine Tea--一种神奇的"全功能"茶</li>
    <li>Honeybush Tea--一种令人愉快的果味茶</li>
  </ul>
</body>
</html>
```

在 IE8 中浏览效果如图 8－5 所示。

2. 在 <style> </style> 中添加如下 CSS 语句

```
ul, li{
    color: #060;
    font-size: 14px;
    line-height: 22px;
    }
  .inside {
    list-style-position: inside;
    list-style-image: url(pic/p1.gif);
    }
```

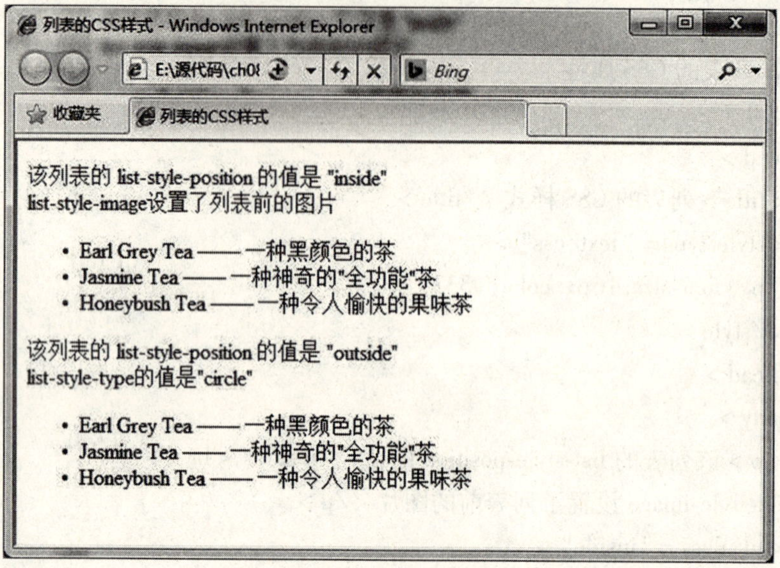

图 8 – 5　例 8. 3 运行后显示效果

```
. outside {
    list-style-position: outside;
    list-style-type: circle;
    }
```

在本例中，使用". outside {}"类和". inside {}"类中的"list-style-position;"语句来控制列表项目的位置分别为 outside 和 inside；使用". outside {}"类中的"list-style-image;"语句来控制项目前面的图片；使用". inside {}"类中的"list-style-type;"语句来控制项目标记的显示类型。

在 IE8 中浏览效果如图 8 – 6 所示。

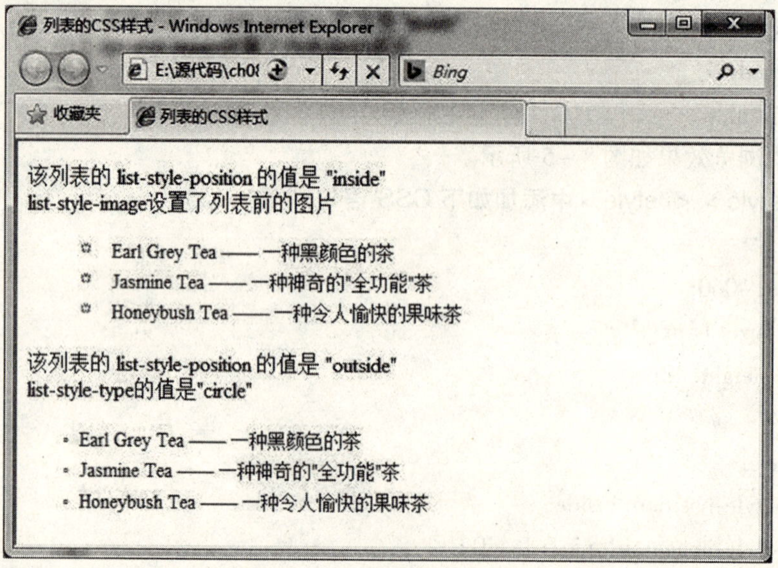

图 8 – 6　列表的 CSS 样式

8.3.3　创建导航菜单

导航的设计在网页设计中是最重要的部分之一，也是我们必须掌握的。传统的方法是将导航条放在一行表格的单元里，由于现在不再推荐用表格来定位任何非表格的页面内容，所以现在使用列表和 CSS 格式来创建导航条。

1. HTML 结构代码

【例 8.4】垂直导航的制作

首先建立 HTML 结构代码如下：

```
<html>
<head>
<title>用列表创建垂直导航</title>
</head>
<body>
   <p>用列表加 CSS 制作的垂直导航</p>
   <ul>
        <a href="#" target="_blank"> <li>网页设计与制作</li> </a>
        <a href="#" target="_blank"> <li>DIV + CSS 教程</li> </a>
        <a href="#" target="_blank"> <li>CSS 布局实例</li> </a>
        <a href="#" target="_blank"> <li>CSS3.0 教程</li> </a>
        <a href="#" target="_blank"> <li>CSS 在线手册</li> </a>
        <a href="#" target="_blank"> <li>Web 标准</li> </a>
        <a href="#" target="_blank"> <li>XHTML 教程</li> </a>
     </ul>
</body>
</html>
```

在 IE8 中浏览效果如图 8-7 所示。

2. 在 <head> </head> 中添加如下 CSS 代码

```
<style type="text/css">
 li {
   width: 180px;
   background: #060;
   list-style: none;
   line-height: 30px;
 }
 a {
   text-decoration: none;
 }
```

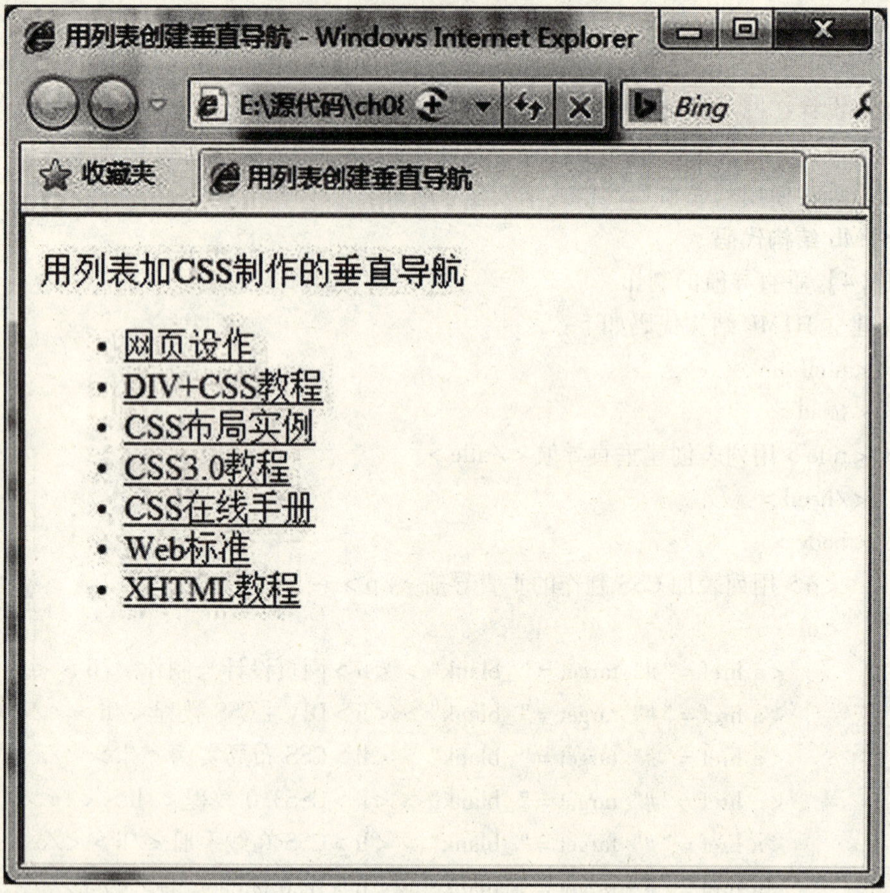

图 8-7　例 8.4 运行后显示效果

```
a: link, a: visited li {
    color: #FFF;
    font-size: 14px;
    background: #060;
    }
a: active, a: hover li {
    color: #FFF;
    font-size: 16px;
    font-weight: bold;
    background: #3C0;
}
</style>
```

在本例中，使用"a{}"类来去除所有超链接默认的下划线；使用"li{}"类来控制列表项的样式；使用"a: link, a: visited li{}"类来定义列表项目被访问前后的背景颜色、字体大小、字体颜色；使用"a: active, a: hover li{}"类来定义列表项目被访问时的背景颜色、字体大小、字体颜色、字体加粗；使用"li{ }"定义列表项目原始的样式，如行高、背景，这里的背景和"a: link, a: visited li{ }"类中的背景颜色是一致的。

在 IE8 中浏览效果如图 8 –8 所示。

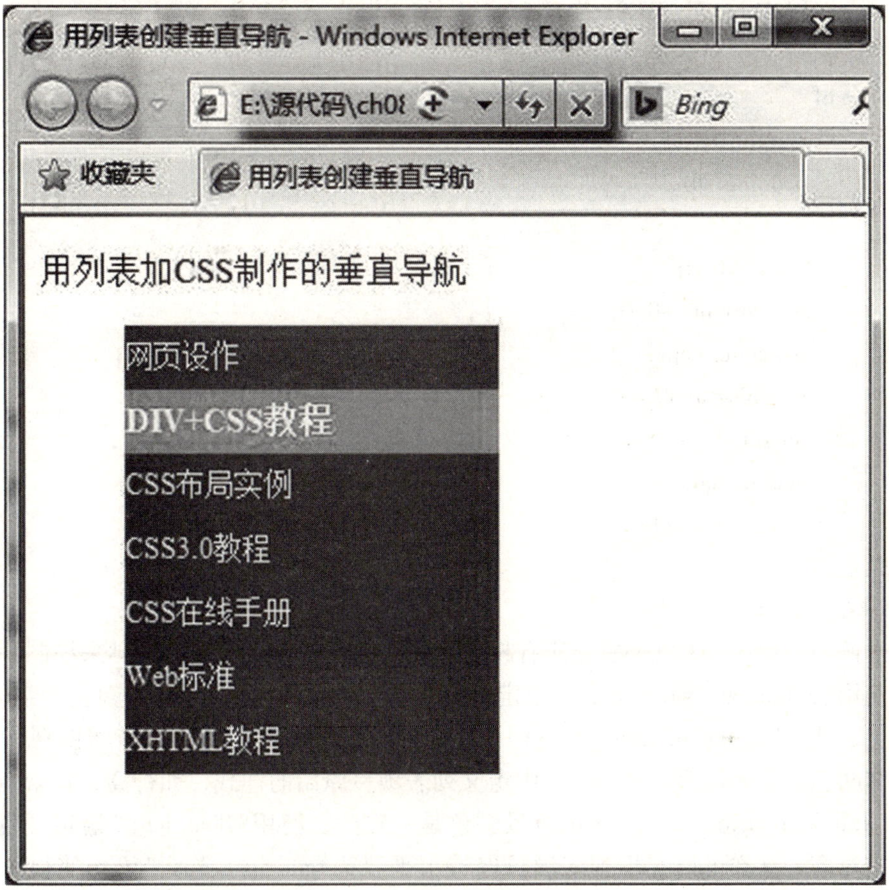

图 8 –8　用 CSS 制作垂直导航

【例 8.5】水平导航的制作

HTML 代码部分与例 8.4 相同，执行效果与图 8 –7 相同。CSS 代码部分如下：

```
<style type = "text/css" >
  a {
    text-decoration: none;
  }
  a: link, a: visited li  {
    color: #FFF;
    font-size: 14px;
    background: #060;
  }
  a: active, a: hover li  {
```

```
        color: #FFF;
        font-size: 16px;
        font-weight: bold;
        background: #3C0;
    }
    ul {
        margin: 5px;
        padding: 0px; }
    li {
        width: 90px;
        background: #060;
        list-style: none;
        line-height: 30px;
        float: left;
        margin-right: 3px;
        text-align: center;
    }
</style>
```

在本例中，使用"a{}"来去除所有超链接默认的下划线；使用"li{}"来控制列表项的样式；使用"a: link, a: visited li {}"来定义列表项目被访问前后的背景颜色、字体大小、字体颜色；使用"a: active, a: hover li {}"来定义列表项目被访问时的背景颜色、字体大小、字体颜色、字体加粗。在"li{}"中定义列表项目原始的样式，如行高、背景，这里的背景和"a: link, a: visited li {}"中的背景颜色是一致的，使用"float: left;"语句，使得所有列表项左对齐，这样可以实现列表项目保持水平。"margin-right: 3px;"语句使得每个列表项目之间有向右 3px 的间距。

在 IE8 中浏览效果如图 8－9 所示。

图 8－9　用 CSS 制作水平导航

8.4　综合实例——网页中的二级导航

互联网网站前端页面的大趋势是采用 DIV + CSS 构架，因为它不仅更受搜索引擎青睐，而且一个良好结构的 DIV 架构网站可以从一定程度上提高页面的展示速度。本节将通过实例来给大家介绍如何使用（X）HTML 中的 <ul> 标签来制作一个二级导航菜单。

为什么要用 <ul> 标签来制作导航栏和菜单栏？用 <ul> 制作导航菜单之所以被广泛采用，主要是因为它的代码清晰，布局方便，更重要的是具有“语义”效果，能够方便进一步分解。

本例的 CSS 代码部分，使用外部样式方式进行定义，CSS 的文件名为“css. css”。在 HTML 代码的 head 中使用" <link href = "css. css" rel = "stylesheet" type = "text/css"/ > "语句将 css 样式表链接进去。

1. HTML 结构代码

首先建立 HTML 代码结构如下：

```
<html>
<head>
<title>banner</title>
<link href="css.css" rel="stylesheet" type="text/css"/>
<script type="text/javascript">
function MM_showHideLayers() {//v9.0
  var i, p, v, obj, args = MM_showHideLayers.arguments;
  for(i=0; i<(args.length-2); i+=3)
  with(document) if(getElementById &&((obj=getElementById(args[i]))!=null)) {v=args[i+2];
    if (obj.style) {obj=obj.style; v=(v=='show')?'visible':(v=='hide')?'hidden':v;}
    obj.visibility=v;}
}
</script>
</head>
<body>
<div id="banner">
  <ul>
    <li><a href="#" target="_blank">首    页</a>
    </li>
    <li onmouseover="MM_showHideLayers('b1','','show')" onmouseout="MM_showHideLayers('b1','','hide')"><a href="#" target="_blank">新闻中心
      <ul id="b1">
        <li><a href="#" target="_blank">新闻中心</a></li>
        <li><a href="#" target="_blank">新闻中心</a></li>
        <li><a href="#" target="_blank">新闻中心</a></li>
```

```
        <li> <a href="#" target="_blank">新闻中心</a> </li>
      </ul>
    </a> </li>
    < lionmouseout = " MM _ showHideLayers ( 'b2 ','', 'hide ')" onmouseover = " MM _
showHideLayers ( 'b2', '', 'show')" > <a href="#" target="_blank">学校概况
      <ul id="b2">
        <li> <a href="#" target="_blank">学校概况</a> </li>
        <li> <a href="#" target="_blank">学校概况</a> </li>
        <li> <a href="#" target="_blank">学校概况</a> </li>
        <li> <a href="#" target="_blank">学校概况</a> </li>
      </ul>
    </a> </li>
    <li> <a href="#" target="_blank">教育教学
      <ul id="b3">
        <li> <a href="#" target="_blank">教育教学</a> </li>
        <li> <a href="#" target="_blank">教育教学</a> </li>
        <li> <a href="#" target="_blank">教育教学</a> </li>
        <li> <a href="#" target="_blank">教育教学</a> </li>
      </ul>
    </a> </li>
    <li> <a href="#" target="_blank">科研产业
      <ul id="b4">
        <li> <a href="#" target="_blank">科研产业</a></li>
        <li> <a href="#" target="_blank">科研产业学</a> </li>
        <li> <a href="#" target="_blank">科研产业</a> </li>
        <li> <a href="#" target="_blank">科研产业</a> </li>
      </ul>
    </a> </li>
    <li> <a href="#" target="_blank">招生就业
      <ul id="b5">
        <li> <a href="#" target="_blank">招生就业</a> </li>
        <li> <a href="#" target="_blank">招生就业</a> </li>
        <li> <a href="#" target="_blank">招生就业</a> </li>
        <li> <a href="#" target="_blank">招生就业</a> </li>
      </ul>
    </a> </li>
    <li> <a href="#" target="_blank">图书档案
```

```
        <ul id="b6">
          <li><a href="#" target="_blank">图书档案</a></li>
          <li><a href="#" target="_blank">图书档案</a></li>
          <li><a href="#" target="_blank">图书档案</a></li>
          <li><a href="#" target="_blank">图书档案</a></li>
        </ul>
      </a></li>
      <li><a href="#" target="_blank">信息公开
        <ul id="b7">
          <li><a href="#" target="_blank">信息公开</a></li>
          <li><a href="#" target="_blank">信息公开</a></li>
          <li><a href="#" target="_blank">信息公开</a></li>
          <li><a href="#" target="_blank">信息公开</a></li>
        </ul>
      </a></li>
    </ul>
</div>
<div id="top"></div>
  <div id="main">
  <table width="850" border="0" cellspacing="0" cellpadding="0">
<tr>
     <td class="td1" width="410">新闻中心</td>
     <td width="30"> </td>
     <td class="td1" width="410">校务通知</td>
</tr>
<tr>
   <td class="td_css">这里是第一条新闻</td>
   <td> </td>
   <td class="td_css">这里是第一则校务通知</td>
</tr>
<tr>
   <td class="td_css">这里是第一条新闻</td>
   <td> </td>
   <td class="td_css">这里是第一则校务通知</td>
</tr>
<tr>
   <td class="td_css">这里是第一条新闻</td>
```

```
    <td>  </td>
    <td class="td_css">这里是第一则校务通知</td>
  </tr>
  <tr>
    <td class="td_css">这里是第一条新闻</td>
    <td>  </td>
    <td class="td_css">这里是第一则校务通知</td>
  </tr>
  </table>
  </div>
  <div id="footer">学校地址：安徽省马鞍山市         邮编：
243000 <br />
  COPYRIGHT © 2013—2014 马鞍山师专学［皖 ICP 备 123456789 号］
  </div>
  </body>
  </html>
```

2. 外部 CSS 文件代码

```
* {
   margin: 0px;
   padding: 0px;
   font-size: 12pt;
}
a {
   text-decoration: none;
}
#banner {
   width: 852px;
   height: 195px;
   position: absolute;
   left: 200px;
   background: url(pic/bg.jpg);
   background-repeat: no-repeat;
   padding-top: 150px;
   padding-left: 20px;
   z-index: 2;
}
```

```
/ * 以下是一级导航条制作的 CSS 语句 * /
ul {
  list-style-type: none;
  margin: 0px;
  padding: 0px;
}
ul li {
  width: 100px;
  line-height: 40px;
  margin-right: 2px;
  float: left;
}
  li a: link, a: visited {
  display: block;
  color: #FFF;
  background-color: #00F;
}
li a: hover, a: active {
  display: block;
  color: #FFF;
  font-weight: bold;
  background-color: #9393FF;
}
/ * 以下是二级导航条制作的 CSS 语句 * /
ul ul {
  list-style-type: none;
  padding-top: -20px;
  margin: 0px;
}
ul ul li
{
  padding: 0px;
  margin: 0px;
  float: none;
}
ul ul li a: link, a: visited {
  background-color: #9393FF;
```

```
}
ul ul li a: hover, a: active{
    background-color: #00F;
}
#b1 {
    display: block;
}
#b2 {
    display: block;
}
#b3 {
    display: none;
}
#b4 {
    display: none;
}
#b5 {
    display: none;
}
#b6 {
    display: none;
}
#b7 {
    display: none;
}
#b8 {
    display: none;
}
/*以下是网页上面部分 top 的 CSS 样式*/
#top {
    width: 852px;
    height: 195px;
    background-image: url(pic/banner.jpg);
    background-repeat: no-repeat;
    position: absolute;
    top: 195px;
    left: 200px;
```

```
    z-index: 1;
}
/ * 以下是主体 main 的 CSS 样式 * /
#main {
    width: 852px;
    height: 200px;
    overflow: hidden;
    position: absolute;
    top: 390px;
    left: 200px;
    z-index: 1;
}
/ * 主体 main 中表格的表头样式 * /
. td1 {
    height: 35px;
    background-image: url( pic/bt. jpg) ;
    background-repeat: no-repeat;
    font-weight: bold;
    }
/ * 主体 main 中表格的表体的样式 * /
. td_ css {
    background-image: url( pic/p1. gif) ;
    background-repeat: no-repeat;
    padding-left: 15px;
    border-bottom: dashed 1px #999;
    height: 35px;
    font-size: 11pt;
}
/ * 网站底部 footer 的样式 * /
#footer {
    width: 852px;
    height: 60px;
    background-image: url( pic/ft. jpg) ;
    background-repeat: no-repeat;
    overflow: hidden;
    text-align: center;
    font-size: 10pt;
```

```
    line-height: 24px;
    position: absolute;
    top: 590px;
    left: 200px;
    z-index: 1;
}
```

在本例中，使用 * {} 来定义页面中默认的外边距、内边距、字体的大小；使用#banner {}、#top {}、#main {}、#footer {} 来布局总体的页面结构，并在各自的样式中使用绝对定位的方式，使得每个 div 按照给定的位置值进行定位；使用 ul {}、ul li {} 在#banner {} 结构下实现水平导航；使用 ul ul {}、ul ul li {} 在 ul {} 结构下面实现垂直的二级导航。在 IE8 中浏览效果如图 8 - 10、图 8 - 11 和图 8 - 12 所示。

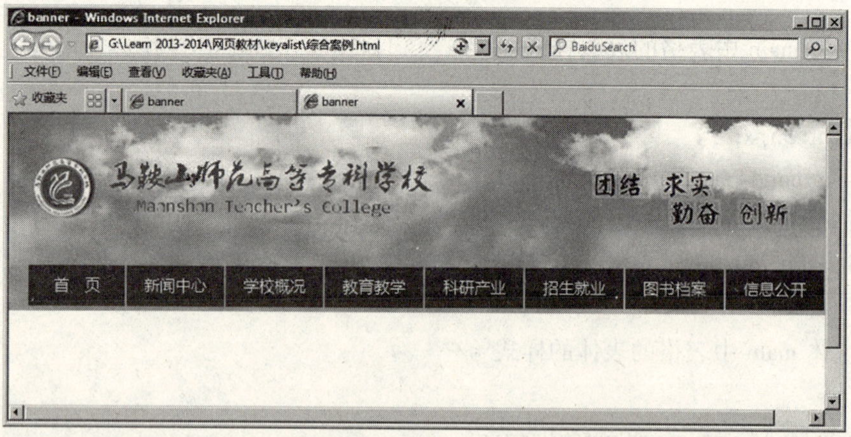

图 8 - 10　二级导航 1

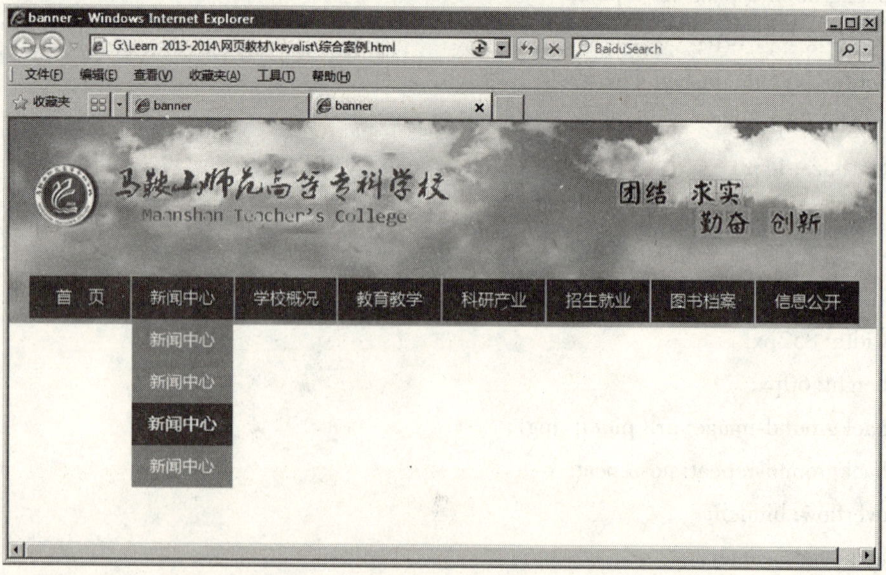

图 8 - 11　二级导航 2

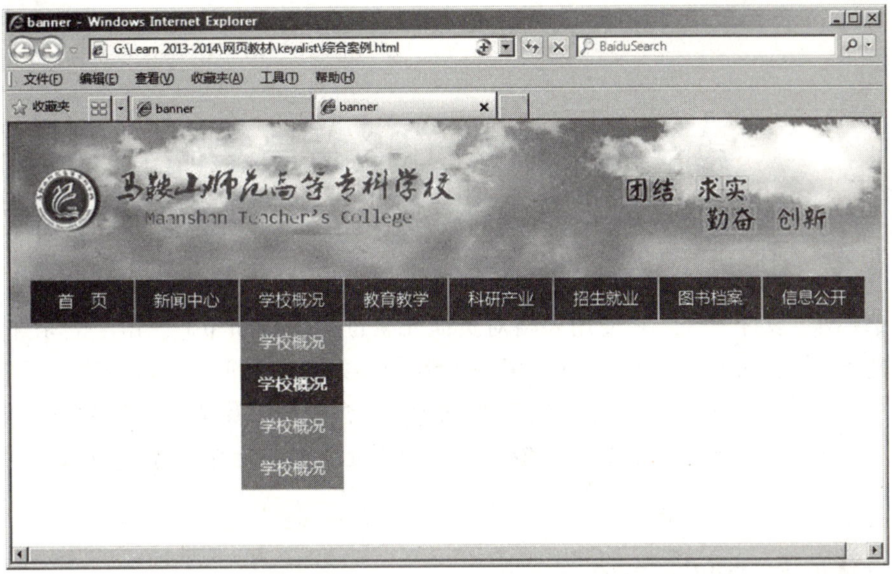

图 8 – 12　二级导航 3

在本例的" <div id = "main" > </div >"中，使用表格对网页中的“新闻”和“通知”进行布局；使用类". td1 {}"和类". td_ css {}"对表格进行美化处理；最后在" <div id = "footer" > </div >"中布局网站版权等。在 IE8 中浏览最终效果如图 8 – 13 所示。

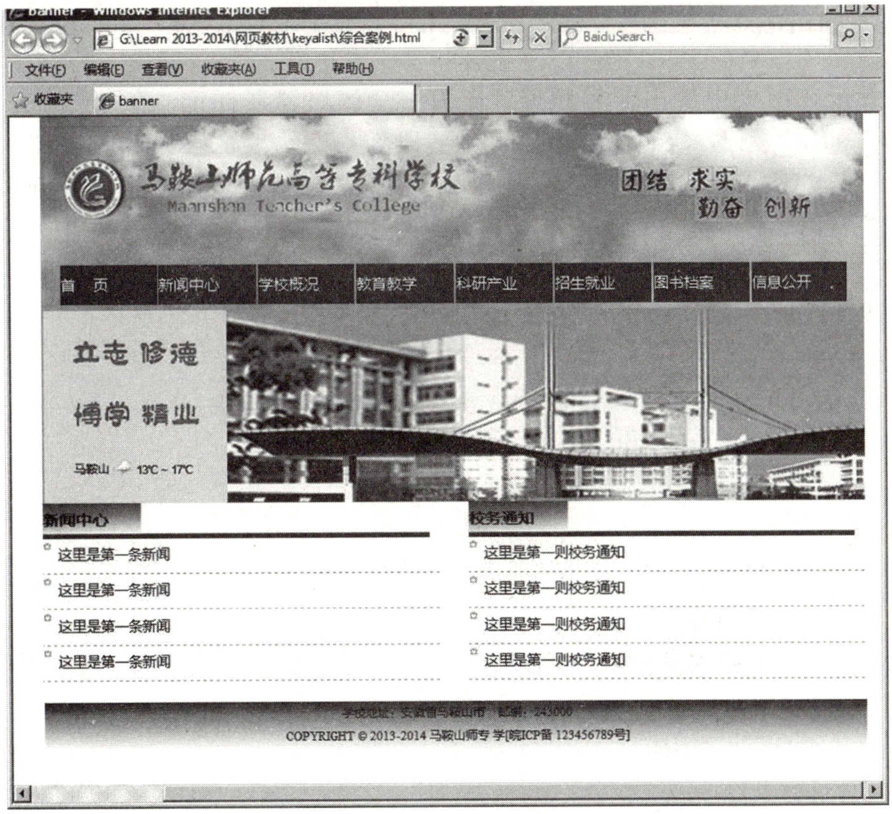

图 8 – 13　使用 CSS 修饰的完整页面

第 9 章　DIV + CSS 布局基础

在传统网页设计中，经常使用表格对页面元素进行定位和布局。由于表格布局的局限性，如今，很多网页制作人员采用 DIV + CSS 的形式来布局页面，以使定位更加灵活、自由，代码也更加整齐、易维护。本章主要对 DIV、盒模型以及页面元素的定位和布局进行阐述，只有深入理解 CSS 中的盒模型，并对网页元素精确定位，才能为网页创建完美的布局。

9.1　什么叫 DIV + CSS

HTML 主要使用 div 标记作为容器来存放网页元素，使用 CSS 技术控制 div 标记的样式，人们习惯把这种布局方法叫做“DIV + CSS”。

9.1.1　初识 DIV

div 标记在网页中使用非常频繁，作为一个区块容器标记，在 div 的起始标记"<div>"和结束标记"</div>"之间可以放置段落<p>、表格<table>、表单<form>甚至<div>本身等很多 HTML 元素。但是 div 标记仅仅是一个标记，它将页面中的 HTML 元素标记出来而不负责其他事情，div 标记的修饰是由 CSS 实现。简单地说，DIV 承载了内容，而 CSS 承载了样式。

【例 9.1】div 标记

```
<html>
<head>
<title>div 标记</title>
<style type="text/css">
div {
  width: 400px;
  height: 100px;
  background: #6699FF;
  text-align: center;
  font-family: "宋体";
  color: #FFF;
  font-weight: bold;
```

```
}
</style>
</head>
<body>
<div>
这是 div 区域
</div>
</body>
</html>
```

上面的实例中插入了 div 标记，并通过 CSS 设置了 div 容器和容器内文字的样式。

在 IE8 中浏览效果如图 9 - 1 所示。可以看到一个宽度为 400 像素、高度为 100 像素、背景色为浅蓝色的矩形框，里面显示白色、宋体、加粗的文字。

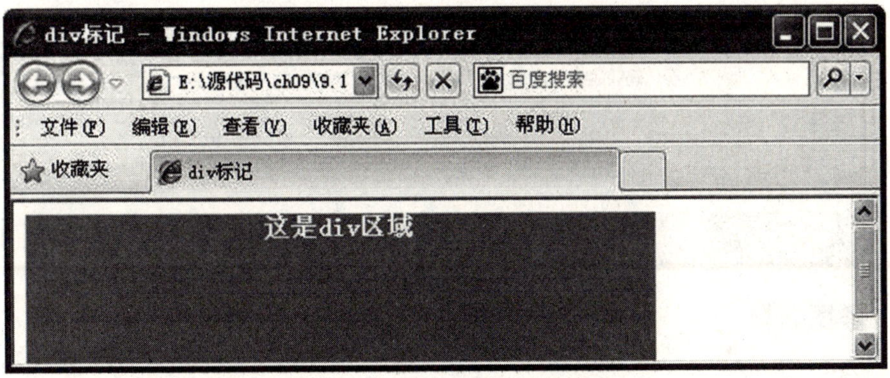

图 9 - 1　例 9.1 运行后显示效果

9.1.2　DIV 与 SPAN 的区别

大多 div 元素可以用 span 元素代替，所以两者容易混淆。div 和 span 元素的区别主要在于，div 是一个块级元素，其包含的元素会独立成行，而 span 是行内元素，其前后不会换行。

【例 9.2】div 与 span 的区别

```
<html>
<head>
<title>div 与 span 的区别</title>
<style type = "text/css" >
div, span {
  font-weight: bold;
  background-color: #6699FF;
}
</style>
```

```
</head>
<body>
<div>立志</div>
<div>修德</div>
<hr/>
<span>博学</span>
<span>精业</span>
</body>
</html>
```

上面的实例中，分别在 <div> 和 <span> 标记对中插入文字，并对其设置 CSS 样式为：文字加粗，显示浅蓝色背景。在 IE8 中浏览效果如图 9－2 所示，div 包含的元素独立成行，而 span 标记包含的元素在一行显示。

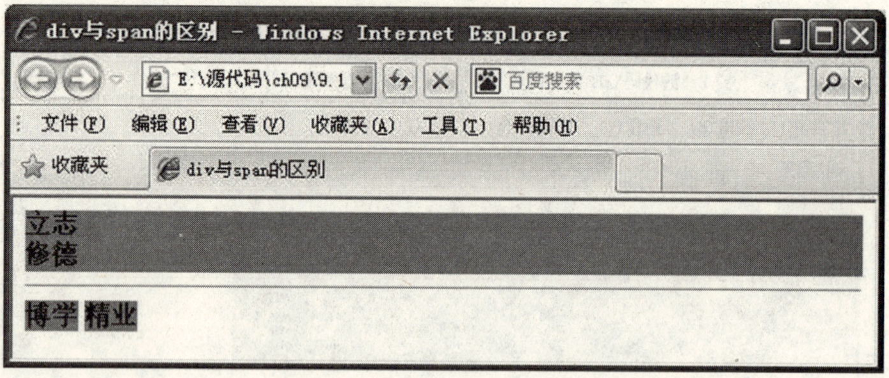

图 9－2　例 9.2 运行后显示效果

9.2　盒子模型

盒子模型是用 CSS 实现网页布局中一个非常重要的概念，只有掌握了盒子模型及其相关属性，才能真正实现页面元素的布局和控制。

9.2.1　什么是盒子模型

CSS 中，所有的页面元素都包含在一个矩形框内，这个矩形框就称作盒子。CSS 中的盒子具备以下属性：content（内容）、padding（填充）、border（边框）、margin（边界）。日常生活中所说的能装东西的盒子也具备这些属性，所以称其为盒子模型。盒子模型的组成如图 9－3 所示。

其中，各属性含义如下：

content: 盒子的内容，可以是文字、图片、表单等元素。

padding: 也称作填充或内边距，用来设置盒子内容与盒子边框之间的距离。

border: 盒子边框，可以设置边框的颜色、样式和粗细等。

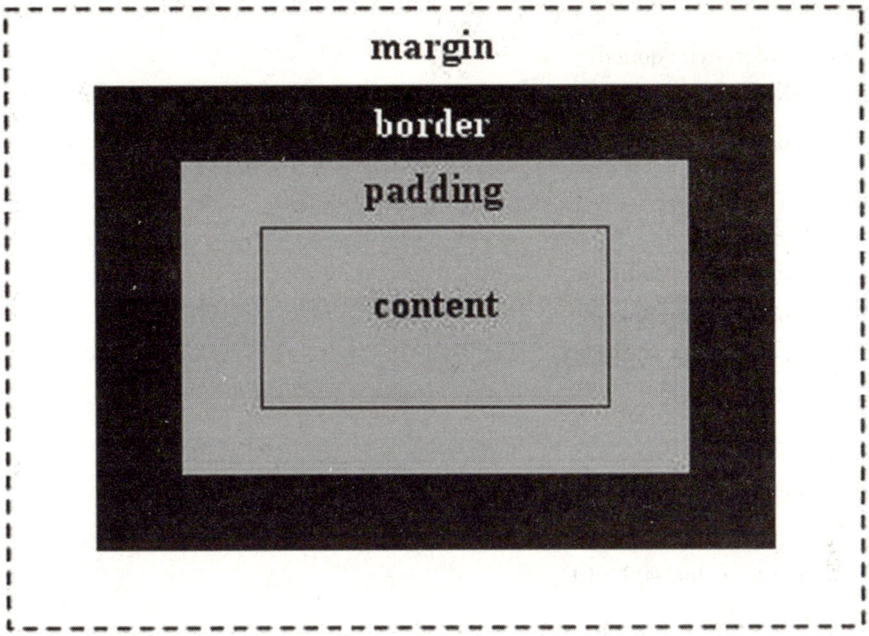

图9－3　盒子模型

margin：也称作边界或外边距，用来设置盒子与外界相邻元素的距离。

其中，填充、边框和边界都分为“上、右、下、左”4个方向，既可以分别定义，也可以统一定义。在盒子模型中，还可以设置 height（高度）和 width（宽度）属性。但是，使用 CSS 设置这两个属性时，定义的实际是 content（内容）的 width 和 height，因此，盒子的实际高度（宽度）是由内容高度（宽度）＋上下（左右）填充＋上下（左右）边框＋上下（左右）边界组成。

9.2.2　边框（border）

border 边框是 padding（填充）和 margin（边界）的分界线，用于分离网页元素。border 会占据空间，所以在进行精细排版时，一定要将 border 的 width 值考虑进去。

border 的属性主要有3个，分别是 style（样式）、color（颜色）和 width（宽度），将三者有效结合，可以设计出很好的边框样式。前面的章节中对此内容已有介绍，这里不再重复。

【例9.3】border 边框

```
<html>
<head>.
<title>border 边框</title>
<style type="text/css">
  div {width: 300px;
     height: 20px;
  }
```

```
    .div1 {
      border-style: dotted;
      border-width: 5px;
      border-color: #FF9933;
    }
    .div2 {
      border-style: solid;
      border-width: 3px;
      border-color: #99CC33;
    }
    .div3 {
      border-style: dashed;
      border-width: 5px;
      border-color: #0099CC;
    }
  </style>
  </head>
  <body>
  <div class = "div1" >
 这是边框为 5 像素的点线边框
  </div >
  <div class = "div2" >
 这是边框 3 像素的实线边框
  </div >
  <div class = "div3" >
 这是边框为 5 像素的虚线边框
  </div >
  </body >
  </html >
```

在 IE8 中浏览效果如图 9-4 所示，可以看到 3 个风格不同的 div 盒子，第一个盒子边框样式为点线，边框宽度为 5 像素，边框颜色为橙色；第二个盒子边框样式为实线，边框宽度为 3 像素，边框颜色为绿色；第三个盒子边框样式为虚线，边框宽度为 5 像素，边框颜色为蓝色。

9.2.3 内边距（padding）

padding 称内边距，也称填充，在 CSS 中，可以设置内边距来控制元素内容（content）与元素边框（border）之间的填充距离。

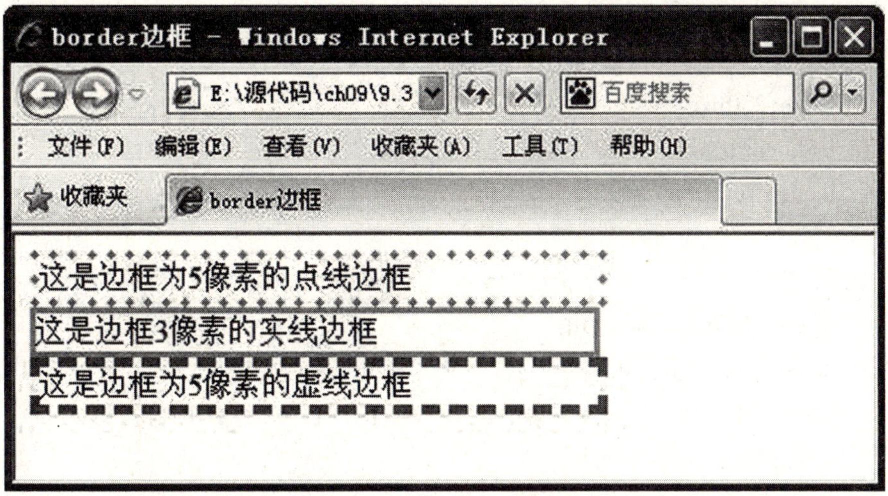

图 9 – 4　例 9. 3 运行后显示效果

基本语法：

padding: length

length 接受长度值或百分比值，但不接受负值。其中，百分比值是相对于其父元素的 width 计算的，这一点与下面要介绍的外边距（margin）一样。所以，如果父元素的 width 改变，其值也会改变。上述定义，表示 4 个方向使用相同的填充值，也可以单独定义每个方向的值，其形式如下：

padding: padding-top | padding-right | | padding-bottom | padding-left

提供 4 个参数值时，其值将按照顺时针的方向分别应用于上、右、下、左 4 个方向。

提供 2 个参数时，表示第一个值应用于上下 2 个方向，第二个值应用于左右 2 个方向。

提供 3 个参数时，表示第一个值应用于上方，第二个值应用于左右两个方向，第三个值应用于下方。

如果需要专门设置某一个方向的 padding，还可以使用表 9 – 1 中的 padding 子属性。

表 9 – 1　padding 子属性

属性	含义
padding-top	设置上填充
padding-right	设置右填充
padding-bottom	设置下填充
padding-left	设置左填充

【例 9. 4】padding 内边距

```
<html>
<head>
<title>padding 内边距</title>
```

```
<style type="text/css">
img {
  width: 250px;
  padding: 10px;
  border: solid 1px #090;
  }
#box {
  border: solid 1px #6699ff;
  padding-top: 20px;
  padding-left: 20px;
  width: 380px;
  }
</style>
</head>
<body>
<div id="box">
<img src="images/padding.png"/>
</div>
</body>
</html>
```

在上面的实例中，插入一个 div，并在 div 中插入 img（图片），设置 div 宽度为 380 像素，具有 1 像素、实线、蓝色边框；设置图片宽度为 250 像素，具有 1 像素、实线、绿色边框。div 和 img 元素都可以看作盒子模型，定义 img 的填充统一为 10 像素，div 的填充为左方和上方分别为 20 像素。可以看到，img 的 padding（填充）指的是图片的边框到图片之间的空白距离，div 的 padding-top（上方填充）和 padding-left（左方填充）分别指的是 div 上边框到图片上边框的空白距离和 div 左边框到图片左边框的空白距离。在 IE8 中浏览效果如图 9－5 所示。

9.2.4 外边距（margin）

margin 称外边距，也称边界，在 CSS 中，可以设置外边距来控制页面中一个元素和另外一个元素之间的距离。

基本语法：

margin: auto | length

margin 可以设置为 auto，表示根据内容自动调整外边距。更常见的做法是设置 length。length 接受长度值和百分比值，长度值可以接受任何长度单位，如像素、英寸、毫米或 em；百分比值是基于父对象的高度。对于行内元素来说，左右外边距可以为负值。

图 9－5　例 9.4 运行后显示效果

可以统一设置元素四周的边距，也可以应用 margin 的 4 个子属性，分别设置不同方向的外边距。表 9－2 为 margin 的四个子属性。

表 9－2　margin 子属性

属性	含义
margin-top	设置上边距
margin-right	设置右边距
margin-bottom	设置下边距
margin-left	设置左边距

margin 值的设置方法以及不同数值所代表的含义与 padding 一样，这里不再重复介绍。

【例 9.5】margin 外边距

```
<html>
<head>
<title>margin 外边距</title>
<style type="text/css">
* {
```

```
    margin: 0;
    padding: 0;
    }
  p {
    background: #6699FF;
    border: solid 1px #666;
    }
  .one {
    margin: 10px 0;
    }
  .two {
    margin-top: 20px;
    }
  </style>
  </head>
  <body>
  <p class="one">这是第一段</p>
  <p class="two">这是第二段</p>
  </body>
  </html>
```

在上面的实例中，通过代码 * {margin: 0; padding: 0;} 设置页面元素初始边距和填充为0。对 p 标记设置样式为蓝色背景、灰色边框。然后对两个 p 标记分别定义样式 .one 和 .two，第一个 p 标记样式为上、下外边距为 10 像素，左右外边距为 0；第二个 p 标记上边距为 20 像素。在 IE8 中浏览效果如图 9-6 所示。

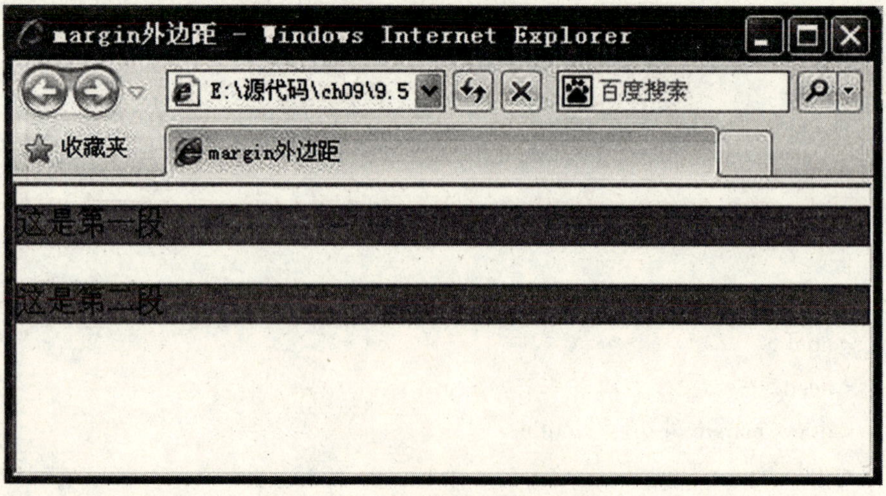

图 9-6　例 9.5 运行后显示效果

可以看到，第一个 p 标记上面显示 10 像素的空白距离，第一个 p 标记和第二个 p 标记之间产生的空白距离并不是 30 像素，而是 20 像素，这就是边距重叠的情况。也就是说，对于垂直排列的块级元素（关于块级元素，参阅本章下一节），上、下两个元素之间的空白距离是 margin-bottom 和 margin-top 中的较大值，如本例中较大值为 20 像素，而不是两者的和。这种重叠只发生在垂直排列的块级元素的 margin 属性上，padding 和 border 属性值不会发生重叠，行内元素、浮动元素和绝对定位也不会发生重叠。

9.3　页面元素的定位和布局

页面元素只有定位好了，网页布局才会设计好，网页的整体效果才好，只有灵活运用网页元素定位技术，特别是利用 CSS 样式定位网页元素，才能很好实现网页布局。页面元素布局的核心是定位和浮动的基本原理以及块级元素与行内元素的区别。

9.3.1　块级元素与行内元素

HTML 页面元素可以分成两种，一种是块级元素，一种是行内元素。表 9－3 给出了 HTML 中常用的块级元素和行内元素。

表 9－3　常用的块级元素和行内元素

块级元素	行内元素
blockquote	a
div	b
form	br
h1 ~ h6	span
hr	em
p	strong
dl	img
li	input
ol	label
ul	select
table	textarea

块级元素一般用作其他页面元素的容器，且从新行开始，在页面中垂直排列，默认状态下，其宽度为父元素的 100%。可以设置块级元素的宽度、高度、行高以及边距和填充属性。行内元素在页面中水平排列，只可以设置水平方向的边距，且不能设置高度和宽度。

【例 9.6】块级元素和行内元素

```
<html>
<head>
<title>块级元素和行内元素</title>
```

```
</head>
<body>
<p style="border: solid 1px #ff9966">这是 p 标记内控制的文字</p>
<h2 style="border: solid 1px #0099cc">这是 h2 标记控制的文字</h2>
<a href="#">这是 a 标记控制的文字</a>
<span>这是 span 标记控制的文字</span>
<strong>这是 strong 标记控制的文字</strong>
</body>
</html>
```

在 IE8 浏览器中显示效果如图 9 - 7 所示。

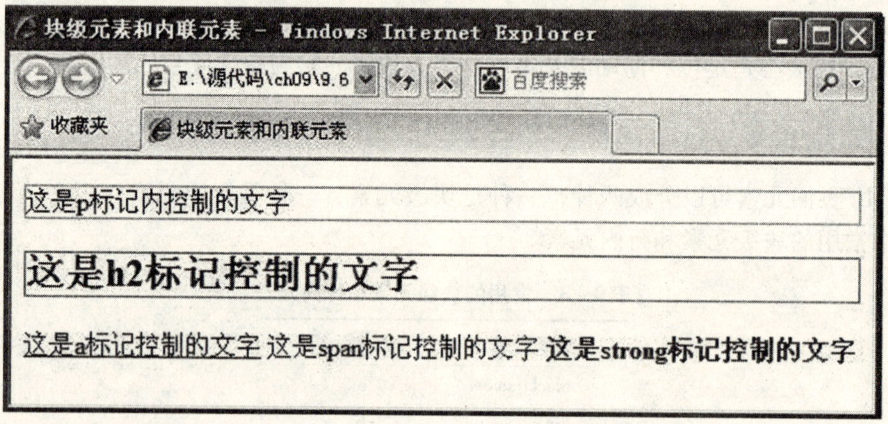

图 9 - 7　例 9.6 运行后显示效果

可以通过 CSS 的 display 属性使块级元素和行内元素相互转换。

【例 9.7】块级元素和行内元素转换

```
<html>
<head>
<title>块级元素和行内元素的转换</title>
<style type="text/css">
  a {
     display: block;
     float: left;
     width: 80px;
     height: 32px;
     background-image: url(images/button1.jpg);
     text-decoration: none;
     text-align: center;
     line-height: 32px;
     font-size: 14px;
```

```
        color: #333333;
        font-weight: bold;
        letter-spacing: 5px;
    }
    a: hover{
        background-image: url( images/button2. jpg) ;
        color: #FFFFFF;
    }
</style>
</head>
<body>
<p>
<a href = "#" >教育</a>
<a href = "#" >文化</a>
<a href = "#" >财经</a>
<a href = "#" >汽车</a>
<a href = "#" >房产</a>
</p>
</body>
</html>
```

9.3.2　position 定位

网页中各种元素需要经过合理的定位才能实现整个页面的结构。在CSS中有一个非常重要的属性position，可以实现网页元素的绝对定位模式和相对定位模式。

基本语法：

position: static | absolute | fixed | relative

position属性值及基本含义如表9-4所示。

表9-4　position属性值及含义

属性	含义
static	默认值，没有特殊定位，元素按标准流布局，不能显示top、bottom、left、right或者z-index的设置
relative	相对定位，元素以标准流的排版为基础，可通过left、top、right、bottom属性设置其位置
absolute	绝对定位，元素位置以其包含框为基准进行偏移，可通过left、top、right、bottom属性设置其位置
fixed	固定定位，相对于浏览器窗口进行定位，可通过left、top、right、bottom属性设置其位置

static为默认值，表示元素保持在原本应该在的位置，即该值没有任何移动的效果，前面的例子实际上都是static的方式，因此不再介绍。

1. 绝对定位（absolute）

当元素的 position 属性值为 absolute 时，元素即被绝对定位。绝对定位是以浏览器窗口作为定位基准，配合 top、left、bottom 和 right 进行定位。使用绝对定位的元素其前面或后面的元素会认为这个元素不存在，即这个元素浮于其他元素之上。

【例 9.8】绝对定位（absolute）

```
<html>
<head>
<title>absolute 绝对定位</title>
<style type="text/css">
* {
  margin: 0;
  padding: 0;
  }
#box {
  width: 300px;
  height: 100px;
  background-color: #6699ff; }
#box div {
  background-color: #0000FF;
  margin-bottom: 10px;
  color: #FFF; }
#box2 {
  position: absolute;
  top: 0;
  right: 0;
  }
</style>
</head>
<body>
<div id="box">
<div>第一个 div</div>
<div id="box2">第二个 div</div>
<div>第三个 div</div>
</div>
</body>
</html>
```

在 IE8 浏览器中显示效果如图 9－8 所示。对“第二个 div”设置绝对定位，并设置其

top 和 right 值为 0，可以看到，该 div 以浏览器窗口为基准，靠右上角显示，且“第三个 div”会紧贴“第一个 div”显示，就好像“第二个 div”不存在一样，原因在于绝对定位的 div 会彻底脱离标准流。

图 9－8　例 9.8 运行后显示效果

2. 相对定位（relative）

当元素的 position 属性值为 relative 时，元素即被相对定位，相对定位还需要设置一定的偏移量，水平方向通过 left 和 right，竖直方向通过 top 和 bottom 来设定。

【例 9.9】相对定位（relative）

```
<html>
<head>
<title>relative 相对定位</title>
<style type="text/css">
#box {
  width: 300px;
  height: 60px;
  background-color: #6699ff;
  margin-bottom: 5px;
  }
#box1, #box2 {
  background-color: #CCFFFF;
  border: 1px dashed #000; }
#box2 {
  position: relative;
  left: 20px;
  top: 20px; }
</style>
</head>
<body>
```

```
<div id = "box" >
<div id = "box1" > 这是 box1 </div >
</div >
<div id = "box" >
<div id = "box2" > 这是 box2 </div >
</div >
</body >
</html >
```

在 IE8 中浏览效果如图 9 - 9 所示。

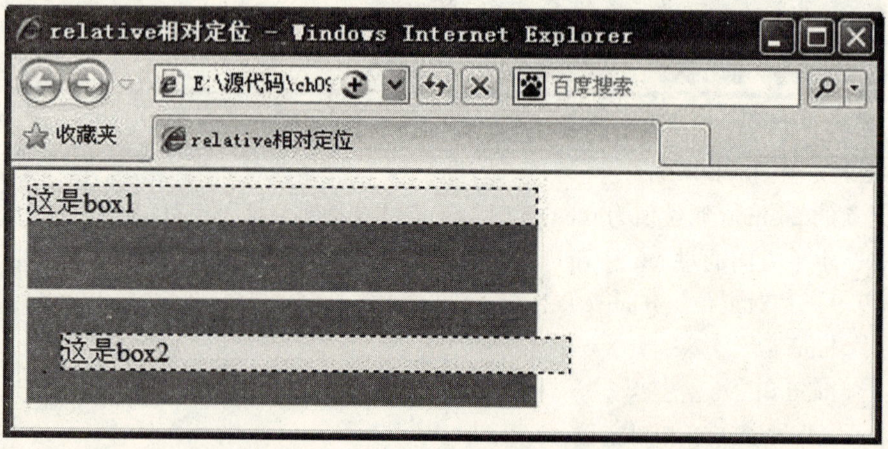

图 9 - 9　例 9.9 运行后显示效果

在这个实例中，box2 使用了相对定位，跟 box1 的位置比较可以看出，box2 相对于其默认位置发生了偏移，“left: 20px” 的作用是使 box2 相对于其原来位置向右偏移了 20 像素，“top: 20px” 的作用是使 box2 相对于其原来位置向下偏移了 20 像素。因此，使用相对定位的元素，通过设置偏移值，会 “相对于” 它的原始起点进行移动，但是，该元素仍然占据原来的空间，不会对父元素和兄弟元素造成影响。

3. 固定定位（fixed）

固定定位是绝对定位的一种特殊形式，其相对于浏览器窗口进行定位。设置为固定定位的元素，可以脱离页面，不会随着滚动条的滚动而变化位置。该属性没有被 IE6 浏览器支持。

【例 9.10】固定定位（fixed）

```
<html >
<head >
<title > 块级元素和行内元素 </title >
<style type = "text/css" >
*  {margin: 0; padding: 0; }
#box  {
```

```
    width: 120px;
    height: 40px;
    background: #0FF;
    position: fixed;
    left: 0;
    top: 0;
    }
  p {
    height: 20px;
    width: 120px;
    background: #CC6;
    margin-bottom: 10px; }
   </style>
   </head>
   <body>
   <div id = "box" >固定不动 </div>
   <p>拖动滚动条看看 </p>
   <p>拖动滚动条看看 </p>
   <p>拖动滚动条看看 </p>
   <p>拖动滚动条看看 </p>
   <p>拖动滚动条看看 </p>
   </body>
   </html>
```

在 IE8 中浏览效果如图 9 – 10 所示。

图 9 – 10　例 9. 10 运行后显示效果

9. 3. 3　float 定位

使用浮动定位是目前网页制作中最为常用的方式。如对于块状元素 div，在垂直方向和兄弟元素依次排列，而在水平方向自动伸长，直到其包含框的边界，即水平方向不能并排。使用 float 属性可以使多个块状元素并列一行显示。

基本语法：

float: none | inherit | left | right

float 属性值含义见表 9 – 5。

表 9 – 5　float 属性值及含义

属性	含义
none	默认值，块状元素不浮动
inherit	继承父容器的 float 属性
left	块状元素向左浮动
right	块状元素向右浮动

【例 9. 11】float 设置一个元素的浮动

```
<html>
<head>
<title>float 设置浮动</title>
<style type="text/css">
* {
  margin: 0;
  padding: 0; }
div {
  border: solid 1px #000;
  height: 60px;
  }
#box1 {
  width: 125px;
  background-color: #FFCCCC;
  float: left;
  }
#box2 {
  width: 300px;
  background-color: #99CCFF;
  }
#box3 {
  width: 300px;
  background-color: #66CCFF;
  }
```

```
</style>
</head>
<body>
<div id="box1">这是 box1</div>
<div id="box2">这是 box2</div>
<div id="box3">这是 box3</div>
</body>
</html>
```

在 IE8 中浏览效果如图 9 - 11 所示。

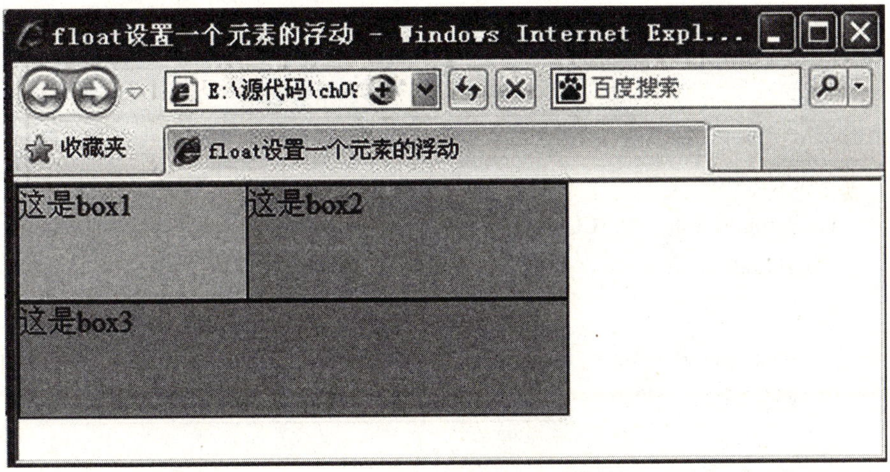

图 9 - 11　例 9.11 运行后显示效果

在本实例中，只设置了 box1 向左浮动，box2 元素自动“流”上来了，box1 浮动在 box2 上面显示，box1 和 box2 左边框重合。这是因为，设置为浮动的元素 box1 已经脱离了标准流，所以标准流中的 box2 会上升到原来 box1 的位置，但 box2 中的文字会围绕着 box1 显示。

【例 9.12】float 设置两个元素的浮动

下面设置 box2 向右浮动。将上述 box2 的代码修改如下：

```
#box2 {
    width: 300px;
    background-color: #99CCFF;
    float: right;
    }
```

在 IE8 中显示效果如图 9 - 12 所示。

box1 和 box2 设置为浮动，box1 设置为左浮动，因此靠其父元素的左边界显示；box2 设置为右浮动，因此靠其父元素的右边界显示。此时，box1 和 box2 都脱离标准流，因此 box3 按照标准流的显示方式“流”上去显示。如果不希望 box3 受到 box1 和 box2 的浮动的影响，就要对 box3 增加一行对 clear 属性的设置。box3 代码修改如下：

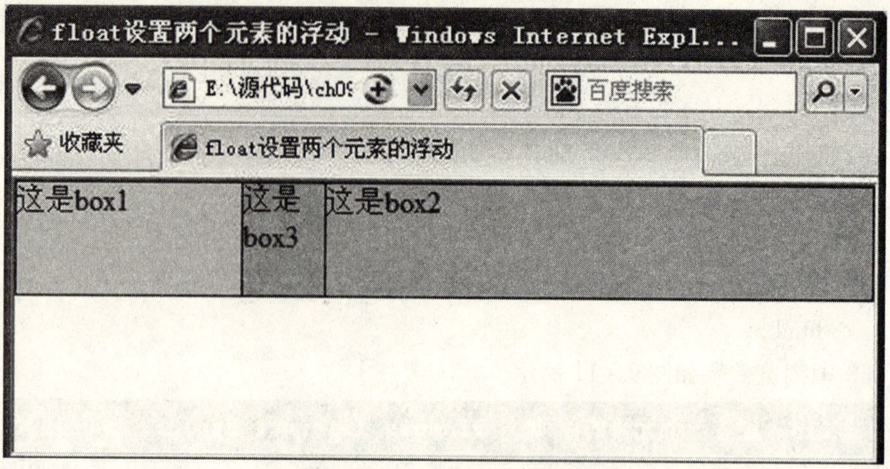

图 9-12　例 9.12 运行后显示效果

```
#box3 {
   width: 300px;
   background-color: #66CCFF;
   clear: both;
   }
```

clear 属性可以设置为 left、right 或 both，分别表示消除其左边、右边或两边的浮动元素对其位置造成的影响。

9.4　CSS 页面基本布局

在了解 DIV + CSS 定位的基础知识后，就可以综合运用定位和布局的知识实现页面的排版布局。本节介绍页面最常见的布局方法，包括固定宽度页面和自适应宽度页面的布局。

需要说明的是，本节主要介绍网页的基本布局，对实例中涉及其他样式的 CSS 代码不再介绍。

9.4.1　固定宽度布局

固定宽度布局是网页排版中最为常用的一种排版方式，这种布局方式使设计师能够很好地对网页进行布局和定位。

1. 一列固定宽度

单行单列式布局结构是所有布局的基础，也是最简单的一种布局形式。在网页制作中，经常用到一列居中布局形式，来实现网页大框架的建立。

【例 9.13】一列固定宽度居中

```
<html>
<head>
```

```
<title>一列固定宽度居中</title>
<style type="text/css">
* {
  margin: 0;
  padding: 0; }
body {
  font-size: 12px; }
p {
  text-indent: 1em;
  line-height: 1.5; }
#main {
  width: 500px;
  background-color: #CCCC66;
  margin: 0 auto;
}
</style>
</head>
<body>
<div id="main">
<h3>茶的历史渊源</h3>
<p>在中国古代史料中，茶的名称很多，公元前 2 世纪，西汉司马相如的《凡将篇》中提到的“荈诧”就是茶；西汉末年，在扬雄的《方言》中，称茶为“蔎”；在《神农本草经》（约成于汉朝）中，称之为“荼草”或“选”；东汉的《桐君录》（撰人不详）中谓之“瓜芦木”；南朝宋山谦之的《吴兴记》中称为“荈”；东晋裴渊的《广州记》中称之为“皋芦”；唐陆羽在《茶经》中，也提到“其名，一曰茶，二曰槚，三曰蔎，四曰茗，五曰荈”。茶本为一种植物，可食用、解百毒，常品易健康、长寿。经长久发展至今，茶品要顺为最佳，所以就有一句茶乃天地之精华，顺乃人生之根本。因此道家里有茶顺即为茗品。</p>
<h3>论茶专著</h3>
<p>《茶经》是中国乃至世界现存最早、完整、全面介绍茶的第一部专著，被誉为“茶叶百科全书”，由中国茶道的奠基人陆羽所著。此书是一部关于茶叶生产的历史、源流、现状、生产技术，以及饮茶技艺、茶道原理的综合性论著，是一部划时代的茶学专著。它不仅是一部精辟的农学著作，又是一本阐述茶文化的书，它将普通茶事升格为一种美妙的文化艺能。它是中国古代专门论述茶叶的一部重要著作，推动了中国茶文化的发展。</p>
</div>
</body>
```

```
</html>
```

上面的代码首先在 <body> 和 </body> 中间插入了一个 id 为 main 的 div，并在 div 中加入了一些文字。然后对 main 设置了样式，其中 margin: 0 auto; 的作用是通过设置 div 容器的水平边距为 auto，实现 main 容器水平居中。代码 * {margin: 0; padding: 0;} 设置块级元素的通用属性，同时也为了兼容不同的浏览器。

在 IE8 中浏览效果如图 9 - 13 所示。

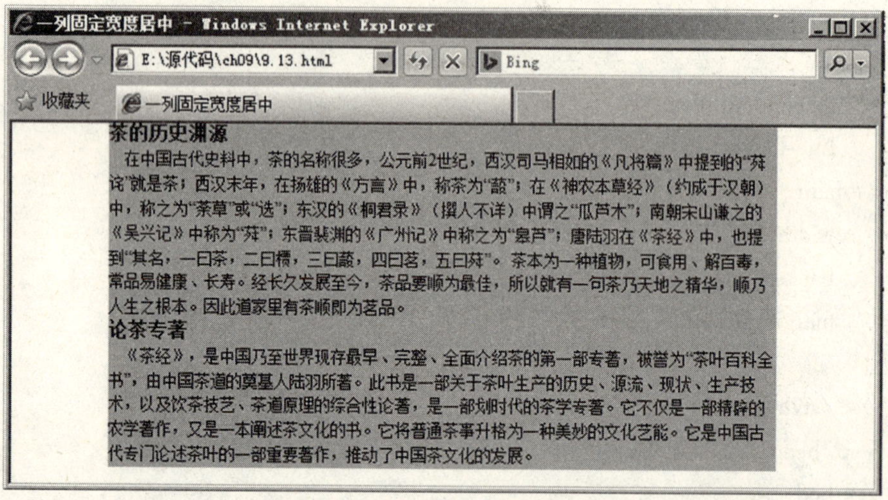

图 9 - 13　例 9. 13 运行后显示效果

2. 二列固定宽度

二列式布局形式在页面设计中经常用到，尤其是作为主框架或内容的分栏。对于二列式布局，需要用到两个 div 元素和两个用于修饰 div 元素的 CSS 样式。由于涉及两个 div 元素的并排显示，因此要采用浮动布局方式。下面的例子中为了实现二列固定宽度居中，首先插入一个父容器 content，并将 content 容器居中。div 结构如下：

```
<body>
<div id="content">
<div id="leftBox">
<div id="mainBox">
</div>
</div>
</body>
```

【例 9. 14】二列固定宽度居中

```
<html>
<head>
<title>二列固定宽度</title>
<style type="text/css">
* {
```

```
    margin: 0;
    padding: 0; }
body {
    font-size: 12px; }
p {
    text-indent: 1em;
    line-height: 1.5; }
#leftBox ul {
    list-style: none; }
#leftBox li a {
    text-decoration: none;
    line-height: 22px;
    color: #FFF;
    margin-left: 6px; }
#content {
    width: 760px;
    margin: 0 auto; }
#leftBox {
    background-color: #660;
    width: 200px;
    float: left; }
#mainBox {
    background-color: #CCCC66;
    width: 550px;
    float: right; }
</style>
</head>
<body>
<div id="content">
<div id="leftBox">
  <ul>
    <li><a href="#">
      历史渊源</a></li>
    <li><a href="#">历史专著</a></li>
    <li><a href="#">茶文化</a></li>
    <li><a href="#">发展利用</a></li>
    <li><a href="#">发源时间</a></li>
```

```
        <li> <a href="#">饮茶习惯</a> </li>
      </ul>
      </div>
    <div id="mainBox">
    <h3>茶的历史渊源</h3>
    <p>在中国古代史料中，茶的名称很多，公元前2世纪，西汉司马相如的《凡将篇》中提到的“荈诧”就是茶；西汉末年，在扬雄的《方言》中，称茶为“蔎”；在《神农本草经》（约成于汉朝）中，称之为“荼草”或“选”；东汉的《桐君录》（撰人不详）中谓之“瓜芦木”；南朝宋山谦之的《吴兴记》中称为“荈”；东晋裴渊的《广州记》中称之为“皋芦”；唐陆羽在《茶经》中，也提到“其名，一曰茶，二曰槚，三曰蔎，四曰茗，五曰荈”。茶本为一种植物，可食用、解百毒，常品易健康、长寿。经长久发展至今，茶品要顺为最佳，所以就有一句茶乃天地之精华，顺乃人生之根本。因此道家里有茶顺即为茗品。</p>
    <h3>论茶专著</h3>
    <p>《茶经》是中国乃至世界现存最早、完整、全面介绍茶的第一部专著，被誉为“茶叶百科全书”，由中国茶道的奠基人陆羽所著。此书是一部关于茶叶生产的历史、源流、现状、生产技术，以及饮茶技艺、茶道原理的综合性论著，是一部划时代的茶学专著。它不仅是一部精辟的农学著作，又是一本阐述茶文化的书，它将普通茶事升格为一种美妙的文化艺能。它是中国古代专门论述茶叶的一部重要著作，推动了中国茶文化的发展。</p>
    </div>
    </div>
    </body>
    </html>
```

上面的代码首先在 <body> 和 </body> 插入一个 id 为 content 的容器 div，然后嵌套插入 id 为 leftBox 和 id 为 mainBox 的两个 div，并在各个 div 中插入了相应的文字。

因为 div 为块级元素，默认情况下独占一行显示，要实现两列水平排版，对 id 为 leftBox 的 div 元素和 id 为 lmainBox 的 div 元素分别设置其 float 属性，通过 float: left 和 float: right 使两者左右浮动，形成两列布局。当然，两个元素宽度的设置不能大于或等于父元素的 760 像素，所以这里分别设置了 200 像素和 550 像素，中间有 10 像素的空白间距。

在 IE8 中浏览效果如图 9 - 14 所示。

3. 三列固定宽度

三列式布局形式在网页中应用较为普遍，常用在页面中为内容分栏。三列式浮动布局的实现原理与两列式基本相似。下面的例子中，首先建立如下 div 结构：

```
<div id="content">
<div id="leftBox">
```

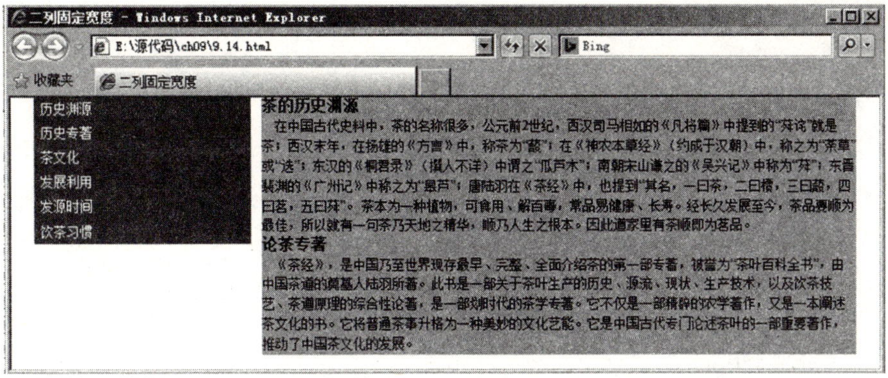

图 9－14　例 9.14 运行后显示结果

```
</div>
<div id = "mainBox" >
</div>
<div id = "rightBox" >
</div>
</div>
```

【例 9.15】三列固定宽度居中

```
<html>
<head>
<title>三列固定宽度居中</title>
<style type = "text/css" >
* {
  margin: 0;
  padding: 0; }
body {
  font-size: 12px; }
p {
  text-indent: 1em;
  line-height: 1.5; }
#leftBox ul {
  list-style: none; }
#leftBox li a {
  text-decoration: none;
  line-height: 22px;
  color: #FFF;
  margin-left: 6px; }
#content {
```

```
        width: 760px;
        margin: 0 auto; }
    #leftBox {
        background-color: #660;
        width: 150px;
        float: left; }
    #mainBox {
        background-color: #CCCC66;
        width: 450px;
        float: left; }
    #rightBox {
        background-color: #999933;
        width: 150px;
        float: right; }
    </style>
    </head>
    <body>
    <div id = "content" >
    <div id = "leftBox" >
      <ul>
        <li> <a href = "#" >
          历史渊源 </a> </li>
        <li> <a href = "#" >历史专著 </a> </li>
        <li> <a href = "#" >茶文化 </a> </li>
        <li> <a href = "#" >发展利用 </a> </li>
        <li> <a href = "#" >发源时间 </a> </li>
        <li> <a href = "#" >饮茶习惯 </a> </li>
      </ul>
      </div>
    <div id = "mainBox" >
    <h3>茶的历史渊源 </h3>
        <p>在中国古代史料中，茶的名称很多，公元前 2 世纪，西汉司马相如的《凡
将篇》中提到的“荈诧”就是茶；西汉末年，在扬雄的《方言》中，称茶为“蔎”；
在《神农本草经》（约成于汉朝）中，称之为“荼草”或“选”；东汉的《桐君录》
（撰人不详）中谓之“瓜芦木”；南朝宋山谦之的《吴兴记》中称为“荈”；东晋裴
渊的《广州记》中称之为“皋芦”；唐陆羽在《茶经》中，也提到“其名，一曰茶，
二曰槚，三曰蔎，四曰茗，五曰荈”。茶本为一种植物，可食用、解百毒，常品易健
```

```
康、长寿。经长久发展至今，茶品要顺为最佳，所以就有一句茶乃天地之精华，顺乃人生之根本。因此道家里有茶顺即为茗品。</p>
    <h3>论茶专著</h3>
    <p>《茶经》是中国乃至世界现存最早、完整、全面介绍茶的第一部专著，被誉为"茶叶百科全书"，由中国茶道的奠基人陆羽所著。此书是一部关于茶叶生产的历史、源流、现状、生产技术，以及饮茶技艺、茶道原理的综合性论著，是一部划时代的茶学专著。它不仅是一部精辟的农学著作，又是一本阐述茶文化的书，它将普通茶事升格为一种美妙的文化艺能。它是中国古代专门论述茶叶的一部重要著作，推动了中国茶文化的发展。</p>
    </div>
    <div id="rightBox">
      <p><a href="#">西湖龙井</a></p>
      <p><a href="#">武夷岩茶</a></p>
      <p><a href="#">洞庭碧螺春</a></p>
      <p><a href="#">黄山毛峰</a></p>
      <p><a href="#">庐山云雾茶</a></p>
      <p><a href="#">安溪铁观音</a></p>
    </div>
    </div>
    </body>
    </html>
```

上面的代码中首先建立 div 结构，然后在各个 div 容器中插入文字等元素。

为实现三列浮动布局，通过 float 属性分别将 div 为 leftBox 和 mainBox 的元素设为向左浮动，将 rightBox 设为向右浮动。同样，leftBox、mainBox 和 rightBox 元素的宽度总和不能超过父元素 content，否则会产生布局混乱。

在 IE8 中浏览效果如图 9－15 所示。

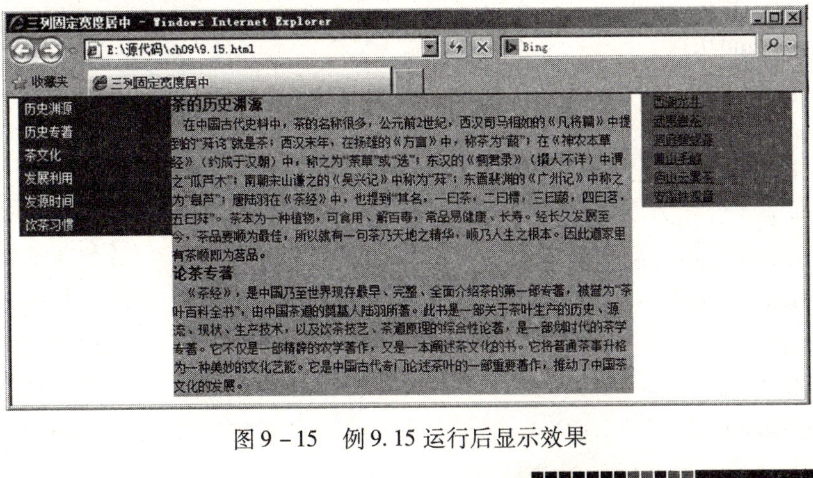

图 9－15　例 9.15 运行后显示效果

9.4.2 自适应宽度布局

现在采用固定宽度布局的网页大多将网页的宽度设为 960 像素，但是对于以往 800 × 600 像素的显示分辨率，页面会产生滚动条，而对于 1024 ×768 以上的分辨率，屏幕空间可能不能充分运用，因此可以采用自适应宽度布局模式。

自适应宽度布局模式，通过使用百分比设置容器宽度，使得页面可以根据浏览器窗口大小伸缩，因此，在不同的分辨率下，可以自适应地显示为合适大小。

1. 两列自适应宽度布局

两列自适应宽度布局同样要通过设置浮动使两列并排显示，并将自适应列宽度设为百分比。两列自适应布局常见的有两种，第一种是两列宽度均自适应，这时只要设置两列宽度均为百分比即可；第二种是一列宽度固定，一列宽度自适应。

下面的例子建立了一个左侧宽度固定、右侧宽度自适应的页面。首先建立如下 div 结构：

```
<div id = "content" > <! --最外层的 div 容器-- >
  <div id = "leftBox" > <! --左侧固定宽度的 div 容器-- >
  </div >
  <div id = "mainWrap" >
    <div id = "mainBox" > <! --右侧自适应宽度的 div 容器-- >
    </div >
  </div >
</div >
```

【例 9.16】左侧固定右侧自适应

```
<html >
<head >
<title >左列固定右列自适应 </title >
<style type = "text/css" >
* {
  margin: 0;
  padding: 0; }
body {
  font-size: 12px; }
p {
  text-indent: 1em;
  line-height: 1.5; }
#leftBox ul {
  list-style: none; }
#leftBox li a {
```

```
    text-decoration: none;
    line-height: 22px;
    color: #FFF;
    margin-left: 6px; }
#content {
    width: 85%;
    margin: 0 auto; }
#leftBox {
    background-color: #660;
    width: 280px;
    float: left; }
#mainWrap {
    width: 100%;
    float: right;
    margin-right: -280px; }
#mainBox {
    background-color: #CCCC66;
    margin-right: 280px; }
</style>
</head>
<body>
<div id="content">
<div id="leftBox">
    <ul>
        <li><a href="#">
          历史渊源</a></li>
        <li><a href="#">历史专著</a></li>
        <li><a href="#">茶文化</a></li>
        <li><a href="#">发展利用</a></li>
        <li><a href="#">发源时间</a></li>
        <li><a href="#">饮茶习惯</a></li>
    </ul>
    </div>
<div id="mainWrap">
<div id="mainBox">
<h3>茶的历史渊源</h3>
<p>在中国古代史料中，茶的名称很多，公元前 2 世纪，西汉司马相如的《凡
```

将篇》中提到的“荈诧”就是茶；西汉末年，在扬雄的《方言》中，称茶为“蔎”；在《神农本草经》(约成于汉朝）中，称之为“荼草”或“选”；东汉的《桐君录》(撰人不详）中谓之“瓜芦木”；南朝宋山谦之的《吴兴记》中称为“荈”；东晋裴渊的《广州记》中称之为“皋芦”；唐陆羽在《茶经》中，也提到“其名，一曰茶，二曰槚，三曰蔎，四曰茗，五曰荈”。茶本为一种植物，可食用、解百毒，常品易健康、长寿。经长久发展至今，茶品要顺为最佳，所以就有一句茶乃天地之精华，顺乃人生之根本。因此道家里有茶顺即为茗品。</p>

<h3>论茶专著</h3>

<p>《茶经》是中国乃至世界现存最早、完整、全面介绍茶的第一部专著，被誉为“茶叶百科全书”，由中国茶道的奠基人陆羽所著。此书是一部关于茶叶生产的历史、源流、现状、生产技术，以及饮茶技艺、茶道原理的综合性论著，是一部划时代的茶学专著。它不仅是一部精辟的农学著作，又是一本阐述茶文化的书，它将普通茶事升格为一种美妙的文化艺能。它是中国古代专门论述茶叶的一部重要著作，推动了中国茶文化的发展。</p>

</div>

</div>

</div>

</body>

</html>

上面的代码中首先建立 div 结构，然后在各个 div 容器中插入文字等元素。

对最外层的 id 为 content 的容器 div 设置 CSS 样式为 width: 85%; margin: 0 auto;，即该 div 宽度为浏览器窗口的 85%，并且居中显示。

对左侧 id 为 leftBox 的 div 设置 CSS 样式为 width: 280px; float: left;，即宽度为固定值 280 像素，并且向左浮动。

需要解释的是，在 id 为 mainBox 的右侧浮动列外层“包裹”了一个 id 为 mainWrap 的容器 div，这是为了解决 mainBox 的宽度问题。右侧的 mainBox 的宽度应该是 100% - 280px，但是 CSS 里并不支持这种表达。为了实现这个宽度，在 mainBox 的外层再套一个 div 即 mainWrap，设置其宽度为 100%，即其所在的容器 content 的宽度，并设置其向右浮动。然后通过 margin-right: -280px；设置 mainWrap 向右平移了 280 像素，再通过 margin-right: 280px；将 mainBox 向左平移了 280 像素，从而实现了 mainBox 的宽度为 100% -280px 这个设置。

在 IE8 中浏览效果如图 9-16 所示。

可以看到，当缩放浏览器或屏幕分辨率发生变化时，一列保持原来的宽度，另一列宽度会随着浏览器窗口宽度变化而变化。

2. 三列自适应宽度布局

三列自适应宽度布局方式有 2 种，一种是三列宽度都自适应，这时只要将三列宽度都设为百分比即可；第二种是两侧列宽度固定、中间列宽度自适应。

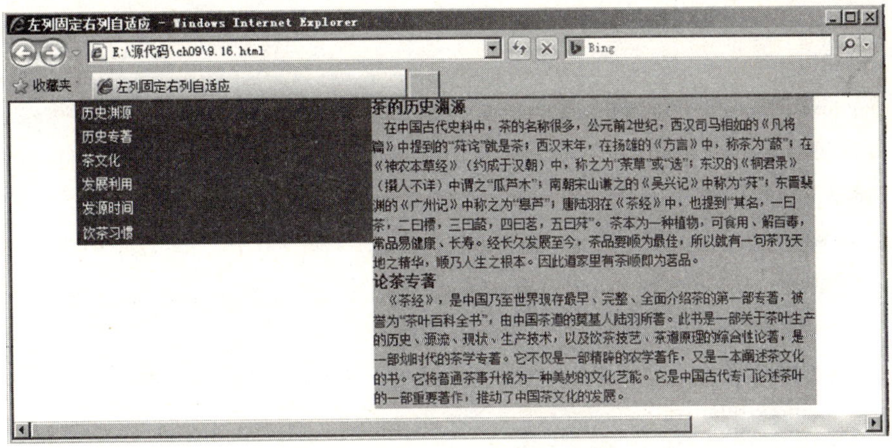

图 9－16　例 9.16 运行后显示效果

下面的例子建立了一个两侧列宽度固定、中间列宽度自适应的页面。这个布局仍然可以用类似上例的浮动的方式实现，但是每个浮动列都要增加辅助的 div，代码结构比较复杂，本例中用采用绝对定位的方式实现。首先建立如下 div 结构：

```
<div id = "content" >
  <div id = "leftBox" >
  </div >
  <div id = "mainBox" >
  </div >
  <div id = "rightBox" >
  </div >
</div >
```

【例 9.17】两列固定中间自适应

```
<html >
<head >
<title >两列固定中间自适应 </title >
<style type = "text/css" >
*  {
  margin: 0;
  padding: 0; }
body  {
  font-size: 12px; }
p  {
  text-indent: 1em;
  line-height: 1.5; }
#leftBox ul  {
```

```
    list-style: none; }
#leftBox li a {
    text-decoration: none;
    line-height: 22px;
    color: #FFF;
    margin-left: 6px; }
#content {
    width: 85%;
    margin: 0 auto;
    position: relative; }
#leftBox {
    background-color: #660;
    position: absolute;
    left: 0;
    top: 0;
    width: 150px;
    }
#mainBox {
    background-color: #CCCC66;
    margin-left: 150px;
    margin-right: 150px;
    }
#rightBox {
    background-color: #999933;
    position: absolute;
    right: 0;
    top: 0;
    width: 150px;
    float: right; }
</style>
</head>
<body>
<div id="content">
<div id="leftBox">
    <ul>
        <li><a href="#">
          历史渊源</a></li>
```

```
        <li> <a href = "#" >历史专著 </a> </li>
        <li> <a href = "#" >茶文化 </a> </li>
        <li> <a href = "#" >发展利用 </a> </li>
        <li> <a href = "#" >发源时间 </a> </li>
        <li> <a href = "#" >饮茶习惯 </a> </li>
      </ul>
      </div>
    <div id = "mainBox" >
    <h3 >茶的历史渊源 </h3 >
    <p >在中国古代史料中，茶的名称很多，公元前 2 世纪，西汉司马相如的《凡将篇》中提到的“荈诧”就是茶；西汉末年，在扬雄的《方言》中，称茶为“蔎”；在《神农本草经》（约成于汉朝）中，称之为“荼草”或“选”；东汉的《桐君录》（撰人不详）中谓之“瓜芦木”；南朝宋山谦之的《吴兴记》中称为“荈”；东晋裴渊的《广州记》中称之为“皋芦”；唐陆羽在《茶经》中，也提到“其名，一曰茶，二曰槚，三曰蔎，四曰茗，五曰荈”。茶本为一种植物，可食用、解百毒，常品易健康、长寿。经长久发展至今，茶品要顺为最佳，所以就有一句茶乃天地之精华，顺乃人生之根本。因此道家里有茶顺即为茗品。 </p >
    <h3 >论茶专著 </h3 >
    <p >《茶经》是中国乃至世界现存最早、完整、全面介绍茶的第一部专著，被誉为“茶叶百科全书”，由中国茶道的奠基人陆羽所著。此书是一部关于茶叶生产的历史、源流、现状、生产技术，以及饮茶技艺、茶道原理的综合性论著，是一部划时代的茶学专著。它不仅是一部精辟的农学著作，又是一本阐述茶文化的书，它将普通茶事升格为一种美妙的文化艺能。它是中国古代专门论述茶叶的一部重要著作，推动了中国茶文化的发展。 </p >
    </div >
    <div id = "rightBox" >
      <p > <a href = "#" >西湖龙井 </a > </p >
      <p > <a href = "#" >武夷岩茶 </a > </p >
      <p > <a href = "#" >洞庭碧螺春 </a > </p >
      <p > <a href = "#" >黄山毛峰 </a > </p >
      <p > <a href = "#" >庐山云雾茶 </a > </p >
      <p > <a href = "#" >安溪铁观音 </a > </p >
    </div >
    </div >
    </body >
    </html >
```

在上面的代码中，同样先建立 div 结构，并在 div 中插入文字等网页元素。

这里，通过代码 position：relative；将 id 为 content 的父容器的 position 属性设置为 relative，即进行相对定位，使其成为下级元素的绝对定位基准。然后通过 position：absolute；将 id 为 leftBox 和 id 为 rightBox 的 div 设为绝对定位，并通过代码 left：0；top：0；和 right：0；top：0；使 leftBox 和 rightBox 相对于其父元素 content 进行定位，分别紧贴 content 的左侧和右侧。

由于左右两列宽度固定，因此设置 leftBox 和 rightBox 的宽度为 150 像素，即 width：150px;。然后对 id 为 mainBox 的中间列通过设置 margin-left：150px；margin-right：150px；使其让出左右两列的位置，从而实现了三列的并列显示。

在 IE8 中显示效果如图 9 - 17 所示。

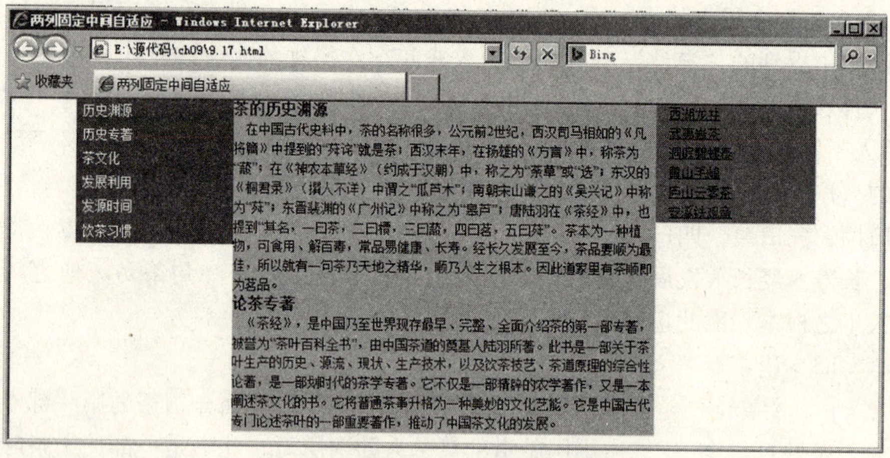

图 9 - 17　两列固定中间自适应

可以看到，当缩放浏览器的窗口时，左右两列宽度固定不变，中间列宽度随着浏览器窗口发生变化。

9.5　综合实例——旅游网站

在一个稍微复杂的网页中，网页结构往往都不是一种单一结构，而要采用多种布局方式混合排版页面。本实例模拟一个小型旅游网站首页，这类网页侧重旅游市场及宣传，信息不多但要求主题突出。

9.5.1　版面结构设计

首页总体采用上中下布局结构，中间采用宽度固定的左右两列布局。网页最终效果见图 9 - 20。

9.5.2　HTML 结构设计

从网页的内容出发，通过 HTML 搭建网页的结构代码如下：

```
<html>
```

```
<head>
<title>旅游网站首页</title>
</head>
<body>
<div id="container">
  <div id="header">
    <ul>
      <li><a href="#">首页</a></li>
      <li><a href="#">跟团游</a></li>
      <li><a href="#">自助游</a></li>
      <li><a href="#">自驾游</a></li>
      <li><a href="#">景点门票</a></li>
      <li><a href="#">签证</a></li>
      <li><a href="#">酒店</a></li>
    </ul>
  </div>
 <div id="main">
   <div id="left">
     <h2>张家界旅游简介</h2>
     <p>张家界是湖南省一个地级市，位于湖南省西北部，属武陵山脉腹地，为中
国最重要的旅游城市之一。</p>
     <p>张家界景区共分为四大景区：张家界国家森林公园、杨家界自然保护区、
天子山自然保护区、索溪峪自然保护区，统称为武陵源风景名胜区。张家界国家森林公
园是中国第一个国家森林公园，景区集神奇、钟秀、雄浑、原始、清新于一体，以岩称
奇。园内连绵重叠着数以千计的石峰，奇峰陡峭嵯峨，千姿百态，或孤峰独秀，或群峰
相依，造型完美，形神兼备。</p>
     <p>除武陵源核心景区外，武陵源区有“中华最佳洞府”“地下龙宫”黄龙洞、
“人间瑶池”宝峰湖、“江南名刹”普光禅寺、土家人的“圣地”土家风情园等旅游景
点。</p>
     </div>
     <div id="right">
       <ul>
         <li><a href="#"><img src="images/01.jpg"></a>
           <p><a href="#">国家森林公园</a></p></li>
         <li><a href="#"><img src="images/02.jpg" width="80" height=
"80"/></a>
         <p><a href="#">金鞭溪</a></p></li>
```

```
            <li> <a href="#"> <img src="images/03.jpg" width="80" height=
"80"/> </a>
            <p> <a href="#">黄石寨 </a> </p> </li>
          </ul>
        </div>
      </div>
      <div id="footer">
      <p>咸鱼翻身工作室     版权所有 </p>
      </div>
    </div>
    </body>
    </html>
```

在上面的代码中，外层 id 为 container 的 div 是个容器 div，用来存放其他所有 div。id 为 header 的 div 用来制作页头部分，id 为 main 的 div 用来制作网页的主体内容，其中包含了 id 为 left 的左侧 div 和 id 为 right 的右侧 div，id 为 footer 的 div 用来制作页脚版权信息部分。

在 IE8 中浏览没有添加任何 CSS 样式的上述 HTML 结构如图 9－18 所示。

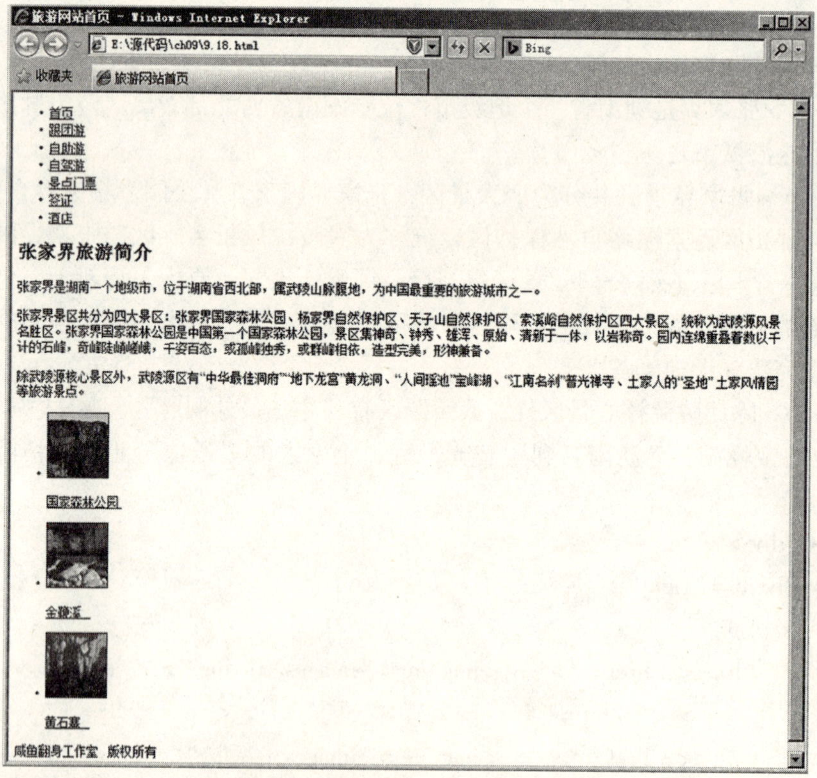

图 9－18　无 CSS 样式的 HTML 页面结构

9.5.3　各板块内容制作

1. 整体样式设计

对页面的共有属性进行统一设置，设置字体为宋体、12 像素，margin 和 padding 属性值为 0 像素，无序列表不显示符号，去除超链接文字的下划线，设置最外层的容器 div 宽度为 760 像素且居中显示等。代码如下：

```
* {
  padding: 0;
  margin: 0; }
body {
  font-family: "宋体";
  font-size: 12px;
  }
ul {
  list-style-type: none; }
a {
  text-decoration: none; }
#container {
  width: 760px;
  margin: 0 auto;
}
```

2. 页头部分制作

对页头部分的 div 和导航列表分别添加 CSS 样式。代码如下：

```
#header {
  background-image: url( images/bg01. JPG) ;
  height: 160px;
  }
#header li {
  float: left; }
#header a {
  display: block;
  width: 60px;
  height: 20px;
  line-height: 20px;
  text-align: center;
  color: #2E9700;
  font-weight: bold;
```

```
    }
#header a: hover {
    color: #59B712; }
```

上面的代码对 header 定义背景图片和 div 容器的高度，对 header 内部的超链接文字列表设置向左浮动形成横向排列，将超链接标记 a 通过 display: block; 转换为块状元素，并设置其宽、高属性和颜色、字体属性，设置超链接文字在块状区域纵向和横向居中对齐。

在 IE8 中浏览效果如图 9 – 19 所示。

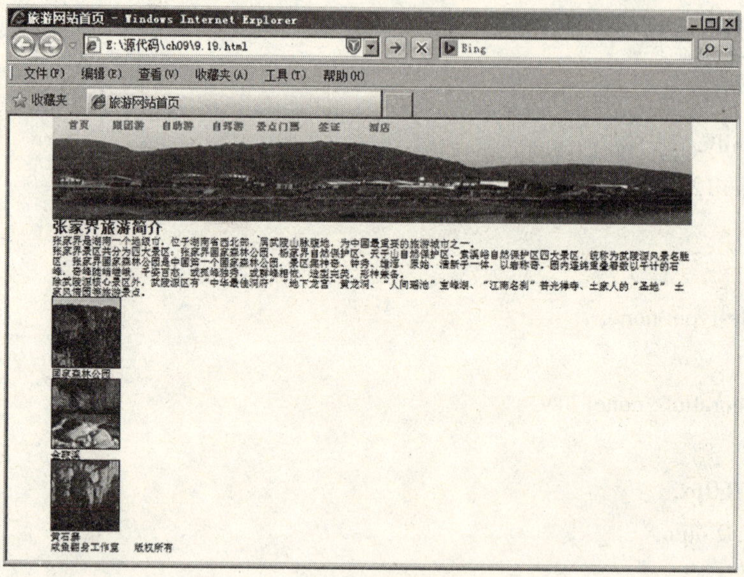

图 9 – 19　页头部分制作

3. 主体内容部分制作

下面通过 CSS 设置页面主体部分的样式。代码如下：

```
#main {
    width: 760px;
    height: 300px; }
#left {
    float: left;
    width: 640px;
    }
#left h2 {
    text-align: center;
    margin: 10px 0px; }
#left p {
    text-indent: 2em;
    line-height: 1. 5;
```

```
    font-size: 13px; }
#right {
    width: 120px;
    float: right;
    }
#right li {
    margin: 3px 2px;
    text-align: right; }
#rightimg {
    border: 0px; }
#right a {
    color: #090; }
```

在上面的代码中，设置 id 为 main 的中间容器 div 宽度为 760 像素，高度为 300 像素。设置 id 为 left 的左侧 div 和 id 为 right 的右侧 div，宽度分别为 640 像素和 120 像素，并分别向左、向右浮动。设置“张家界旅游简介”所在标记 h2 上下 margin 值为 10 像素，居中对齐。设置左侧 left 内文字所在段落样式和右侧 right 内列表、图片和超级链接文字样式。

4. 页脚部分制作

页脚部分内容比较简单，这里仅设置版权文字居中对齐，代码如下：

```
#footer p {
    text-align: center; }
```

在 IE8 中浏览最终效果如图 9－20 所示。

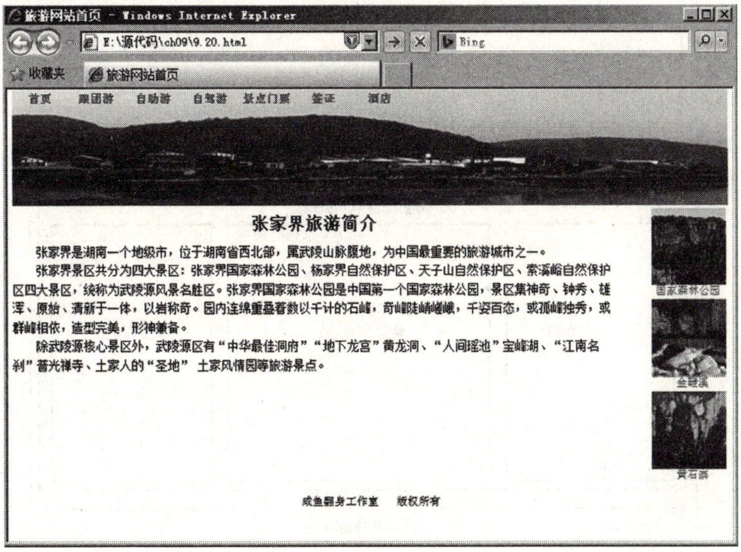

图 9－20　网页最终效果

第 10 章　DIV + CSS 布局实战

本章分别选取公司网站和小型购物网站作为主题，综合运用前面的布局知识和 CSS 的基本知识，介绍 DIV + CSS 在实际网站制作中的应用。

10.1　综合实例——公司网站

公司网站是公司在互联网上进行形象宣传的一个平台，旨在面向客户、业界人士或者普通用户，介绍公司的基本资料，树立公司形象，并提供行业内的新闻或者知识信息。小型公司网站往往比较简单，信息内容不多，但要求突出主题。本实例模拟实现一个电脑公司首页的制作，网页最终效果如图 10 - 9 所示。

10.1.1　网页布局设计

本页面布局结构整体上采用上、中、下结构，主体内容部分采取左、中、右版式。结构如图 10 - 1 所示。

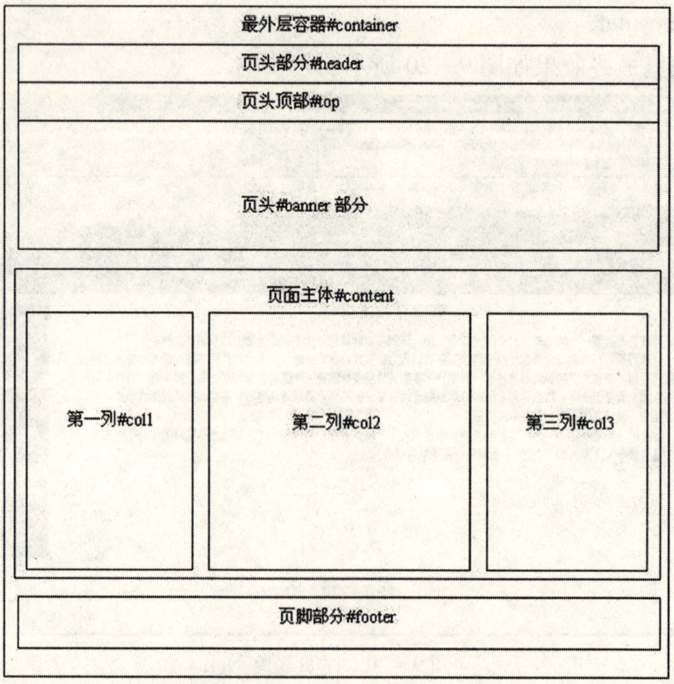

图 10 - 1　网页布局结构

10.1.2　HTML 结构设计

结合上述框架图，在 HTML 中，使用 div 实现上述架构，HTML 代码如下：

```
<html>
<head>
<title>宏远电脑公司</title>
</head>
<body>
<div id="wrapper">
<div id="header">
  <div id="top">
    <div id="logo">
    <img src="images/LOGO.png">
      </div>
    <div id="nav">
    <ul>
    <li><a href="#">网站首页</a></li>
    <li><a href="#">关于公司</a></li>
    <li><a href="#">新闻动态</a></li>
    <li><a href="#">公司产品</a></li>
    <li><a href="#">人才招聘</a></li>
    <li><a href="#">联系我们</a></li>
    </ul>
  </div>
</div>
<div id="banner">
  <h1>宏远电脑公司</h1>
  </div>
</div>
<div id="content">
<div id="col1">
  <h3><span>新闻动态</span></h3>
  <ul>
  <li><a href="#">多款轻薄便携笔记本荐热门超清大屏平板</a></li>
  <li><a href="#">智能手表 iWatch 或遭滑铁卢 IDF2014 重点解析</a></li>
  <li><a href="#">联想 Miix2 11 混合平板亮相实拍图赏析</a></li>
  <li><a href="#">宏碁千元平板图文评测 ThinkPad X240 图赏析</a>.</li>
```

```
        <li> <a href="#">视觉真享受热门超清大屏平板推荐</a> </li>
        <li> <a href="#">4 日八大热门本：11 英寸高清超级本 6899 元</a> </li>
        <li> <a href="#">4 日三大件报价：CPU 冷场内存再降</a> </li>
        </ul>
    </div>
    <div id="col2">
        <h3> <span>关于公司</span> </h3>
        <p>宏远电脑技术服务有限公司成立于2009 年，本公司致力于为各行各业提供专业的 IT 技术服务，经过 4 年多的努力与发展，已具一定的规模及实力，现拥有一支技术精湛的 IT 服务团队，以卓越的服务品质、专业安全的技术服务实力，为不同群体的用户提供更优质的 IT 服务。</p>
        <p>我们的服务项目：企业电脑外包维护、电脑维修上门维修、电脑组装配件销售、网络工程综合布线、监控安装及维修、专业数据恢复、服务器局域网组建、打印机传真机维修、中小企业网站建设等。</p>
        </div>
        <div id="col3">
          <h3> <span>最新产品</span> </h3>
          <img src="images/computer1.png" width="248" height="247">
        </div>
        <div id="clear">
        </div>
    </div>
    <div id="footer">
  Copyright 2009—2014 宏远公司版权所有
    </div>
    </div>
    </body>
    </html>
```

上述代码中，wrapper 是最外层的容器 div，header、content、footer 分别对应头部、中间主体内容部分和底部 div 区域。其中，顶部 header 由 id 为 top 的顶部 div 和 id 为 banner 的 div 组成，中间 content 由 id 分别为 col1、col2 和 col3 左、中、右 3 个 div 组成。

在 IE8 中浏览效果如图 10－2 所示，可以看到整体上自上而下排列。

10.1.3 各板块内容制作

1. 整体样式设计

首先对页面的通用属性和最外层 div 进行设置。代码如下：

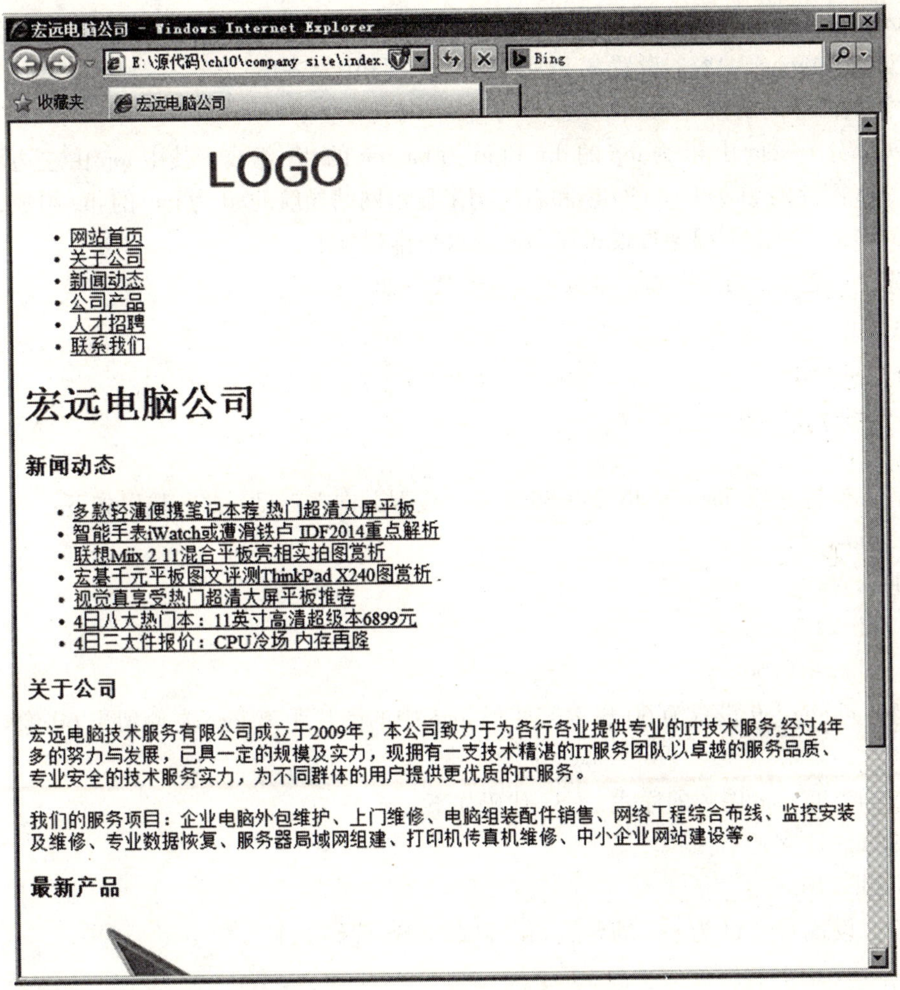

图 10 - 2　HTML 页面结构

```
* {
  margin: 0px;
  padding: 0px; }
ul li {
  list-style-type: none; }
a {
  text-decoration: none; }
body {
  font-size: 14px;
  font-family: "MicrosoftYahei", Arial, Helvetica, sans-serif;
  }
#wrapper {
  width: 950px;
```

```
margin: auto; }
```

对 id 为 wrapper 的容器设置宽度为 950 像素，居中对齐。

2. 页头部分的制作

页头部分 header 由 id 为 top 的 div 和 id 为 banner 的 div 组成，其中 top 由左边用来插入公司 logo 图片的 id 为 logo 的 div 和右边用来显示网站导航的 id 为 nav 的 div 组成，是左右两列的结构，因此需要通过设置浮动使其水平排列显示。

首先，设置 top 的高度和背景颜色，CSS 代码如下：

```
#top {
  height: 60px;
  background-color: #212121;
  }
```

接着，设置 id 为 logo 的 div 的 CSS 样式，设置其向左浮动，CSS 代码如下：

```
#top #logo {
  float: left;
  width: 210px;
  padding-left: 60px; }
```

属性 padding-left 设置为 60 像素，使得 logo 中的图片距离 logo 左侧留出 60 像素的空白距离。

设置插入的 logo 图片的样式，CSS 代码如下：

```
#logoimg {
  width: 210px; }
```

然后，设置右侧 id 为 nav 的导航 div 样式，CSS 代码如下：

```
#top #nav {
  float: left;
  width: 540px;
  padding-top: 20px; }
```

设置导航中文字列表横向浮动排列，并设置列表中超链接文字样式，CSS 代码如下：

```
#nav li {
  float: left;
  margin-left: 25px;
  }
#nav li a {
  color: #FFF;
  font-size: 14px;
  font-weight: bold; }
#nav li a: hover {
  color: #931916; }
```

top 部分在 IE8 中浏览效果如图 10 - 3 所示。

图 10 - 3　页头导航效果

头部 header 的第二部分是 id 为 banner 的 div，这部分仅设置 banner 区域的背景颜色和高度，以及 h1 标记的样式，CSS 代码如下：

```
#banner {
    height: 150px;
    line-height: 150px;
    background-color: #1D7AC7;
    }
#banner h1 {
    color: #FFF;
    text-align: center;
    font-family: "黑体";
    }
```

其中，设置 banner 的 height 和 line-height 是使得 banner 中的文本垂直对齐。

整个头部 header 在 IE8 中最终效果如图 10 - 4 所示。

图 10 - 4　页头整体效果

3. 主体内容左侧部分

中间主体内容部分 content 由 col1、col2、col3 三列组成。三列结构类似，均由标题文字和内容组成，且标题文字均由标记 h3 和 span 控制。因此，可以在 content 部分统一设置三列标题文字样式，CSS 代码如下：

```
#content h3 {
    background: url(images/title.gif) bottom  no-repeat;
    padding-top: 10px;
    font-size: 14px;
    }
```

```
#content span {
  color: #931916;
  border-bottom: solid 2px #931916;
  }
```

上述代码中，对 h3 标记设置背景图片、上填充和字号属性，对 span 标记设置文字颜色和下边框属性，在 IE8 中浏览效果如图 10 – 5 所示。

图 10 – 5　主体内容标题部分

首先设置左侧部分 col1 样式。CSS 代码如下：

```
#col1 {
  width: 310px;
  float: left;
  padding-left: 5px;
  }
```

这里设置了 col1 的宽度 width，通过 float 设置 col1 向左浮动，属性 padding-left 设置 col1 内元素到 col1 左侧边框的空白距离。

col1 部分由标题文字“新闻动态”和新闻列表组成。下面设置新闻列表和超链接文字的样式，CSS 代码如下：

```
#col1 li {
  padding-left: 20px;
  margin-top: 15px;
  background: url( images/libg. png) left center no-repeat; }
#col1 li a {
  color: #000; }
#col1 li a: hover {
  color: #931916; }
```

上述代码中，对标记 li 设置了背景属性，并结合属性 padding-left 和 margin-top 设置列表中的文字内容和背景图片适当显示。在 IE8 中浏览效果如图 10 – 6 所示。

4. 中间和右侧内容部分

首先设置中间列 col2 和右侧列 col3 的 div 的样式，CSS 代码如下：

```
#col2 {
  width: 340px;
  float: left;
  margin-left: 10px;
  }
#col3 {
  float: right;
```

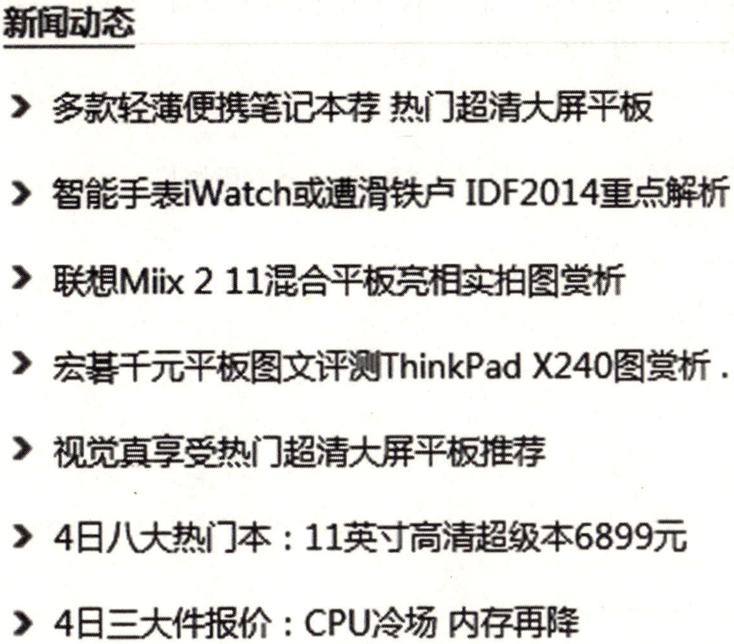

图 10－6 主体内容左侧部分

```
  width: 270px;
  }
```

上述代码中，通过 float 属性分别设置 col2 向左浮动、col3 向右浮动，设置两列宽度，col2 的属性 margin-left 设置 col2 列与 col1 列之间的空白距离。

然后，分别设置 col2 中文字段落样式和 col3 列中图片样式，CSS 代码如下：

```
#col2 p {
  text-indent: 2em;
  line-height: 1. 8;
  }
#col3 img {
  width: 270px;
  }
```

至此，中间主体部分样式设置完成，在 IE8 中浏览效果如图 10－7 所示。

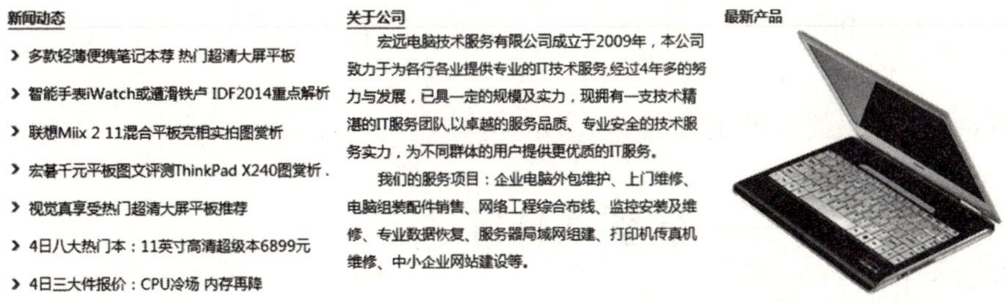

图 10－7 主体内容部分效果

为了避免 col1、col2、col3 列的浮动对其他元素造成影响，在 content 中还插入了一个 id 为 clear 的 div，HTML 代码如下：

```
<div id = "clear" >
  </div >
```

下面对其设置样式，让其清除浮动的影响。CSS 代码如下：

```
#content #clear {
  margin: 0;
  padding: 0;
  border: 0;
  clear: both;
}
```

5. 页脚部分

页脚部分主要显示版权信息，内容比较少，样式设置相对简单。CSS 代码如下：

```
#footer {
  background-color: #212121;
  height: 78px;
  line-height: 78px;
  text-align: center;
  color: #FFF;
  }
```

上述代码设置页脚部分背景颜色、高度、文字垂直和水平对齐以及文字颜色。在 IE8 中浏览效果如图 10 - 8 所示。

图 10 - 8　页脚部分效果

6. 整体调整

各个版块完成之后，整个页面基本实现。最后，只要对照效果对页面进行细节上的调整，比如，可以让 content 和 footer 与其相邻的上方 div 留出适当空白，可以增加以下 CSS 样式代码：

```
#content, #footer {
  margin-top: 10px;
  }
```

在 IE8 中浏览最终效果如图 10 - 9 所示。

10.2　综合实例——小型购物网站

购物网站主要提供网站购物，为买卖双方建立交易平台，因此购物网站需要通过图

图 10－9　最终整体效果

文结合的方式提供商品信息。本实例中的购物网站页面仿照“淘宝”网页，建立商品展示、商品分类和商品搜索等栏目，页面色彩以蓝色为主色调，使整个页面看起来整洁、大方。在 IE8 中浏览最终效果如图 10－16 所示。

10.2.1　网页布局设计

首先建立网页布局结构，包括页头部分、导航部分、左侧商品展示、右侧商品搜索和宝贝分类、页脚部分等，整体结构如图 10－10 所示。

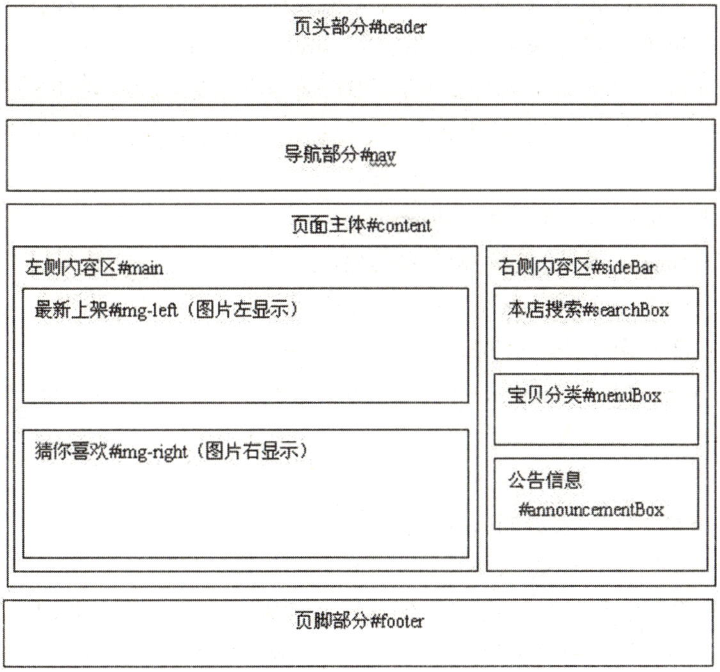

图 10－10　网页布局结构

从图中可以看到，页面总体是上、中、下结构，主体内容部分采用左右结构，左侧内容采用上、下版式，右侧内容又采用上、中、下版式，布局排版相对于前面的例子稍微复杂了一点。

10.2.2 HTML 结构设计

结合上述框架图，在 HTML 中，使用 div 实现上述架构，HTML 代码如下：

```
<html>
<head>
<title>儿童用品网上商店</title>
</head>
<body>
<body>
<div id="header"><!--头部-->
<h1>可乐童品馆—品牌童装</h1>
</div><!--header over-->
<div id="nav"><!--导航部分-->
<ul>
  <li class="current"><a href="#"><strong>淘宝首页</strong></a></li>
  <li><a href="#"><strong>店铺介绍</strong></a></li>
  <li><a href="#"><strong>店铺动态</strong></a></li>
  <li><a href="#"><strong>产品介绍</strong></a></li>
  <li><a href="#"><strong>信息</strong></a></li>
  <li><a href="#"><strong>畅销排行</strong></a></li>
</ul>
</div>
<div id="content"><!--主体内容部分-->
  <div id="main"><!--左侧内容部分-->
    <div id="img-left"><!--最新上架-->
        <h2>最新上架</h2>
      <a href="#"><img src="images/01.jpg" width="208" height="188"/></a>
  <p>波点又来了</p>
      <p>时尚挂脖款</p>
      <p>因为错标被退回</p>
      <p>2 色都喜欢哦 大概适合 2-5 岁的小朋友</p>
      <p>95 码（标 6-7）裙长 50-52  胸围 24*2（可拉伸 10cm）</p>
      <p>105 码（标 7-8）裙长 60-62  胸围 26*2（可拉伸 10cm）</p>
    </div><!--img-left over-->
```

```
<div id = "clear" > </div >
<div id = "img-right" > <! --猜你喜欢-- >
  <h2 >猜你喜欢 </h2 >
  <a href = "#" > <img src = "images/02. jpg" width = "165" height = "181"/ > </a >
  <p >法单 tape a l'oeil 的秋款女生连衣裙 </p >
  <p >针织纯棉面料 </p >
  <p >粉色与咖啡色相间的条纹图案 </p >
  <p >硬朗干练中带着甜蜜柔和 </p >
  <p >圆领小半袖简洁的 A 裙修身裙款 </p >
  <p >高腰线用粉色线条突出并点缀蝴蝶结一朵 </p >
  <p >是一款突出修长身材的漂亮连衣裙 </p >
</div > <! --img-right over-- >
</div > <! --main over-- >
<div id = "sideBar" >
    <div id = "searchBox" >
    <h2 >商品搜索 </h2 >
      <form > <span >关键字: <input type = "text" size = "13" class = "search"/
> </span >
      <input class = "btn" type = "submit" value = "搜索"/ >
      </form >
    </div >
    <div id = "menuBox" >
      <h2 >宝贝分类 </h2 >
      <ul >
        <li > <a href = "#" >夏季裙装 </a > </li >
        <li > <a href = "#" >儿童防晒衣 </a > </li >
        <li > <a href = "#" >T 恤/衬衫/打底衫 </a > </li >
        <li > <a href = "#" >裤裤 </a > </li >
        <li > <a href = "#" >秋装外套 </a > </li >
        <li > <a href = "#" >毛衣/开衫 </a > </li >
        <li > <a href = "#" >马夹/背心 </a > </li >
        <li > <a href = "#" >秋之裙 </a > </li >
        <li > <a href = "#" >4 -6 岁服装 </a > </li >
      </ul >
    </div >
    <div id = "announcementBox" >
      <h2 >公告信息 </h2 >
```

```
            <marquee direction = "up"  height = 100 >暂无公告 </marquee >
          </div >
        </div >
      </div > <! --content over-- >
      <div id = "footer" >
        <p id = "p1" > <a href = "#" >关于淘宝 </a > | <a href = "#" >合作伙伴 </a >
| <a href = "#" >开放平台 </a > | <a href = "#" >联系我们 </a > </p >
        <p id = "p2" >咸鱼翻身工作室版权所有 </p >
    </div >
    </body >
    </html >
```

上述代码中，每个 div 对应不同的显示区域。这里统一采用 id 作为 div 的标识符。header 和 nav 分别用来显示头部和导航，content 为中间主体内容部分，分成左、右两个区域。左边 main 包含两个版块“最新上架”和“猜你喜欢”，对应 div 分别为 img-left 和 img-right，右侧 sideBar 包含 3 个板块，分别是“本店搜索”“宝贝分类”和“店铺公告”，分别对应 div 为 searchBox、menuBox 和 announcementBox。footer 是页脚部分，用来显示版权等基本信息。

在 IE8 中浏览效果如图 10 - 11 所示。

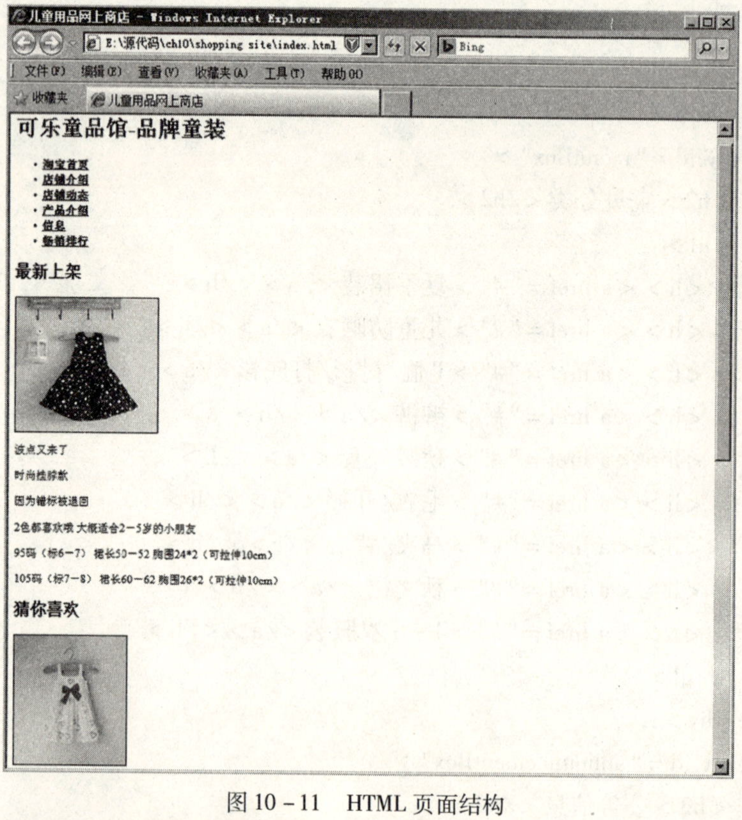

图 10 - 11　HTML 页面结构

10.2.3　各板块内容制作

1. 整体样式设计

首先对页面的通用属性进行设置。代码如下：

```
body {
  margin: 0;
  padding: 0;
  font: 12px/1.6 arial;
  }
ul {
  margin: 0;
  padding: 0;
  list-style: none;
}
a {
  text-decoration: none;
  color: #3D81B4;
}
p {
  text-indent: 2em;
}
```

2. 页头部分的制作

对 id 为 header 的元素设置样式，代码如下：

```
#header {
  width: 960px;
  position: relative;
  height: 138px;
  margin: 2px auto;
  background-color: #87B7DB;
}
```

对标题标记 h1 设置样式，代码如下：

```
#header h1 {
  position: absolute;
  top: 40px;
  left: 40px;
  height: 63px;
  font-size: 20px;
```

```
    color: #fff;
}
```

上面的代码中，设置 header 为相对定位，这样使得下面的 h1 标记可以以 header 作为定位基准进行绝对定位。在 IE8 中浏览效果如图 10 - 12 所示。

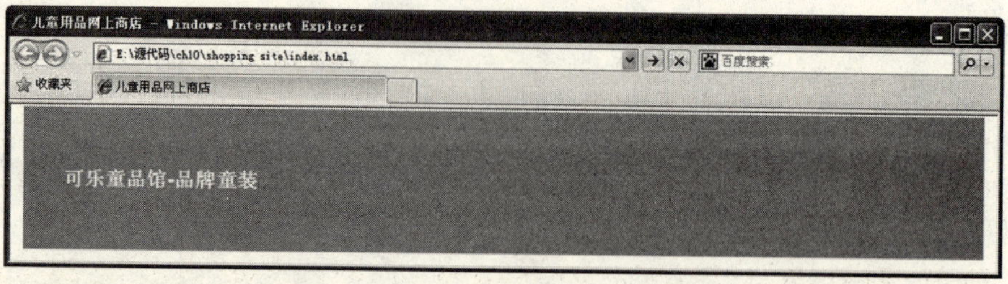

图 10 - 12　页头部分

3. 导航部分的制作

导航部分比较简单，是通过项目列表来实现。

设置导航部分 CSS 代码如下：

```
#nav {
    width: 960px;
    height: 30px;
    margin: auto;
    background-color: #3F7FCE;
    }
#nav li {
    float: left;
    }
#nav li a {
    display: block;
    width: 80px;
    height: 30px;
    line-height: 30px;
    text-align: center;
    text-decoration: none;
    color: #C2D5ED;
    border-left: solid 1px #3871B7;
    padding: 0 4px;
    }
#nav li a: hover {
    background-color: #174276;
    color: #FFF;
```

```
}
#nav. current a {
  color: #FFF;
  background-color: #174276; }
```

在上面的代码中，首先设置导航所属 div 宽度和高度分别为 960 像素和 30 像素，设置导航文字列表向左浮动，使导航文字横向水平排列。然后设置超链接样式，设置超链接标记 a 为块级标记，从而可以设置其宽、高和边框等属性，为超链接和活动链接设置不同的文字颜色和背景颜色，设置“淘宝首页”为当前选项，并显示不同的颜色效果。

在 IE8 中浏览效果如图 10 – 13 所示。

图 10 – 13　导航部分

4. 主体内容左侧部分

在页面主体内容左侧 main 部分，主要介绍商品，这个部分分成了两个板块，“最新上架”和“猜你喜欢”，分别对应 id 为 img-left 和 id 为 img-right 的 div。

下面对不同的部分设置 CSS 样式，首先设置中间主体内容部分即 id 为 content 和左侧内容部分即 id 为 main 的 div 容器的样式，分别设置其宽度，设置 content 居中对齐，并设置 main 向左浮动，代码如下：

```
#content {
  width: 960px;
  margin: 0 auto;
}
#main {
  float: left;
  width: 740px;
}
```

然后设置两个栏目中通用标记 h2 和 p 标记的样式，设置其字体、字号、文字颜色和边界等属性，代码如下：

```
#main p {
  font-size: 14px;
  color: #6F4A37;
  margin: 3px 0px;
```

```
}
#main h2 {
    padding-top: 5px;
    color: #069;
    border-bottom: 1px #DEAF50 solid;
    font: bold 20px 楷体_ GB2312;
    border-bottom: solid 3px #E4E0DF;
}
```

设计图片分别向左、向右浮动，以及图片的超链接样式，代码如下：

```
#img-left img {
    float: left;
    margin-right: 8px;
}
#img-right img {
    float: right;
    margin-left: 8px;
}
#main a img {
    padding: 2px;
    background: #FCF;
    border: 1px #DEAF50 solid;
}
#main a: hover img {
    padding: 2px;
    background: #F9C;
    border: 1px #3D81B4 solid;
}
```

上面的代码中，分别对超链接图片和鼠标经过时的超链接图片设置了不同的填充、背景颜色和边框属性，这样使得鼠标经过图片时图片的边框和背景颜色都会发生变化，从而产生互动效果。

为了去除 id 为 img-left 的 div 中图片的向左浮动对下面 id 为 img-right 的 div 的影响，还需要增加如下代码：

```
#img-right {
    clear: both;
    }
```

这里 clear 属性是为了清除上面浮动元素对该 div 造成的影响。

在 IE8 中浏览效果如图 10 - 14 所示。

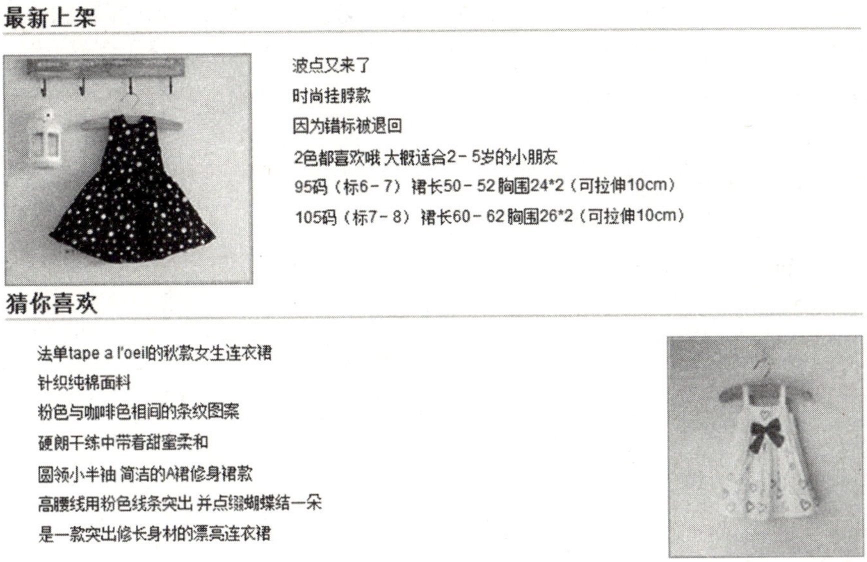

图 10 - 14　左侧部分效果

5. 主体内容右侧部分制作

右侧分为“商品搜索”“宝贝分类”和“店铺公告”3 个板块，采用上、中、下排版结构。

首先设置右侧容器 sideBar 向右浮动，并设置宽度和边界填充属性，以及每个栏目标题文字样式，代码如下：

```
#sideBar {
    float: right;
    width: 186px;
    margin-right: 5px;
    margin-top: 5px;
}
#sideBar div {
    padding: 3px;
}
#sideBar h2 {
    margin: 0px;
    padding-top: 2px;
    font: bold 18px 楷体_ GB2312;
    color: #fff;
    text-align: center;
    background-color: #3F7FCE;
}
```

接下来设置“商品搜索”部分，设置 searchBox 填充和水平文本对齐属性，设置内部的 input 元素边界属性，代码如下：

```
#sideBar #searchBox {
  padding: 3px;
  text-align: center;
}
#sideBar input {
  margin: 2px 0;
}
```

然后分别设置搜索文本框和按钮样式，代码如下：

```
#sideBar. search {
  display: inline; }
#sideBar. btn {
  border: 1px outset #CCC;
  background-color: #000;
  color: #FFF;
  padding: 2px 3px; }
#sideBar h2 {
  margin: 0px;
  padding-top: 2px;
  font: bold 18px 楷体_ GB2312;
  color: #fff;
  text-align: center;
  background-color: #3F7FCE;
}
```

紧接着设置“宝贝分类”栏目样式，这部分文字均由无序列表 ul 和 li 组织，因此需要设置列表项样式和列表内超链接文字样式，代码如下：

```
#sideBar #menuBox li {
  font: 13px 宋体;
  height: 25px;
  line-height: 25px;
  border-top: 1px white solid;
}
#sideBar #menuBox li a {
  display: block;
  height: 25px;
  padding-left: 35px;
```

```
    background-color: #FFF;
}
#sideBar #menuBox li a: hover {
    background-color: #EEEEEE;
    color: #069;
    }
```

在 IE8 中浏览效果如图 10－15 所示。

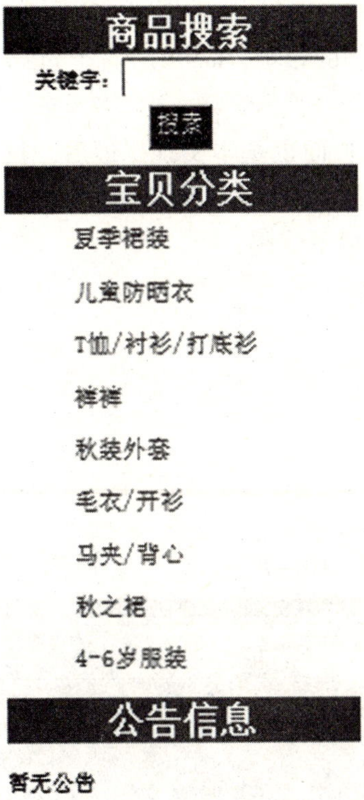

图 10－15　右侧部分效果

6. 页脚部分制作

页脚部分一般用来插入版权信息。页脚部分 CSS 样式比较简单，代码如下：

```
#footer {
    clear: both;
    width: 960px;
    margin: auto;
    height: 45px;
    text-align: center;
    background-color: #659FCA;
```

```
  }
#footer p {
  margin: 0px;
  line-height: 23px;
  }
#footer a {
  color: white;
  }
```

为了清除上面 div 元素浮动的影响，footer 设置了 clear: both。

7. 整体调整

各个板块完成之后，整个页面也基本实现。最后，只要对照效果对页面进行细节上的调整，如 margin 和 padding 值，以及通用代码的合并等。如对 header、content 和 footer 的宽度和边距设置可以合并为以下代码：

```
#header, #content, #footer {
  width: 960px;
  }
#content, #footer {
  margin: auto;
  }
```

在 IE8 中浏览最终效果如图 10－16 所示。

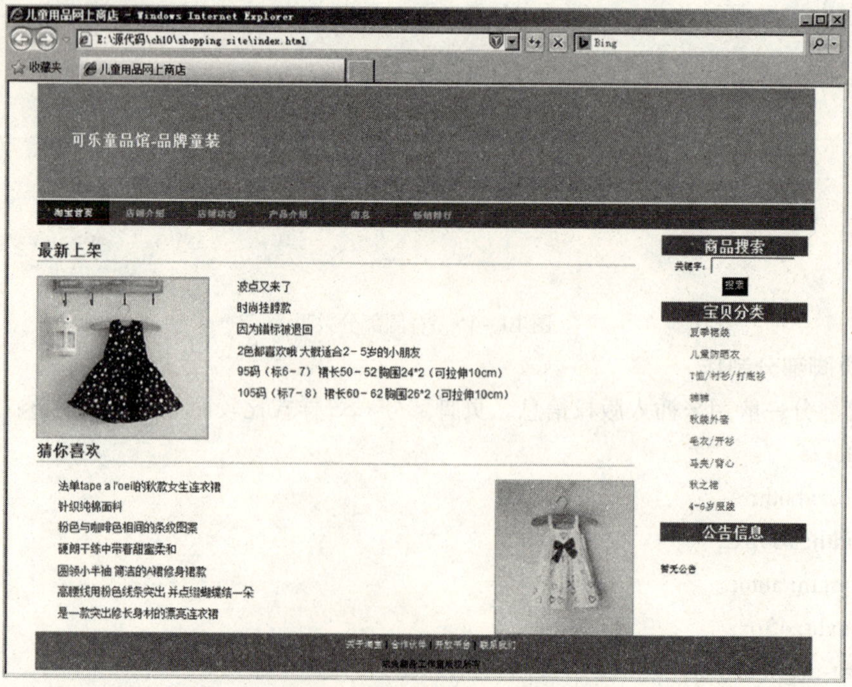

图 10－16　最终页面效果